U0055655

李 查 德 作 品

LEE CHILD

Blue Moon

致命替身

Lee Child

李查德——著　王瑞徽——譯

只有李奇能夠超越李奇！

李奇是一個如此不可抗拒的角色，他吸引了每一個讀者。

——《書單》雜誌

李查德在這個扣人心弦的敘事遊戲中處於巔峰。

——出版家週刊

這是最好的一集！

——泰晤士報

李查德是講述「孤獨陌生人來到鎮上拯救無辜民眾故事」的大師，這是他系列作品中最好的一部……暴力場面一如既往的兇猛和快速。任何感到困難或面臨無法克服的困難的人都會獲得這本小說的安慰。

——文學評論

忘記漫威英雄吧，我們都知道傑克・李奇是唯一的「復仇者」……李查德又找到了他的魔力。

——太陽報

獻給珍和蘿絲
我的家族

1

在美國地圖上，這城市看來很小。只是一個客氣的小點，附近有一條細線般的紅色道路，從看似空蕩的半吋紙面穿過。但是靠近一點，可以看見地面上住著五十萬人。該市佔地一百餘平方哩，有將近十五萬戶人家、兩千多英畝綠地。它每年花掉十億美元，經由稅收和各種費用籌措幾乎同額的收入。該市夠大，因此警察局員額高達一千兩百人。

它也夠大，以致組織犯罪分成了兩個集團，城市的西區由烏克蘭幫掌管，東區由阿爾巴尼亞幫控制，之間的界線就像國會選區那樣壁壘分明。這條界線基本上沿著南北向、將城市一分為二的中央街走，但是它曲曲折折、左彎右拐，納入或排除某些特定社區的特定街區和地帶，只要印象中有歷史先例可證明那裡的形勢確實特殊。兩邊的談判很緊繃，有過不少小型的地盤爭奪戰，也鬧過一些不愉快，但終究能達成協議，這種安排似乎還行得通，雙方互不侵犯。有很長一段時間，兩邊幾乎沒有重大接觸。

直到五月的某個清晨。烏克蘭幫頭目在中央街的一座車庫停車，單槍匹馬往東走進阿爾巴尼亞幫的地盤。這人五十歲，長得高大、結實而穩健，有如一座老式英雄的青銅雕像。他叫自己葛雷哥利，這名字很接近美國人唸他本名的發音。他沒帶槍械，還特地穿上緊身褲和緊身T恤來證明這點。他的口袋是空的，身上沒藏任何東西。他左轉再右轉，不斷深入，朝一個後街區走去，他知道阿爾巴尼亞幫在那裡的一座木料場後面的幾間辦公室處理事情。

從跨入邊界的第一步開始，他就一路被跟蹤。早有人打電話通報，因此他一抵達，只見六名悶不吭聲的人物，在人行道和木料場大門之間的半圓地帶筆直站著，像棋子一樣排成防守隊形。他停下腳步，雙臂從身體兩側伸出。他緩緩轉身，整整三百六十度，兩隻手臂保持張開。緊身褲，緊身T恤，沒有腫塊，沒有鼓起。沒有刀，沒有槍，沒帶槍械，站在無疑佩了槍械的六人面前。但他並不擔心。無端攻擊他是阿爾巴尼亞人不會採取的步驟，這點他很清楚。必須遵守禮節，規矩不能少。

六名沉默人物中的一人走上前。一方面是策略性防堵，一方面是準備聆聽。

葛雷哥利說：「我想和迪諾談談。」

迪諾是阿爾巴尼亞幫的頭子。

那人說：「為什麼？」

「我有情報。」

「什麼情報？」

「他有必要知道的。」

「我可以給你一個電話號碼。」

「這種事必須當面談。」

「非現在談不可？」

「是的，沒錯。」

那人沉默片刻，然後轉身，彎腰鑽進一道設在金屬捲簾門內的低矮員工專用門。剩下的五人將隊形排得緊湊些，來填補他留下的空隙。葛雷哥利等著。這五人盯著他，半警戒，半好奇。這情況相當特殊，畢生難逢，有如發現一隻獨角獸。對手的頭目，就在那兒。之前幾次談判都是在高速公路另一側，遠離城市的一座高爾夫球場，也就是中立場地進行的。

葛雷哥利等著。五分鐘後，那人從員工專用門出來。他讓門敞開著，打了個手勢。葛雷哥利走過去，彎身進了門。他聞到清新的松木味，聽見電鋸的嗡嗡聲。

那人說：「我們得給你搜身，有沒有竊聽器。」

葛雷哥利點點頭，脫下T恤。他的軀幹厚實又健壯，毛茸茸的。沒有竊聽器。那人檢查了T恤的接縫，把它遞回去。葛雷哥利穿上，用手指整理了下頭髮。

那人說：「跟我來。」

他領著葛雷哥利深入波浪板棚屋，另外五人跟了上去。他們來到一道樸素的金屬門前。裡頭是一個布置成類似會議室的空間。四張美耐板桌子頭尾相連排開來，有如一堵屏障。另一頭，中央的一把椅子上坐著迪諾。他比葛雷哥利年輕一、兩歲，矮個一、兩吋，但體型壯一些，一頭深色頭髮，臉的左側有一道刀疤，在眉毛以上的部分較短，從顴骨到下巴的部分較長，就像一個顛倒的驚嘆號。

負責交涉的傢伙拉出一張椅子，讓葛雷哥利坐在迪諾對面，然後繞過桌子，像一名忠誠的副官那樣在迪諾右手邊坐下。剩下的五人三二分開，和他們並排坐著。葛雷哥利獨自一人坐在桌子的一邊，面對七張沒有表情的臉孔。一開始沒人說話。最後，迪諾問：「有何貴幹？」

規矩不能少。

葛雷哥利說：「本市即將任命新的警察局長。」

「這我們知道。」迪諾說。

「從內部調升。」

「這我們知道。」迪諾又說。

「他宣示要展開掃蕩，對我們兩個。」

「這我們知道。」迪諾第三次說。

「我們在他辦公室安排了密探。」

迪諾沒吭聲，這點他不知道。

葛雷哥利說：「我們的密探在一個藏在抽屜裡的外部硬碟上發現一個秘密檔案。」

「什麼檔案？」

「清剿咱們的作戰計畫。」

「計畫內容是？」

「還欠細節，」葛雷哥利說：「有些部分非常粗略。但是放心，因為他會一天天、一週週把拼圖給填滿，因為他有源源不絕的內線情報。」

「哪裡的？」

「我們的密探辛苦調查了很久，找到另一個檔案。」

「什麼樣的檔案？」

「是一份名單。」

「什麼名單？」

「警局最信賴的秘密線民。」葛雷哥利說。

「然後？」

「名單上有四個名字。」

「然後？」

「其中兩個是我的人。」葛雷哥利說。

沒人說話。

最後，迪諾問：「你如何處置他們？」

「你應該可以想像。」

依然沒人說話。

接著迪諾問：「你告訴我做什麼？這跟我有什麼關係？」

「名單上的另外兩個名字是你的人。」

一片安靜。

葛雷哥利說：「你我的處境同樣危急。」

迪諾問：「他們是誰？」

葛雷哥利說出名字。

迪諾說：「你為什麼要把他們的事告訴我？」

「因為我們有過協議，」葛雷哥利說：「我是信守承諾的人。」

「要是我垮了，你就等著從中大撈好處，整個城市都歸你管了。」

「我只等著從白紙黑字撈好處，」葛雷哥利說：「我突然覺得，我應該安於現狀才對。我到哪裡去找那麼多老實人來經營你的事業？顯然連我自己的事業都很難找到老實人。」

「顯然我也一樣。」

「所以，我們等明天再來互鬥吧。今天，我們得遵守協議。很抱歉帶來令你難堪的消息。可是我也很難堪，當面告訴你，希望能引起你的重視，我們是在一條船上。」

迪諾點點頭，沒說話。

葛雷哥利說：「我有個問題。」

「問吧。」迪諾說。

「換作是你的密探，不是我的，你會不會通報我，就像我來通報你？」

迪諾沉默久久。

然後他說：「會的，基於同樣的理由。我們有過協議。如果我們手下的名字都在他們的名單上，那麼我們誰都不該貿然做蠢事。」

葛雷哥利點點頭，站了起來。

迪諾的頭號副手起身，準備送他出去。

迪諾問：「我們穩了嗎？」

「我這邊穩了，」葛雷哥利說：「這點我可以保證。從今天早上六點起。本市火葬場有一個我們的人，他欠我們錢，他同意今天提早一些點火。」

迪諾點點頭，沒說話。

葛雷哥利問：「你這邊穩當嗎？」

「快了，」迪諾說：「今晚。我們在廢車處理場有個熟人，他也欠我們錢。」

頭號副手帶著葛雷哥利通過深長的棚屋，走向鐵捲大門內的低矮入口，進入五月早晨的明亮陽光。

在這同時，傑克・李奇在七十哩外的一輛灰狗巴士上，沿著州際公路前進。他坐在左側，靠近車尾、輪軸上方的靠窗位子。他旁邊沒人。另外還有二十九名乘客。很普通的乘客組合，沒什麼異常，只是有個狀況，相當有趣。隔著通道，前一排座位，有個傢伙垂著頭睡著了。一頭早該修剪的灰髮，鬆弛的灰白皮膚，就好像減了很多體重。這人說不定七十歲了。他穿著件藍色拉鍊短外套。某種厚重的棉布料。也許是防水的，一只飽滿信封的尾端從他口袋探出來。

那是李奇熟悉的信封類型。以前他看過類似的物品。有時候，如果他們的自動櫃員機被弄壞，他會到銀行分行去，直接用提款卡向櫃台後面的出納員提取現金。出納員會問他要提多少錢，他會想，既然ATM的可靠性每況愈下，那麼為了保險起見，也許他該多提一些出來。因此他會提取相當於平常兩、三倍的數額。一大筆錢。然後出納員會問，需不需要給他信封裝鈔票。有時候李奇會說好吧，這樣總是比較安全。於是他會把一大疊錢裝進一只信封，就跟那個正在睡覺的傢伙口袋裡突出來的信封一模一樣。同樣厚度的紙，同樣尺寸，同樣比例，同樣鼓脹，同樣的重量。幾百或幾千塊錢，就看都是些多少面值的鈔票。

李奇不是唯一看到它的人。他正前方的傢伙也看到了。太明顯了，這人起了極大興趣。只見他一次又一次回頭，往下看，回頭，往下看。是個有著油膩頭髮、稀疏山羊鬍的細瘦小夥子。二十來歲，身穿牛仔外套，還是個孩子，他不停掃視，思考，盤算，舔嘴唇。

巴士繼續前進。李奇輪番看看窗外，看看信封，看看那個盯著信封的傢伙。

葛雷哥利離開中央街的車庫，驅車返回安全的烏克蘭幫地盤。他的辦公室在一家計程車調度站的後面，對面是當舖，旁邊是一家保釋辦公室，都是他經營的。他停車，進了屋內，他的幾個得力手下在那兒等著。四個人，看來一個樣，和他也一個樣。從傳統的家族意義上來講沒有一點關係，但他們都來自母國的同一個城鎮、村莊和監獄，或許比親人更親。

他們全都看著他，四張臉孔，八隻睜大的眼睛，帶著同一個疑問。

他給了解答。

「非常成功，」他說：「迪諾全部相信了。笨驢一隻，真的是，就算把布魯克林大橋賣給他都不成問題，被我點名的那兩人死定了，他得花一天時間重新改組。機會來了，夥伴們，我們有大約二十四小時可以行動，他們的側翼空了。」

「解決了兩個阿爾巴尼亞人。」他的頭號副手說。

「你把我們的兩個弟兄送到哪兒了？」

「巴哈馬，那裡的賭場有個人欠我們錢，他有一家不錯的飯店。」

依照高速公路路肩上的綠色聯邦標誌，巴士就要進入市區了。這天的第一站。李奇知道那個留山羊鬍的傢伙正在心底打主意，有兩個未知數。帶著錢的那傢伙會不會在這站下車？如果不會，他是否會在車子的減速、轉彎和顛簸中醒來？

李奇觀察著。巴士下了出口匝道，沿著一條四線道州公路往南行駛，通過剛下過雨的濕漉平地。路程相當平順，濕滑的輪胎嘶嘶作響。帶著錢的男人還在睡，留山羊鬍子的傢伙繼續盯著他。李奇猜他已經擬好了計畫，他很好奇這計畫會有多高明。聰明的做法應該是，盡速扒走信封，把它藏好，然後搶在車子一停下的時候下車。就算那人在到達車站前醒來，他也會先迷糊一陣子，也許甚至不會發現信封不見了。起碼不會馬上發現。就算他發現了，他有什麼理由直接得出結論？他會以為信封掉出了口袋。他會花一分鐘時間在座位上、座位底下還有前面座位的底下尋找，因為他可能在睡覺時把它踢開了。只有等這些動作都做完了，他才會開始狐疑地看著周遭。這時巴士肯定已經停下，乘客也起身，忙著下車和上車，通道將擠滿了人。一個人可以趁機溜走，毫無疑問，這是漂亮的手法。

那傢伙懂嗎？

李奇沒機會發現。

帶著錢的男子提早醒了。

巴士放慢速度，接著在嘶嘶的煞車聲中停下來等紅綠燈。那人猛地抬起頭，眨著眼睛，拍拍口袋，把信封往裡頭推，看不見了。

李奇坐正了。

留鬍子的傢伙坐正了。

巴士繼續前進。兩側都有大片田野，撒滿春天的淡綠。接著出現第一批停放著農業機具和家用汽車的商業用地，全都分布在面積遼闊的土地上，數以百計的閃亮車輛，在旗幟和彩旗底下整齊羅列著。接著是辦公大樓區，和一座大型市郊超市。然後進入市區。四線道縮減為雙線道。前方是高聳的建築物。但是巴士向左轉，繞了過去，在那些高租金地帶的後面保持禮貌的距離，繼續走了半哩，終於到達車站。這天的第一站。李奇留在座位上，他的車票可以搭到這條路線的終點。

帶了錢的男人站了起來。

他對自己微微點了下頭，提了提褲子，把外套拉平，老人準備下巴士時都會做的一些動作。

他進入通道，往前移動。沒有行李，就一個人。一頭灰髮，藍色外套，一邊口袋鼓鼓的，一邊口袋是空的。

留山羊鬍的傢伙有了新計畫。

他是突然想到的，李奇幾乎可以看到他後腦的齒輪在轉動，機會來了，建立在一系列假設的一系列結論。巴士車站從來就不是城市的安全地帶，出口通常面對著平價商店街，或者其他建築物的背面，也許是空地，也許是自費停車場。總之會有許多死角和空蕩的人行道，二十來歲對上七十來歲，從背後襲擊，單純的搶劫，常有的事，有多難？

留山羊鬍的傢伙跳了起來，推擠著通過走道，在帶了錢的男人身後六呎的地方尾隨著。

李奇起身，跟在兩人後面。

2

帶了錢的男人知道自己要去哪裡。這點很清楚。他沒有東張西望尋找方向。他直接通過車站出口，然後向東轉，開始步行，沒有猶豫，但速度也不快。他吃力地緩緩走著，看來不太穩。他垂著肩膀，看上去又老又累，疲憊不堪。他沒有熱情，看來像是走在兩個同樣缺乏吸引力的地點之間。

留山羊鬍的小子跟在他身後約六步的地方，縮頭縮腦，努力放慢腳步。看來有點難。他是個四肢瘦長的高個子，渾身充滿亢奮和期待。他真想立刻下手，可是地點不合適。太過平坦、開放了。人行道很寬，正前方有一座四向紅綠燈，三輛車子正在等綠燈，三個左右張望的無聊駕駛人，說不定還有乘客，全都是潛在目擊者，還是等一等。

帶了錢的男人停在路邊，等著過馬路，直視著前方，那裡有一些較老舊的建築物，當中有一些較窄小的街道。比巷子寬，但被遮蔽了天光，而且被兩側大約三、四層樓高的牆壁包圍。

不錯的地點。

轉綠燈了。帶了錢的男人緩緩越過馬路，認命似地，十足乖順。留山羊鬍的傢伙落後六步尾隨著，李奇稍微拉近和他的距離。他感覺時候到了，這小子不會一直等下去，他不會為了追求完美而壞了好事，頂多再過兩個街區。

他們繼續往前走，一個縱隊，間隔拉開，沒事似的。前方第一個街區和兩邊街道的感覺不錯，但他們後面還是太開闊了。因此留鬍鬚的人退縮不前，直到帶了錢的男人穿過十字路口，進入第二個街區。那裡看來相當隱密，街道兩側昏暗，只有幾間用木板封住門窗的商店、一家歇業的小餐館和一間櫥窗沾滿灰塵的報稅事務所。

地點絕佳。

該作決定了。

李奇猜那小子會在這裡下手，他猜攻擊行動一開始會是一陣緊張的左顧右盼，包括後方。因此他隱身在對面街角等著，一秒，兩秒，三秒，他估計著一個人環顧四周所需要的時間長度。接著他走出來，看見留山羊鬍的小子正縮短和前方的距離，急速前進，邁開長而急切的步伐，來補足六步的差距。李奇不愛跑步，但這時他不得不跑。

他到得太遲了。留鬍鬚的小子已將帶了錢的男人推倒，男子向前撲倒，發出沉重刺耳的砰一聲，雙手、雙膝、頭部著地。留鬍子的小子以流暢靈巧的滑步飛撲過去，探入移動中的口袋，抽出了信封。這時李奇正好在笨拙的奔跑中抵達，帶著六呎五吋的骨骼肌肉和兩百五十磅的移動質量，衝向一個剛從蹲姿起身的瘦小子。李奇的肩膀一扭、一降，朝他猛地撞擊，那傢伙當場有如撞車試驗假人，四肢亂揮亂舞彈向空中，降落時肢體交纏著滑了長長一段距離，身體一半在人行道上，一半在路邊洩水槽裡，他停下來，動也不動地躺著。

李奇走過去，拿起他手中的信封，它沒有密封，一直沒有。他看了看，那疊錢約有四分之三吋厚，上面是百元鈔票，最底下也是百元鈔票。他翻了一下，其他所有可能的部分也都是百元鈔票，成千上萬美元。也許有一萬五，也許有兩萬。

他回頭看。老人抬著頭，凝視周遭，嚇呆了。他臉上有一道割痕，跌傷的，也可能是他正在流鼻血。李奇舉起信封，老人注視著，他想站起來，但沒辦法。

李奇往回走。

他說：「有沒有哪裡摔斷了？」

那人說：「怎麼回事？」

「你能動嗎？」

「大概吧。」

「好，翻過來。」

「在這裡？」

「仰躺著，」李奇說：「這樣才能扶你坐起來。」

「怎麼回事？」

「首先，我得給你檢查一下，也許需要叫救護車。你有電話嗎？」

「不要救護車，」那人說：「不要醫生。」

他深吸一口氣，緊咬著牙，像是在噩夢中掙扎的人，拚命蠕動扭轉，直到翻過身來。

他吐了口氣。

李奇說：「哪裡疼？」

「全身。」

「普通疼，還是疼得厲害？」

「算是普通吧。」

「那就好。」

李奇伸手，掌心朝上放在那人的背部下方，在兩側肩胛骨之間的位置，將他向前扶成坐姿，接著旋轉他的身體，讓他往前挪動，直到他能夠兩腳著地坐在路邊石上。這樣應該會舒服些，李奇心想。

那人說：「我媽常叫我別在水溝上玩。」

「我媽也是，」李奇說：「不過現在可不是在玩。」

他交還信封。那人接過，用手指和拇指把它捏了個遍，像在確認那是真的。李奇坐在他旁邊。那人看著信封裡的東西。

「怎麼回事？」他又說。他指了指。「那個人搶我錢？」

他們右方二十呎外，留山羊鬍的人臉朝下，一動不動。

「他跟著你下巴士，」李奇說：「他看見你口袋裡的信封。」

「你也在巴士上？」

李奇點頭。

他說：「我跟著你們從車站出來。」

男子把信封放回口袋。

他說：「我由衷感謝你，真的是，感激不盡。」

「不客氣。」李奇說。

「你救了我一命。」

「我的榮幸。」

「我覺得我應該要報答你。」

「沒那必要。」

「反正我也沒東西給你。」男子說，摸摸口袋。「這是我要付給人家的款項，非常重要，一點都不能少，真對不起，我很過意不去。」

「別這麼說。」李奇說。

在他們右方二十呎，留鬍子的傢伙撐著雙手雙膝爬了起來。

帶了錢的人說：「不要報警。」

年輕人回頭看，他嚇呆了，渾身發抖。但他已領先了二十呎，該追過去嗎？

李奇說：「為什麼不要報警？」

「他們看見大量現金，一定會問一大堆問題。」

「你不想回答的問題？」

「反正我也沒辦法回答。」那人又說。

留鬍子的小子開溜了。只見他搖搖晃晃站起，拔腿逃離現場，癱軟無力，渾身瘀傷，手腳不太靈活，但仍然相當快，李奇放他走，他這天跑夠了。

帶了錢的人說：「我得走了。」

他的臉頰、額頭上有刮傷，上嘴唇沾了血，是鼻子受到重擊造成的。

「你真的不要緊？」李奇問。

「最好是，」男子說：「我還得趕時間。」

「那你站起來看看。」

那人沒辦法。他的核心肌力已經耗盡，不然就是膝蓋不好，或者兩者都有。很難說。李奇扶他站起，那人站在路邊洩水槽裡，面對街道的另一側，駝著背。他吃力地轉身，腳在原地移來移去。

他沒辦法走上路邊石。他一腳踏上去了，可是把身體提高六吋所需要的推進力是他的膝蓋負荷不了的。他的膝蓋一定挫傷了，很痛。他的長褲布料上有一處嚴重磨損，就在膝蓋骨的位置。

李奇站在他背後，兩手兜住他的兩邊手肘下方，把他舉起來，那人像月球漫步那樣輕鬆踏了上去。

李奇問：「你走得動嗎？」

男子試了試。他可以小步地走，柔弱而確實，但每次他的右腿承受重量，他都會痛得咬牙，短促激烈地喘氣。

「你得走多遠？」李奇問。

男子環顧周遭，估算著方位，確認自己的位置。

「還有三個街區，」他說：「在對街。」

「有很多路邊石，」李奇說：「要不斷上上下下。」

「我走得了。」

「走給我瞧瞧。」李奇說。

男子起步，像之前一樣往東走，緩緩踩著小碎步，兩手稍微往前伸，像是為了保持平衡，痛苦咬牙、喘息得很明顯而且大聲，似乎更糟了。

「你缺一根手杖。」李奇說。

「我缺的東西可多了。」男子說。

李奇繞到他身邊，在他右側，托住他的手肘，用手掌承受男子的重量。在力學上和棍子、拐杖或T字杖是一樣的。向上的力量，最終會通過男子的肩膀。牛頓物理學。

「再試試看。」李奇說。

「你不能跟我一起去。」

「為什麼？」

那人說：「你已經幫我太多了。」

「這不是真正的理由，不然你應該會說，你真的不能要我跟你一起去。這是比較含糊、禮貌的說法。可是你的說法比這強烈得多，你說我不能跟你一起去，為什麼？你要去哪裡？」

「我不能告訴你。」

「沒有我，你也到不了那裡。」

那人吸口氣然後吐出，動著嘴唇，像在排練該怎麼說。他舉起手，觸摸額頭上的擦傷，接著臉頰，接著鼻子，又一陣齜牙咧嘴。

他說：「陪我走到我要去的街區，陪我過馬路，然後轉身回家去。這樣你就算幫了我天大的忙了，我是說真的，我會非常感激，現在我就很感激了，希望你明白。」

「我不明白。」李奇說。

「我不能帶任何人。」

「誰說的？」

「不能告訴你。」

「假設我照樣朝那方向走，你可以脫隊然後走進去，我會繼續往前。」

「這樣你就知道我去了哪裡。」

「我已經知道了。」

「怎麼可能？」

李奇見過全美各地形形色色的城市，東南西北，各種規模、年代和境況。他了解他們的節奏和規則。他知道歷史滲入了它們的一磚一瓦。他所在的街區是密西西比河以東數以萬計和它相仿的街區當中的一個，乾貨批發的後勤辦公室，一些專門零售商店，一些輕工業，一些律師事務所和貨運公司、土地代理和旅行業者，也許在後院有一些出租場所。繁忙喧囂的景象在十九世紀末、二十世紀初達到頂峰。如今已隨著時間的流逝而崩解、消蝕和空洞化，因此有許多用板條封起的商店和關閉的餐館，但有些商店比別人撐得久一點，有些商店撐得最久，有些習性和愛好是很頑強的。

「從這裡往東三個街區，然後過街，」李奇說：「一間酒吧，就是你要去的地方。」

那人沒說話。

「要付款給人家，」李奇說：「約在酒吧，午餐前，因此對方應該是本地的高利貸販子。這是我的猜測，一萬五千或兩萬元。你手頭不方便，我猜你大概把車賣了，你找到城裡最好的現金價，也許是個收藏家，像你這樣正派的人，也許有一輛老爺車。你開車過去，然後搭巴士回來，你到買方的銀行領錢，櫃員把現金裝在信封裡。」

「你是誰？」

「酒吧是公共場所，我渴了，和其他人一樣，也許他們也賣咖啡，我會坐在別的桌位，你可以假裝不認識我，你離開時也會需要幫忙的，你的膝蓋會更僵硬。」

「你是誰？」那人追問。

「我叫傑克．李奇，曾是一名憲兵，受過偵察訓練。」

「是一輛雪佛蘭Caprice，老車款，全部原廠零件，車況絕佳，里程數非常低。」

「我對車子一竅不通。」

「現在舊款Caprice很受歡迎。」

「你賣了多少？」

「兩萬兩千五百。」

李奇點了點頭，比他料想的還要多，一大疊全新鈔票。

他說：「你得全部付給人家？」

「十二點為止，」男子說：「超過就得往上漲。」

「那麼我們該走了，這段路可能會相當辛苦。」

「謝謝你，」男子說：「我叫亞倫．許維克，我永遠欠你一份情。」

「陌生人的善意，」李奇說：「讓這世界可以運行下去，有人寫了這方面的劇本。」

「田納西．威廉斯，」許維克說：「《慾望街車》。」

「我們現在正用得上。走三個街區換一枚五分鎳幣，很划算。」

兩人開始步行。李奇踏著小而緩慢的步伐，許維克一跛一跛、一點一點蹣跚前進，由於牛頓物理學而傾向一邊。

3

酒吧位在街區中段一棟簡樸磚造舊建築的一樓。中央是破舊的棕色大門，兩側有幾扇髒污的窗口。門的上方是標示著愛爾蘭店名的閃爍綠色霓虹招牌，窗口有一些豎琴、酢漿草和其他造型的積滿塵埃的半熄霓虹燈，全都是啤酒品牌的廣告，有的品牌李奇認得，有的不認得。他扶著許維克走下酒吧對街的路邊石，穿過馬路，走上店門口前的路邊石。他腦袋裡的時間是十一點四十分。

「我先進去，」他說：「然後你再進去，這樣效果比較好，就像我們不認識，好嗎？」

「隔多久？」許維克問。

「幾分鐘，」李奇說：「你先喘口氣。」

「好。」

李奇拉開門進去。燈光昏暗，空氣中飄散著殘留啤酒和芳香劑的氣味。這酒吧相當大。不算深廣，但也不是小店面。在一條老舊中央走道的兩側各有一長排四人桌，走道本身通往位在房間左邊角落的正方形格局吧台。吧台後方有個胖子，留著四天沒刮的鬍子，肩上披著條毛巾，像是職位勳章。店內有四名客人，分別單獨坐在不同桌位，一個個駝著背，一臉茫然，就像許維克一樣又老又乏，沒勁又沮喪。其中兩人握著長頸啤酒瓶，另外兩人防衛地兩手兜住半空玻璃杯，好像隨時會有人把杯子搶走。

他們看上去都不像高利貸販子。也許是酒保經手的。代理人，中間人，或掮客。李奇走過去，問他有沒有咖啡，那人說他不供應。令人失望，但並不意外。這人口氣十分有禮，但李奇有種感覺，如果談話對象不是像他這樣高壯、不好對付的陌生人，這人的態度或許會有所不同，換成一個老實人，說不定會被挖苦兩句。

李奇改點了一瓶國產啤酒，冰涼順口，結滿水霧，瓶口冒出大堆泡沫。他留了一塊錢在吧台上，然後走向最近的一張四人桌，正好在後面的右邊角落。好位子，因為這麼一來他可以背對牆坐著，一覽整個空間。

「那裡不行。」酒保大喊。

「為什麼？」李奇喊回去。

「保留位。」

另外四個客人抬頭，別開目光。

李奇走回吧台，把他的一塊錢收回。沒說請，沒說謝謝，就沒小費。他越過對角線走向另一側，位在髒污窗口底下的前面桌位。方位相同，只是倒過來，背後是屋角，可以看遍整個空間。他喝了幾口啤酒，大部分是泡沫，這時許維克蹣跚走了進來。他瞥了眼最裡面右角落的空桌子，訝異地停下來。他環顧整個房間，看看酒保，看看四個孤單酒客，看看李奇，最後回頭看角落裡的桌位，仍然是空的。

許維克開始一拐一拐走過去，但在半途停下。他換了個方向，慢吞吞朝吧台走去，他對酒保說話。可是李奇距離太遠，聽不到他說了什麼；不過他猜應該是一個問題。也許是，某人在哪裡？可以確定的是，他邊說邊瞥向後面角落的四人桌，看來似乎得到挖苦的回應。也許是，以為我是千里眼？許維克畏縮地退開，朝著那個禁地走過去，準備在哪裡思考接著該怎麼做。

李奇腦子裡的時鐘指著十一點四十五分。

許維克一瘸一拐走向那張空桌子，站立片刻，拿不定主意。然後他面對著屋角坐下，就好像坐的是辦公桌前的訪客椅，而不是桌子後面的主管椅。他坐在椅子邊緣，身體挺得筆直，半回頭望著門口，像是準備一看見和他約見面的那人走進來，就馬上恭敬地跳起。

沒人進來。酒吧依然靜悄悄的。有慶幸的吞嚥聲，有濕黏的呼吸聲，還有酒保的毛巾在玻璃杯上的嘎吱響。許維克盯著門口，時間一分一秒過去。

李奇起身，走向吧台，到了最靠近許維克桌子的位置。他把手肘擱在吧台上，一臉期待，像個剛接了新任務的人。酒保轉過身去，突然在吧台的對角忙起了不知什麼急事。果然，沒有小費，沒有服務。李奇早料到了，這正是他要的，為了得到些許隱私。

他悄聲說：「如何？」

「他不在這裡。」許維克悄聲回答。

「他通常都在？」

「經常都在，」許維克小聲說：「整天坐在這個桌位。」

「你們像這樣約過幾次？」

「三次。」

酒保還在遠遠的角落裡忙。

許維克小聲說：「再過五分鐘我就欠他們兩萬三千五百，而不是兩萬兩千五百了。」

「滯納金是一千元？」

「每天多一千。」

「問題不在你，」李奇輕聲說：「誰教那傢伙不來。」

「這些人是不講道理的。」

許維克盯著門口。酒保忙完了想像中的雜務，從酒吧的後部穿過對角線大搖大擺走到前面，昂著下巴，帶著敵意，似乎願意接受請求，但極可能不會照辦。

他停在李奇一碼外的地方，等著。

李奇說：「什麼事？」

「你有什麼需要？」那傢伙說。

「不需要了，我本來就想讓你走過去再走回來，你看來需要鍛鍊一下。但現在你已經走完了，所以沒事了。總之，謝了。」

那人瞪著他。評估著自己的處境。不太妙的處境。儘管他在櫃台下藏了球棒或槍什麼的，但他永遠不會碰它們。李奇和他只有一臂之遙，他的回應必須是口頭上的。肯定沒完沒了，他清楚得很。最後，他的壁掛電話救了他。就在他背後響起。老式鈴聲。一聲長長的、柔和的嗚響，接著又一聲。

酒保轉過身去，接了電話。那具電話是經典款式，巨大的塑膠聽筒連著經常被拉扯、長得垂到地上的捲線。酒保聽了會兒，然後掛斷。他抬起下巴，遠遠朝後面角落桌位的許維克點了點。

他大喊：「晚上六點再來。」

「什麼？」許維克說。

「你聽見了。」

酒保走開，去做另一個想像中的雜務。

李奇在許維克的桌位坐下。

許維克說：「他是什麼意思，六點再來？」

「你正在等的那個人八成有事耽擱了。他來電話，讓你了解一下狀況。」

「可是我不懂，」許維克說：「我的十二點還款期限呢？」

「問題不在你，」李奇又說：「爽約的是對方，不是你。」

「他會說，我又多了一千元欠款。」

「既然他沒來，就不敢這麼說，所有人都知道他沒來。酒保接了電話，他是證人，你在這裡，那個人不在。」

「我無法多籌出一千元，」許維克說：「真的沒辦法。」

「我想對方延遲等於是給了你許可，意思很明顯，就像合約裡的默示條款。你在約定時間到達約定地點，拿出要償還的法定貨幣，他們沒有現身接受。這是普通法理，律師會解釋的。」

「不要律師。」許維克說。

「律師你也擔心？」

「我請不起，尤其如果我還得另外籌一千元的話。」

「不用，他們不能便宜佔盡。你準時來了，他們沒有。」

「這些人是不講道理的。」

酒保遠遠瞪著他們。

李奇腦袋裡的鐘來到正午十二點整。

他說：「我們不能在這裡乾等六小時。」

「我妻子會擔心的，」許維克說：「我應該回家去見她，然後再過來。」

「你住哪？」

「離這裡大約一哩。」

「如果你願意，我陪你一道回去。」

許維克停頓許久。

然後他說：「不，我真的不能要求你這麼做，你已經幫我很多了。」

「又是含糊客氣的說法。」

「我的意思是說，我不能再給你添麻煩了，相信你自己也有事要做。」

「一般來說，我會避免有事做。顯然，這是我早年對抗刻板組織訓練的一種反應。

結果是，我沒有特定的地方得去，有的是時間四處晃蕩，我很樂意多繞這一哩路。」

「不，我不能要求你這麼做。」

「我所謂的組織訓練，是在我之前提過的憲兵部隊裡進行的，我之前也說過，我們受過觀察事物的訓練，不只是有形的線索，也包括對人的觀察。他們的行為表現，他們相信什麼，人的天性等等。大部分是胡扯，但有些也不無道理。此刻的你正面對一段必須步行穿過後街地帶的一哩路程，口袋裡裝了兩萬多元，這讓你有些不自在，因為實際上你不該還帶著它，萬一失去它，將是一場大災難，而且你今天已被搶了一次。所以，總的來說，你很怕走這段路，而你知道我可以消除你的恐懼感，加上你被襲擊時受了傷，行動不太方便，而你知道這方面我也可以幫你。總而言之，你應該求我陪你回家才對。」

許維克沒說話。

「但你是個紳士，」李奇說：「你很想報答我。可是如果我陪你走回家，和你妻子見面，你會覺得，你起碼應該請我吃頓午餐，問題是你家沒有午餐，你很難為情。但千萬別這麼想，我了解，你正和一個債務人鬧糾紛，已經好幾個月沒吃午餐了，你看來像瘦了二十磅，皮膚都鬆垮了。所以，待會兒我們在路上順便買幾個三明治，用政府的錢，我身上的現金都是從那兒來的，你繳的稅金起了效用。我們可以輕鬆聊聊，然後我陪你走回這裡，你把錢還清，我繼續走我的路。」

「謝謝你，」許維克說：「我是說真的。」

「不客氣，」李奇說：「我也是說真的。」

「你打算去哪裡？」

「別的地方。通常看天氣而定。我喜歡暖和點，省得買外套。」

酒保又遠遠瞪著他們。

「走吧，」李奇說：「待在這裡遲早會渴死。」

4

預定在酒吧的後面角落桌位和亞倫・許維克會面的人名叫菲斯尼克，是一個四十歲的阿爾巴尼亞人。他是這天早上烏克蘭幫頭目葛雷哥利提到的兩個人之一。因此，他在家接到迪諾的電話，要他在酒吧開始一天的工作之前，先到木料場一趟。迪諾的語氣沒有絲毫突兀。硬要說的話，實際上聽來相當熱情雀躍，彷彿帶著讚揚和認可。也許是新增的機會，或者獎金，或者兩者兼有。也許是升遷，或者在組織中的新身分。

結果完全不是這麼回事。菲斯尼克彎身進了鐵捲門內的員工專用門，聞到一股新鮮松木味，聽見嗚嗚的電鋸聲，朝著後面的辦公室走去，心中充滿樂觀。一分鐘後，他被人用強力膠帶綁在木椅上，突然間松木氣味聞起來像棺材，電鋸聲聽來像臨死的痛苦。首先，他們用裝上四分之一吋土石鑽頭的DeWalt無線電鑽鑿入他的膝蓋。接著他們繼續往前鑽。他什麼也沒告訴他們，因為他沒東西可說。他的沉默被當成一種堅忍的招供，他們的文化就是如此，他的剛強讓他獲得些許欽佩，但不足以止住鑽頭。他大約在李奇和許維克終於離開酒吧的同一時間死去。

這一哩路的前半段是穿過許多像酒吧所在地區一樣的老舊街區，但接著視野一變為大片開闊的土地。這裡最早可能有好幾座十英畝大小的牧場，直到二次大戰結束，一群美國大兵回到老家。當時牧草地被犁開，蓋起了一排排整齊的小房舍，全都是平房，其中有些是錯層式的，隨著牧場地勢的高低起伏而定。過了七十年，這些房子的屋頂全都經過多次翻修，沒有兩棟是完全相同的。有些多了加蓋、擴建的部分和新的乙烯外牆；有些草坪修剪過，有些雜草叢生，但除此之外，戰後的簡陋單調仍然支配著它的整個發展。小片土地，狹窄的馬路和人行道，緊迫的直角彎道，在在挑戰著一九四八年福特、雪佛蘭、Studebaker和普利茅斯汽車的最大轉向能力。

李奇和許維克順道在加油站熟食區停下，他們買了三份雞肉沙拉三明治、三包薯片和三罐汽水。李奇用右手提著袋子，用左手扶許維克。他們吃力又緩慢地通過這個雜亂社區。原來許維克的房子深藏其中，在一條迴車道比道路本身寬不了多少的死巷子裡，就像舊式溫度計末端的水銀球。房子在左邊，在一道竄出許多早熟玫瑰花苞的白色尖木樁籬笆後面。這房子是一棟平房，瀝青屋頂，亮白的外牆，和其他房屋一樣，有著同樣的結構和佔地面積。看來維護得不錯，但最近有些荒廢，它的窗戶積了灰塵，草坪沒剪。

李奇和許維克蹣跚地走上一條勉強足夠讓兩人並肩同行的水泥小徑。許維克掏出鑰匙，可是他還沒把鑰匙插入鎖孔，門就在他們面前打開了。一個女人站在那兒，無疑是許維克太太。他們之間有著明顯的聯結。她灰髮、駝背，和他一樣最近瘦了不少，同樣七十歲左右，但她的頭昂起，眼神沉穩。屋內爐火還在燒著。她注視丈夫的臉，他額頭上的擦傷，臉頰上的刮痕，嘴唇上的乾涸血跡。

「我跌了一跤，」許維克說：「在路邊絆倒了，撞上膝蓋，沒什麼大礙，這位先生好心幫我。」

女人的目光短暫移向李奇，難以理解，接著回到丈夫身上。

她說：「我們最好替你清理一下。」

她退開來，許維克進了門廊。

他的妻子開口問：「你把……」隨即停住，也許在陌生人面前覺得尷尬吧。無疑，她想問的是，你把錢給人家了嗎？但有些問題最好私下討論。

許維克說：「事情有點複雜。」

沉默久久。

李奇拿起熟食店的袋子。

「我們帶了午餐，」他說：「我們覺得在這情況下，大概很難出門到餐廳去。」

許維克太太又看著他，仍然不解。接著有點受傷的樣子，加上羞愧不安。

「他知道，瑪麗亞，」許維克說。「他是憲兵，把我看透了。」

「你告訴他了？」

「他自己推想的，他受過廣泛的訓練。」

「怎麼個複雜法？」她問：「出了什麼事？誰打了你？是這個人嗎？」

「哪個？」

她正眼看著李奇。

「帶午餐的這個人，」她說：「是他們一夥的？」

「不，」許維克說：「當然不是。他和他們一點關係都沒有。」

「那他為什麼要跟著你？還是護送你？他很像獄警。」

許維克開口說：「我在……」隨即打住，改口說：「我不小心絆倒時，他正好路過，把我扶起來。然後我發現我走不動了，於是他一路扶著我回來。他不是跟著我，或護送我，他在這裡是因為我在這裡，兩者缺一不可，起碼現在不行。因為我傷了膝蓋，就這麼簡單。」

「你剛才說事情很複雜，沒說很簡單。」

「我們應該到屋裡去。」許維克說。

他的妻子停頓片刻，然後轉身帶路。這房子的內部和從外面看是一樣的，老舊，照料得很好，直到最近。房間很小，走廊狹窄。他們來到起居室，裡頭有一張雙人沙發，兩把扶手椅，還有一些插座和電線，但沒有電視。

許維克太太說：「怎麼個複雜法？」

「菲斯尼克沒有現身，」許維克說：「他經常一整天窩在那裡，可是今天不在。我們只得到一通電話口信，說是六點鐘再去。」

「那現在錢在哪裡？」

「還在我這裡。」

「哪裡？」

「在我口袋裡。」

「菲斯尼克會說我們又多了一千元欠款。」

「這位先生認為他沒辦法。」

女人再次看著李奇，然後回頭看她的丈夫。她說：「我們應該替你清理一下。」然後她又看著李奇，指一下廚房說：「請把午餐放冰箱。」

那裡差不多是空的。李奇到了那裡，打開冰箱門，看見一個刷洗得很乾淨的空間，裡頭沒放多少東西，只有幾只可能已經空了六個月的瓶子。他把袋子放進中間的層架，然後回到起居室等待。牆上有一些家庭照片，像雜誌那樣分類、成組排列。其中的年長組是三幀裝在精緻相框裡，由於年代久遠而泛黃的黑白照。第一幀是一名站在房子前面的老實美國大兵，身邊伴著一位李奇猜想是他的新婚妻子的女人。男人一身清爽的卡其色制服，二等兵，也許年紀太輕，無法加入二次世界大戰。之後也許在德國服了三年兵役，然後又被徵召去打韓戰。女人穿著花卉圖案、長達小腿肚的蓬蓬裙。兩人面帶微笑，他們後方的房子外牆在陽光下閃閃發光，腳下的泥土裸露著。

第二張照片中，他們腳下踩著長了一年的草坪，懷裡抱著一個嬰孩。同樣的笑容，同樣的耀眼外牆，新手父親脫去制服，穿著高腰彈性纖維長褲和白色短袖襯衫。新手母親也把花卉裙裝換成了薄毛衣和七分褲。嬰兒被密密包裹在襁褓中，只露出白皙模糊的臉孔。

第三張照片是大約八年後的三人。在他們後方，地面植物遮去一半的房屋外牆。他們腳下的草十分茂密，男人不像八年前那麼削瘦，腰部圓潤了點，雙肩渾厚了些。他的頭髮光滑地向後梳，開始有點稀疏了。女人比以前漂亮，但有了倦容，樣子就像所有一九五〇年代照片中的女人。

站在他們前面的八歲女孩，幾乎可以肯定就是瑪麗亞．許維克。她的臉型和坦率的眼神十分眼熟。她長大了，他們老了，死了，她繼承了他們的房子。這只是李奇的猜測，不過下一組照片證明他是正確的。這是一組褪色的柯達彩色照片，但地點相同。同一片草坪，同一面房屋外牆。算是一種傳統吧。第一張照片是年約二十歲的許維克太太，旁邊是挺拔得多、也結實得多的許維克先生，同樣是二十歲左右。他們的臉龐年輕瘦削，在鮮明的光影中透著銳氣，笑容幸福而燦爛。

新一組照片中的第二張是這對夫婦抱著嬰兒，在下一排照片中，這孩子從左到右飛躍般地長成了蹣跚學步的幼兒，接著是四歲左右的小女孩，接著六歲，接著八歲，在她身後的許維克夫婦展示著又大又蓬鬆的一九七〇年代髮型，還有緊身背心和泡泡袖。

下一排照片是同一個女孩長成了少女，接著是高中畢業生，接著是年輕女人。然後，隨著柯達照片越來越新，女人也越來越年長。李奇猜如今的她大約快五十歲了。不管那叫什麼世代。戰後嬰兒潮第一代的長女，總會有個稱呼的，別人都有。

「原來你在這裡。」許維克太太在他背後說。

「我在欣賞妳的照片。」他說。

「是啊。」她說。

「妳有個女兒。」

「是啊。」她又說。

然後許維克也進來了。他嘴唇上的血跡已清理乾淨，抹了某種黃色藥水的額頭傷口閃著亮光，頭髮也梳理整齊了。

他說：「咱們吃東西吧。」

廚房裡有張小桌子，四周鑲了補強鋁條，美耐板桌面經過數十年的歲月和擦拭而變得暗沉，但曾經明亮耀眼而且功能強大。還有三張相匹配的皮墊椅子。也許都是在瑪麗亞・許維克還小的時候買的。為了她開始坐上餐桌用餐，練習使用刀叉、說請和謝謝。多年後的此刻，她請李奇和她的丈夫坐下，然後把熟食袋裡的三明治擺上瓷盤，薯片放進瓷碗，汽水倒入毛玻璃杯。她拿來餐巾布，坐下，看著李奇。

「你一定覺得我們愚蠢到了家，」她說：「讓自己落到這步田地。」

「沒的事，」李奇說：「倒楣到了家倒是真的，或者走投無路。相信這是萬不得已的情況。你們把電視機賣了，無疑還賣了許多別的東西。我猜你們還抵押房子去借錢，但這還不夠，你們必須另外想辦法。」

「是啊。」她說。

「相信一定有充分理由。」

「是啊。」她又說。

她沒再多說什麼。她和丈夫慢慢吃著，一次一小口，一口薯片，一口汽水，像在品嚐新奇的食物，或者擔心消化不良。廚房裡很安靜。沒有車流聲，沒有街道噪音，沒有騷動。牆上是舊的白色地鐵磚，沒鋪瓷磚的部分貼著壁紙，花卉圖案，就像許維克太太的母親在第一張照片中穿的裙裝，只是顏色淡一些，輪廓也較模糊。地板是亞麻地磚，很早以前就被細高跟鞋踩得坑坑疤疤，如今又幾乎被磨得光滑了。廚房設備被更換過，也許是在尼克森當總統的時代。不過李奇猜流理台仍然是原來的，淡黃色的美耐板，帶有看來像醫院心電儀上的心跳曲線的細波浪紋路。

許維克太太吃完三明治，喝光汽水，舔了舔濕手指上殘留的薯片細屑，然後她用餐巾輕壓幾下嘴唇，回頭看著李奇。

她說：「謝謝你。」

他說：「不客氣。」

「你認為菲斯尼克不能向我們多要一千元。」

「我的意思是不應該，不代表不會。」

「我覺得我們還是得付這筆錢。」

「我很樂意和那傢伙談談，代表你們，如果你們願意的話，我可以和他理論。」

「而且我相信你會很有說服力。可是我丈夫告訴我，你只是路過這裡，明天你就離開了，可是我們還在，所以還是付錢比較保險。」

亞倫・許維克說：「咱們沒錢。」

他的妻子沒回答。她扭轉著手指上的幾枚戒指。也許是無意識的。她有一只纖細的黃金婚戒，旁邊是一枚訂婚鑽戒。她在考慮當舖，李奇猜想。也許就在巴士車站附近，平價商店街。可是想借一千元，光是一枚婚戒和一枚小單顆鑽戒恐怕不夠。也許樓上房間的抽屜裡有她母親留下的東西。也許還有一些零散的遺贈物，老姨媽和叔父給的，胸針、項鍊墜和退職紀念錶之類的。

她說：「船到橋頭自然直。也許到時候他會講道理，也許他不會向我們要這筆錢。」

她丈夫說：「這些人是不講道理的。」

李奇問他：「你有直接證據嗎？」

「只有間接證據，」許維克說：「打從一開始，菲斯尼克就向我解釋了各種懲罰方式。他手機上有一些照片，還有一段短片。我被逼著看了一下，可想而知，我們一直不敢拖欠借款，直到現在。」

「你們考慮過報警嗎？」

「當然考慮過，但那是自願簽下的契約，我們向他們借錢，我們接受了他們的條款。其中一條是不能報警，我在菲斯尼克手機上看過報警的懲罰方式。總之，我們覺得這麼做風險太大了。」

「或許你很明智。」李奇說，其實是言不由衷。他認為菲斯尼克需要的是挨一頓拳頭，而不是對契約的尊重。或許再加上在酒吧的裡面角落把他的臉砸在桌面上。不過話說回來，李奇既非七十歲，也沒有駝背或挨餓，也許不報警確實很明智。

許維克太太說：「到了六點我們就知道會如何了。」

之後的整個下午他們都避開這話題。某種心照不宣的默契。他們改而交換身家背景，就像一般的禮貌性談話。許維克太太果然是從她雙親那兒繼承了這棟房子，而她雙親當初是透過「退伍軍人權利法案」（GI Bill）沒看房子就買下的，捲入了戰後瘋狂的中產階級房地產搶購潮。她在一年後出生，就像照片中的草坪變長了一樣。她在這房子裡長大，然後她的雙親過世，同年她遇見了丈夫。他是一名機具操作員，技術純熟，在附近長大。屬於必要產業，因此不曾被徵召去打越戰。和她的雙親一樣，他們在一年內生下一個女兒，而女兒也在這裡頭長大，算是在這房子成長的第二代。她在學校表現不錯，也找到一份工作，一直沒結婚。他們沒有孫子。不過，李奇發現，隨著故事越來越接近現在，他們的語氣也起了變化，變得喪氣、壓抑，似乎有難言之隱。

他腦袋裡的時鐘到了五點。對他來說，走一哩路要花十五分鐘，多數人得花二十分鐘。可是以許維克的步調，恐怕得花上將近一小時。

「時間到了，」他說：「咱們走吧。」

5

李奇又一次扶著許維克走下對街的路邊石，穿過馬路，登上這一側的路邊石，然後越過人行道到達酒吧門口。他又一次先進去。理由是一樣的。看見一個陌生人在目標人物之前進入，比起陌生人緊跟在他之後進入，在人潛意識中的聯結性少了十倍。關於人性分析，大部分是胡扯，但有些也不無道理。

同一個胖傢伙站在吧台後面。這時有另外九個客人。兩對，加上五個單獨坐在不同桌位的單人酒客，其中一個單人酒客在六小時前就坐在同一個位子，還有一個是大約八十歲的女人，她正舉著一只裝滿透明液體的杯子，大概不是水。

後面角落裡的四人桌位坐著一個人。

這人是個大塊頭，四十歲左右，髮膚顏色淺淡得幾乎像在昏暗中發著亮光。淡淡的眼睛，淡淡的睫毛，淡淡的眉毛。他有著玉米鬚色的頭髮，剃得極短，看來亮閃閃的。他的兩隻粗大的白皙手腕靠著桌子邊緣，一雙白皙的大手擱在一本黑色大帳簿上，身上是黑色套裝、白襯衫和黑色絲質領帶，一枚刺青從襯衫領口露出來，某種文字圖案，外文字母。不是俄語，是別國語言。

李奇沒點東西就坐下。一分鐘後，許維克進來。他又一次直直掃視著後面角落的桌位，又一次吃驚地停下腳步。他往側邊小步挪動，在李奇旁邊的一個空的四人桌位坐下。

他細聲說：「那人不是菲斯尼克。」

「你確定？」

「菲斯尼克是深色皮膚、黑頭髮，」

「你有沒有見過這個人？」

「沒有，一直都是菲斯尼克跟我交涉。」

「也許他身體不舒服，也許因為這樣才打了那通電話，他必須找人代替他來，可是找不到，六點前沒人有空。」

「也許吧。」

李奇沒說話。

「你在想什麼？」許維克小聲說。

「你確定你從沒見過這傢伙？」

「怎麼？」

「因為這表示他不認得你，他手上就只有帳簿上的一條帳目。」

「你有什麼建議？」

「我可以假裝成你，我可以替你出面付錢給這個人，並且搞定所有問題。」

「你是說萬一他要更多錢？」

「我可以試著說服他，到最後，多數人都會識大體的，這是我的經驗。」

輪到許維克不說話。

「我得先確定一件事，」李奇說：「不然我會顯得很驢。」

「確定什麼事？」

「這樣就結束了？付了兩萬兩千五百，然後就沒事了？」

「我們就欠他們這麼多。」

「信封給我。」李奇說。

「別傻了。」

「你折騰了一整天，放鬆一下。」

「瑪麗亞說得沒錯，明天你就不在了。」

「我不會給你添麻煩的。他要麼同意，要麼不同意。萬一他不同意，你的情況也不會更糟。不過這得由你決定，不管怎樣我都無所謂。我不想找麻煩，我喜歡平靜的生活。再說，你可以省得走過去再走回來，你的膝蓋看來還是不太妙。」

許維克靜靜坐著，久久不語，然後他把信封給了李奇。他把它從口袋掏出來，偷偷摸摸遞了過去。李奇接過信封，四分之三吋厚，沉甸甸的，他把它放進自己的口袋。

「在這兒等著。」他說。

他起身，朝後面角落走去。他自認是個現代人，出生在二十世紀，生活在二十一世紀，但他也知道自己腦袋裡有個開放的入口，通往人類原始過往的蟲洞，在那段數百萬年的歷史期間，每個生物都可能是掠食者，或者競爭對手，因此必須迅速、精準地作出評估和判斷。誰是高等生物？誰會臣服？

他在後面桌位遇上的將是一個挑戰。如果發生狀況，如果事態從口頭演變成肢體，也應該不會構成巨大挑戰，介於大和小之間吧。那人的格鬥技巧比不上他，這點幾乎可以肯定，除非他也待過美國陸軍，美國陸軍傳授全世界最卑鄙的搏鬥法，當然他們是不會公開承認的。問題是那傢伙十分壯碩，而且比他年輕幾歲，他看來對這一帶已是熟門熟路了，他看來似乎不太容易驚慌，他看來似乎一直是個贏家。李奇大腦的古老部分收集了所有潛藏訊息，亮起黃色警告燈，但這並沒有阻止他繼續往前。在他前方，桌位上的男子筆直回望著他，顯然也正進行著他的原始算計，誰是高等生物？那人看來相當自信，像是很滿意自己的勝率。

李奇在許維克六小時前棲息的位子坐下，訪客椅。近看之下，坐在主管椅上的人或許比乍看下要老一點，四十好幾，也許四十五、六歲，相當年長了。以他的年紀來說算是相當壯碩，可是大塊頭的印象被幽靈般的蒼白削弱了。那是他身上最引人注目的一點。還有他的刺青。圖案不純熟也不勻稱，監獄墨水，可能不是美國監獄。

那人拿起帳簿，打開來，把它直立在他那一端的桌子邊緣。他低頭凝視著它，有點勉強，像是把紙牌舉得太靠近背心的玩家。

他說：「你叫什麼名字？」

「你又叫什麼名字？」李奇說。

「我叫什麼不重要。」

「菲斯尼克在哪？」

「菲斯尼克被換掉了，不管你跟他有過什麼業務往來，現在你得和我交涉。」

「我需要的不止這些，」李奇說：「這是一項重要業務，這是一個重大財務問題；菲斯尼克借錢給我，我必須還他。」

「我剛剛說了，不管你和菲斯尼克之間有過什麼業務往來，現在你得面對我。菲斯尼克的客戶現在是我的客戶了，既然你欠菲斯尼克錢，就等於欠我錢，這不是什麼難懂的火箭科技，你叫什麼名字？」

李奇說：「亞倫・許維克。」

那人斜眼瞄了下帳簿。

他點了點頭。

他說：「這是最後一筆欠款嗎？」

「會給我收據嗎？」李奇問。

「菲斯尼克會給你收據嗎？」

「你不是菲斯尼克，我連你叫什麼名字都不曉得。」

「我叫什麼不重要。」

「對我很重要，我要知道我把錢給了誰。」

那人用白森森的手指輕彈一下閃亮的頭側。

「你的收據在這裡頭，」他說：「你知道這個就夠了。」

「可以讓菲斯尼克明天再來和我碰頭。」

「我已經告訴你兩次了，昨天你是菲斯尼克的客戶，今天你是我的了，明天依然是我的。菲斯尼克已成為過去，菲斯尼克沒了，情況變了，你欠多少錢？」

「不知道，」李奇說：「我等菲斯尼克來告訴我，他有個公式。」

「什麼公式？」

「手續費、罰款和各種附帶費用的計算方式。四捨五入湊成百位整數，再加五百元手續費。那是他的規則，我怎麼也算不清楚，我不希望他覺得我在誆他，寧可照著他告訴我的數字付款。這樣比較保險。」

「你認為應該是多少？」

「這次？」

「你積欠的尾款。」

「我也不想讓你覺得我在誆你，既然你已經接手菲斯尼克的業務，我想同樣的條款還是適用的。」

「兩種都給我，」那人說：「你推估的數字，還有你認為菲斯尼克的公式會得出的結果。也許我會給你一點折扣，也許我們可以折衷一下，算是初見面的優惠。」

「我覺得是八百，」李奇說：「可是照菲斯尼克的算法，可能是一千四百，就像我說的，利息雜費湊成百位整數，再加五百元手續費。」

那人低頭斜眼看著帳簿。

他緩慢、莊重地點了點頭，完全贊同。

「但是沒有折扣，」他說：「我決定不要，我要把一千四全數拿走。」

他闔上帳簿，把它平放在桌上。

李奇伸手到口袋裡，將拇指探入信封，從許維克那疊鈔票抽出十四張。他把它們遞過去。蒼白的傢伙用俐落熟練的手指數了數，把它們對折，放進口袋。

「可以了嗎？」李奇問。

「全數還清。」男子說。

「收據？」

那人又輕彈一下腦袋。

「滾吧，」他說：「下次見。」

「什麼下次？」李奇說。

「你需要貸款的時候。」

「希望不會。」

「像你這種廢物一定會的，你知道上哪兒找我。」

李奇頓了一下。

「是的，」他說：「我知道。等著吧。」

他在原位待了很長一段時間，然後從訪客椅站起，緩緩走開，眼睛直視前方，一路走出店門，回到人行道上。

一分鐘後，許維克跟著一跛一跛走出來。

「咱們得談談。」李奇說。

6

許維克還留有一支手機。他說他沒把它賣掉，是因為那是一支不值錢的老式掀蓋手機，而他還在使用它，是因為解約比續約還要花錢。況且有時候他真的用得上。李奇對他說，現在就是用它的時候。他要他叫一輛計程車。許維克說他付不起車錢，李奇對他說這次他付得起。

來的計程車是一輛老舊的福特維多利亞皇冠，車身塗了厚厚的橘皮色烤漆，駕駛員側的前車柱上有警用聚光燈，車頂裝著計程車標誌燈。從外觀看來，不是吸引人的車子，但走得還可以。它一路顛簸哀號著到了許維克的家，停在屋外。李奇攙扶許維克沿著狹窄的水泥小徑走到門口。門再度在老人將鑰匙插入鎖孔之前打開來。許維克太太注視著門外的他，臉上充滿無言的疑問，計程車？因為膝蓋？那為什麼這個大塊頭又來了呢？

最重要的是：我們有沒有多欠一千元？

「又說來話長了。」許維克說。

他們回到廚房。爐子沒火，沒有晚餐。這天他們已經吃過一餐了。他們圍著餐桌坐下，許維克敘述了他那部分的事情經過。菲斯尼克沒來，只有代理人，一個陰沉蒼白的陌生人，拿著一本黑色大冊子，然後李奇提議由他充當中間人。

許維克太太將目光轉向李奇。

李奇說：「我有把握他是烏克蘭人，他頸子上有一枚監獄刺青，很明顯是西里爾字母。」

「我不認為菲斯尼克是烏克蘭人，」許維克太太說：「Fisnik是阿爾巴尼亞名字，我到圖書館查過。」

「他說菲斯尼克被換掉了。他說任何人和菲斯尼克之間的業務往來，現在全歸他處理。他說菲斯尼克的客戶現在都是他的客戶。他說，欠菲斯尼克錢就等於欠他錢，他好幾次提出同樣的論點，說這不是火箭科學。」

「他有沒有多要一千元？」

「他把冊子立在離他胸口很近的地方，十分彆扭，起初我不確定原因，以為他只是不想讓我看見它的內容。他問我叫什麼名字，我說亞倫・許維克。他低頭看看冊子，然後點頭。這點我覺得很怪。」

「為什麼？」

「那本冊子剛好在S字母開頭的頁數翻開的機率有多少？二十六分之一。有可能，但可能性很低。因此，我逐漸覺得，他隱藏那本冊子，不是因為不想讓我看到它的內容，而是因為不想讓我看到它沒有的內容，因為裡頭什麼都沒有，冊子是空白的。這只是我的猜測，後來他證明了這點。他問我欠了多少錢，他不知道，他手上沒有菲斯尼克之前的數據，那不是菲斯尼克的舊帳本，那是一本空白的新冊子。」

「這又代表了什麼？」

「這代表那不是例行的內部重組，他們並不是換掉菲斯尼克，然後找人代理。那是來自外部的不友善接管，他們有了一個全新的管理階層。我回想那人說的每一句話，他使用的語言，他的意思很清楚，有人強力介入。」

「等等，」許維克太太說：「我在廣播裡聽過，大概是上週吧。我們有一位新的警察局長，他說我們城裡有烏克蘭和阿爾巴尼亞兩幫人在互相競爭。」

李奇點了點頭。

「這就對了，」他說：「烏克蘭人正在介入阿爾巴尼亞人的一部分業務，現在你們面對的是新朋友。」

「他們有沒有要求額外的一千元？」

「他們看的是未來，不是過去。他們願意註銷菲斯尼克的舊貸款，全部或者一部分，因為他們必須這麼做，他們沒得選擇，因為他們不知道誰欠了多少錢，他們沒有紀錄。再說他們有什麼理由不把它註銷？那本來就不是他們的錢，他們只想要他的顧客，就這樣，為將來打算。他們希望能在未來幾年當中滿足這些人的需求。」

「你付錢給那個人了嗎？」

「他問我欠多少錢，我想碰碰運氣，告訴他一千四百。他低頭看了下他的空白冊子，莊重地點點頭，同意了。所以我付了他一千四百元，然後他說我可以走了，並且確認我已經全數還清。」

「剩下的錢呢？」

「在這裡。」李奇說著從口袋拿出信封。差不多和之前一樣厚。裡頭還有兩百十一張鈔票。兩萬一千一百元。他把它放桌上，等距的中央位置。許維克和妻子盯著看，什麼也沒說。

李奇說：「世事難料。遇上千載難逢的機會，事情便會突然好轉，就像現在，有人發動了戰爭，而你們不但沒有遭池魚之殃，還成了受惠者。」

許維克說：「難說。也許菲斯尼克下週現身，向我們要這些錢，再加上七千元。」

「不會的，」李奇說：「菲斯尼克已經被換下，這話出自一個脖子上有監獄墨水刺青的烏克蘭幫派份子，幾乎就意味著菲斯尼克已經死了，再不然也殘廢了。下週他不會出現的，過再久都不會了，今後你們得和新朋友打交道，他們是這麼說的，你們擺脫困境了。」

一段長長的靜默。

許維克太太看著李奇。

「謝謝你。」她說。

這時許維克的手機響了。他緩緩步出廚房，到走廊去接聽。李奇聽見聽筒隱隱傳出不真實的嘎嘎聲。男人的聲音，他想。他聽不清楚說了什麼。一長串訊息。他聽見許維克在十呎外響亮清晰的回應，伴隨著聽來有些厭倦和意料中，但仍然相當失望的含糊附和，接著許維克問了什麼，錯不了是個問題。

他說：「多少？」

微弱而不真實的嘎嘎聲回答了。

許維克關掉手機。他靜靜站立片刻，然後蹣跚地晃回廚房，再度在餐桌前坐下。他把雙手盤在胸前。他看著信封。不是注視，不是端詳，而是一種苦樂參半的凝視，等距，距離三人同樣遙遠。

他說：「他們還需要四萬元。」

他的妻子閉上眼睛，雙手捂著臉。

李奇說：「誰需要？」

「不是菲斯尼克，」許維克說：「也不是烏克蘭人，不是他們。這可以說是問題的另一面，這正是我們當初必須去借錢的原因。」

「你被人勒索？」

「不，不是那樣的。要是事情那麼簡單就好了。我只能說，我們有一些必須繳納的帳單。一個剛到期，現在必須再繳四萬元。」他又瞥了眼信封。「多虧你幫忙，我們已經有了一部分錢。」他在腦子裡計算著。「基本上，我們必須再籌出一萬八千九百元。」

「什麼時候給？」

「明天早上。」

「辦得到嗎？」

「我們連一角八分都籌不出來。」

「為什麼這麼急？」

「有些事不能等。」

「你打算怎麼做？」

許維克沒回話。

他妻子鬆開捂著臉的雙手。

「只能去借了，」她說：「不然還能怎麼辦？」

「向誰借？」

「那個身上有監獄刺青的人，」她說：「其他地方我們已經都透支了。」

「你們還得起嗎？」

「到時再看著辦吧。」

沒人說話。

李奇說：「很遺憾我無法再幫你們。」

許維克太太看著他。

「你可以。」她說。

「可以嗎？」

「事實上，你非幫忙不可。」

「是嗎？」

「那個身上有刺青的人以為你是亞倫．許維克。你必須出面替我們借錢。」

7

李奇和許維克夫婦來來回回討論了半小時。某些前提已經確立，幾個定點，談判地雷。他們絕對需要錢，沒有疑問，沒得爭辯。他們明早絕對需要它。沒有轉圜餘地，沒得通融。

他們絕不會說出原因。

他們的畢生積蓄沒了，房子沒了。他們剛參加以房養老的抵押貸款方案，因此可以在這房子裡度過餘生，但所有權已經轉給銀行了。他們拿到的全額養老金也已經花光，沒錢可領了。他們的信用卡已經刷爆而且被凍結，他們預支了他們的社會安全支票，兌現了人壽保險，放棄了固定電話，現在他們連車子也沒了。他們已經賣掉所有值錢的東西，只剩一些個人的小首飾。在私人物品和祖傳寶物方面，他們有五只九克拉婚戒、三只小鑽戒和一只錶盤上有裂縫的鍍金腕錶。李奇估計，全世界最暖心的當舖老闆在他人生最得意的一天或許會願意借他們兩百元。就這樣，失意的一天也許不到一百，連九牛一毛都談不上。

他們說，他們是在五星期前第一次找菲斯尼克幫忙的。他們從鄰居那裡聽說了他的名字。只是閒聊中提到，並非正式推薦。某件醜聞，是關於另一個鄰居的姪兒的妻子的表弟在酒吧向一個幫派成員借錢的驚悚故事。想想看，菲斯尼克的大名。許維克根據流言和各種細節縮小搜索半徑範圍，然後開始到預測區域內的所有酒吧去探查，一家挨著一家，害臊又尷尬，被盯著看，問每一個酒保認不認識一個叫菲斯尼克的人，一直問到了第四家，一個態度尖刻的胖子用拇指朝角落裡的桌位一指。

李奇說：「你是怎麼進行的？」

「簡單，」許維克說：「我走到他的桌邊，站在那裡。他打量著我，然後用手勢示意我坐下，於是我照做了。我想我一開始有點拐彎抹角，但我終於開口了。我說，聽著，我需要借錢，我知道你有錢借我。他問多少，我告訴了他。他解說了契約條款，讓我看了照片。我還看了短片。我把我的銀行帳戶給他。二十分鐘後，錢進了我的帳戶，是透過德拉瓦州一家公司從某個無法追蹤的地方匯來的。」

「我以為是一大袋現金。」李奇說。

「還錢得用現金倒是真的。」

李奇點點頭。

「一舉兩得，」他說：「兩件事同時進行，高利貸款和洗錢，他們匯出骯髒的虛擬金錢，反過來從市面上得到隨機的乾淨現金，加上可觀的利率，多數洗錢活動不但不會獲利，還會損失一點利潤，我想那些人不是傻瓜。」

「依我們的經驗的確如此。」

「你覺得烏克蘭幫會更好或更糟?」

「我想會更糟。叢林法則似乎已經證明了這點。」

「那麼你要如何償還?」

「那是明天的問題。」

「你沒東西可賣了。」

「也許會有好事發生。」

「在夢裡。」

「不,是在現實中。我們正在等某樣東西,我們有理由相信它就快來了,我們必須挺住,直到它到來。」

他們絕不會說出他們在等什麼。

二十分鐘後,李奇毫無牽累地走下對街的路邊石,三兩步越過了馬路,踏上這側的路邊石,拉開酒吧門。裡頭感覺比之前明亮一些,因為屋外變暗了;而且嘈雜了點,因為人變多了,包括一夥擠在四人桌位周圍的五人,正在追憶、大談往事。

蒼白傢伙仍然坐在裡面角落。

李奇朝他走去,蒼白傢伙一路盯著他。李奇稍稍收斂,有些規矩必須遵循,放款人和借款人。他用他自認為友善的方式走路,全然不自覺地移動,威脅不了任何人,他在之前用過的同一張椅子坐下。

蒼白傢伙說:「亞倫・許維克,對吧?」

「是的。」李奇說。

「你這麼快就又來了?」

「我需要貸款。」

「這麼快?你才剛把錢還清。」

「出了點狀況。」

「我就說嘛,」那人說:「像你這種廢物一定會常來找我。」

「我記得。」李奇說。

「你想借多少?」

「一萬八千九百。」李奇說。

蒼白傢伙搖搖頭。

「沒辦法。」他說。

「為什麼?」

「比上次的八百高出太多。」

「一千四。」

「其中五百是手續費和管理費。本金只有八百。」

「此一時,彼一時。現在我就需要這麼多。」

「你還得起嗎?」

「我一向可以,」李奇說:「去問菲斯尼克。」

「菲斯尼克已經不在了。」蒼白傢伙說。

沒再多說什麼。

李奇等著。

接著蒼白傢伙說：「也許我有辦法幫你，不過你得要了解，我這麼做是有風險的，而這會反映在費用上，你能接受這樣的安排嗎？」

「大概吧。」李奇說。

「而且我得告訴你，我這人喜歡湊整數。不能借一萬八千，要借就借兩萬。然後我會從中抽取一千一百元手續費，而你將獲得你要的確切金額，想知道利率嗎？」

「大概吧。」李奇又說。

「菲斯尼克走後，一切仍然照舊進行。現在我們處在創新時期，我們實施所謂的動態定價，我們會不時把利率調高或調低，考慮的因素包括市場供需之類的東西，加上對借款人的看法，例如這人可不可靠？我們能不能信任他？這方面的問題。」

「那我屬於哪一種？」李奇問：「高或低？」

「一開始我會把你的利率訂在最高點，因應最高風險的做法。老實說，我不怎麼喜歡你，亞倫・許維克，感覺不太好。今晚給你兩萬，一週後你拿兩萬五來還我。在那之後，利息繼續以一週兩成五的利率計算，不到一週以一週計算；加上一天一千元的滯納金，不到一天以一天計算。在第一次期限過後，所有款項必須馬上如期全額付清，若是拒絕或無法如期付款，可能會讓你面臨各種形態的不愉快事件，這點你必須事先了解，我必須聽到你親口說出來，這種事不能寫下來然後簽個名就算了，我有照片可以讓你參考。」

「好極了。」李奇說。

那人點了幾下手機，選單，相簿，幻燈片模式，然後把手機橫著拿，比較像展示風景，而不是人像。這麼做也沒錯，因為照片中的所有人物都躺著。他們大部分被人用強力膠帶綁在鐵床架上，所在房間的粉白牆面由於老舊和濕氣而泛著灰色。有的被人用湯匙挖掉眼球，有的被人用電鋸鋸，越磨越深，有些被熨斗燙，有的被各種無線電動工具鑽，這些工具有如證據般被留存在照片中，黑黃色，鑽筒沉重、不停震動，鑽頭有三分之二埋在柔軟的肉中。

很糟。

但不是李奇見過最糟的。

不過，也許是最糟的手機內容。

他把手機歸還。那人再度點著選單，直到進入他想要的頁面。現在該談正經事了。

他說：「你了解合約條款了嗎？」

「了解了。」李奇說。

「你同意嗎？」

「同意。」李奇說。

「銀行帳號？」

李奇將許維克的帳號給了他。那人當場把它輸入手機，然後點了一下螢幕底部的綠色矩形大按鈕。「確定」鍵。

他說：「這筆錢將在二十分鐘內匯入你的帳戶。」

接著他點擊更多選單，突然在拍照模式下舉起手機，給李奇拍了照片。

他說：「謝謝你，許維克先生，和你交易很愉快，一週後準時再會了。」

接著他用白森森的手指輕彈一下豎著剛硬短髮的腦袋，和之前一樣的動作，記住了的意思。恐嚇性的暗示。

管他的，李奇心想。

他起身走開，出了店門，走進黑夜。路邊有輛車子。一輛怠速空轉中的黑色林肯，方向盤後面是一個放空中的駕駛，往後躺在車座上，頭靠著頭枕，兩隻手肘張開，兩隻膝蓋張開，正像許多豪華轎車司機那樣偷空休息。

車外有另一個人，斜倚在後擋泥板上，他穿著和司機同樣的衣服，也和酒吧裡的那人相同。黑色套裝，白襯衫，黑色絲質領帶。就像制服。他交叉著兩隻腳踝，兩手盤在胸前，只是在那兒等著，他看來就像坐在酒吧角落桌位的那傢伙曬了一個月太陽之後會有的樣子。白皮膚，沒有白得發亮，他的淺色頭髮短得緊貼頭皮，鼻樑折斷，眉毛上有疤痕肉芽。不太擅長打鬥，李奇心想，顯然挨了不少拳頭。

那人說：「你是許維克？」

李奇說：「問的是誰？」

「剛剛借錢給你的人。」

「看來你已經知道我是誰了。」

「我們會開車送你回家。」

「如果我不要你們送呢？」李奇說。

「這是交易的一部分。」那人說。

「什麼交易？」

「我們有必要知道你住哪。」

「為什麼？」

「為了保險起見。」

「你們可以去調查我。」

「調查過了。」

「然後？」

「你不在電話簿裡，你名下沒有房地產。」

李奇點了點頭，許維克夫婦已經退掉他們的固定電話，他們房子的所有權也轉移給了銀行。

那人說：「所以我們得親自登門拜訪。」

李奇沒說話。

那人問：「你有妻子嗎？」

「怎麼了？」

「趁著到你住處探訪，也許我們該順便和她聊聊。我們喜歡和客戶保持親近，我們喜歡結識一下對方的家人，我們覺得這很有幫助，上車吧。」

李奇搖頭。

「你誤會了，」那人說：「這不是選擇題，是交易的一部分，你向我們借錢。」

「裡面那位白面小子向我解釋過合約內容，相當仔細地解說了所有條款。管理費，動態定價，懲罰，他一度還拿出視覺輔助工具。看過之後，他問我是否接受合約條款，我說我接受，所以在那一刻交易就算成立了，你不能事後又追加條件，什麼開車送我回家，結識家人。這些我必須事前就同意，合約是雙向道路，必須經過談判和協議，不能單方面認定，這是基本原則。」

「你有一張利嘴。」

「希望是這樣，」李奇說：「有時候我擔心我太拘泥小節。」
「什麼？」
「你可以提議送我一程，但你不能強迫我接受。」
「什麼？」
「你聽見了。」
「好吧，我提議送你一程，最後一次機會，上車吧。」
「說請。」
那人停了半晌。
他說：「請上車。」
「好吧，」李奇說：「既然你這麼有誠意。」

8

用客車載送不情願的人質，最安全的方法是要他不繫安全帶開車。開林肯轎車的兩人沒這麼做。他們選擇了常見的次優方法。他們讓李奇坐在後座，正前方是空的副駕駛座，沒東西可讓他攻擊。剛才負責和他交涉的那人坐他旁邊，駕駛座後面的靠窗位子，警戒地半側身坐著。
他說：「怎麼走？」
「倒轉。」李奇說。
司機掉頭，打了個U形彎到街道另一側，前右車輪彈跳著壓上路邊石，接著啪地掉落路面。

「直走五個街區。」李奇說。

司機往前開，他是第一個人的縮小版。沒那麼白皙，肯定是高加索人種，但沒有白得亮眼。他留著同樣的小平頭，閃閃發光的金髮，左手背上有一道刀疤，也許是防禦性傷口。一枚蜘蛛狀的褪色刺青從他的右邊領口露出，一對大大的粉紅色耳朵在他腦袋兩側豎起。

車子輪胎在破損的柏油路和圓石路面啪答啪答滾動。直走了五個街區之後，他們來到四向紅綠燈，之前許維克等著過馬路的地方。他們駛離舊社區，進入全新地帶。平坦、開闊的地形。水泥和碎石地面，寬闊的人行道，黑暗中一切都變了樣，巴士站就在前方。

「繼續走。」李奇說。

司機將車子駛過綠地。他們經過火車站，保持一定距離繞過高租金社區的後方。走了半哩，他們來到之前巴士離開大街的地方。

「右轉，」李奇說：「上高速公路。」

他看見城裡的雙線道路叫做中央街。接著它擴展成四線道，叫做某某號州公路，接著是大型超市，前方是辦公大樓區。

「到底要去哪裡？」後座的傢伙說：「沒人會住在這種地方。」

「所以我才喜歡。」李奇說。

道路十分平坦，輪胎呼呼滑過路面，前方沒有車流。也許後面有，李奇不清楚。他不能冒險回頭看。

他說：「再說一次，你們為什麼要見我妻子。」

後座那人說：「我們覺得這很有幫助。」

「怎麼說？」

「人會償還銀行貸款，是因為擔心自己的信用評分、名聲，為了能在社會上立足。可是這些你都沒有，你已經栽在陰溝裡了，還有什麼好擔心的？你要怎麼還我們錢？」

他們經過辦公大樓區，仍然沒有車流，汽車經銷展示中心就在前面不遠的地方。一道暗影幢幢的鐵絲網圍籬，在月光下泛著灰色微光的彩旗。

「聽來很像恐嚇。」李奇說。

「女兒也不錯。」

依然沒有車流。

李奇往那人臉上猛揮一拳。冷不防。突來的肌肉爆發，毫無預警，像打樁機，用了他在侷促的空間內能夠使出的最大速度和手法。那人的腦袋往後撞向窗框，一蓬血花從鼻子濺上窗玻璃。

李奇重振旗鼓，給了開車的人一擊。同樣的力道，同樣的結果。俯身在座椅上，正對著那人耳朵擊出一記結實的迴旋拳。那人腦袋啪地歪向一側，接著從窗玻璃彈回，同一隻耳朵直接迎向第二次戳擊，接著第三拳，讓他兩眼發黑，向前倒在方向盤上。

李奇整個人蜷縮在後座的置腳空間裡。

一秒鐘後，車子以四十哩時速撞上汽車展示中心的圍籬，衝向在旗幟和彩旗底下排成一長列的待售汽車的頭一輛。在這同時，李奇聽見砰一聲巨響，和女妖尖叫般的刺耳聲音，安全氣囊爆開來，他被擠向前面的椅背，前座椅塌了，壓在前方正在洩氣的氣囊上。林肯轎車猛地撞了上去，車頭陷入那輛車的閃亮側腹，本身的擋風玻璃碎了，車尾騰空彈起接著重重掉回地面，引擎熄火，整輛車子安靜下來，只有激烈高亢的嘶嘶蒸氣聲從撞爛的引擎蓋底下傳出。

李奇伸展四肢，爬回座位上，他的背部承受了所有震盪衝擊。他感覺自己就像之前許維克在人行道上的狀況，受了驚嚇，渾身痠痛。這算稀鬆平常，或者嚴重？稀鬆平常。他動了動頭部、頸子、肩膀和兩腿。沒有骨折，沒有撕裂傷。沒有大礙。

另外兩人可就沒這麼幸運了。司機的臉被安全氣囊砸個正著，後腦勺又被後座的人狠狠撞上。那人像根長矛從後車廂向前飛出，穿過破碎的擋風玻璃，現在還卡在那裡，攔腰趴在起皺的引擎蓋上。他的雙腳朝著車內，一動不動，開車的也一樣。

李奇用蠻力打開車門，不顧扭曲金屬發出的刺耳噪音，爬下車，再使勁把門關上。他們後方沒有車流。前方也沒什麼動靜，只有隱隱閃爍的車頭燈光，大約有一哩遠，朝他們而來，時速六十哩，一分鐘路程。被林肯轎車撞上的是一輛小廂型車。一輛福特，側面被撞凹了，香蕉一樣彎曲著。它的擋風玻璃上有一塊橫幅，上頭寫著無事故。林肯轎車本身則是一塌糊塗，像手風琴那樣皺成一團，一直到後擋風玻璃。就像報上的保險廣告，只是車上垂掛著一個人。

前方的大燈越來越近，這時進城方向的車子也多了。汽車展示中心的圍籬像卡通插畫那樣爆開一個大洞，凌亂的鐵絲捲像被車尾氣流吹開來那樣，整齊地向外翹起。缺口約有八呎寬，基本上少了一整段。李奇在想圍籬是否安裝了運動感應器，連接到無聲警報裝置，再連接到警局。也可能是基於保險需求。裡頭可偷的東西肯定不少。

該走了。

李奇步出圍籬缺口，渾身僵硬痠痛，傷痕累累，但還能活動。他遠離道路，改而沿著和它平行的路線蹣跚前進，穿過田野和空地，在道路五十呎外的泥地裡，超出汽車側大燈的掃射範圍。遠處有許多車輛經過，有的慢，有的快。也許是警車，也許不是。他繞過第一個辦公大樓區的背面，接著第二個，然後轉換方向，朝大型超市的停車場前進，打算穿過那裡，然後從它的出口回到大街。

葛雷哥利立刻聽聞了風聲，是從一名急診室清潔工那兒得到的消息，烏克蘭幫情報網路的一部分。當時那人正在抽菸休息，馬上打了電話通報。葛雷哥利的兩名手下剛剛躺在擔架上進了醫院，警燈警笛大作。一個重傷，一個危急，兩個都可能死。有傳言說福特展示中心那裡有車子撞毀。

葛雷哥利召集手下，十分鐘後所有人集合，在計程車調度站後面房間的桌邊圍成一圈。他的頭號副手說：「目前可以確定的是，今天傍晚我們的兩個人被派往酒吧，向阿爾巴尼亞幫貸款業務的一名前客戶進行住址盤查。」

「住址盤查花得了多少時間？」葛雷哥利說：「他們肯定早就完成了，這肯定是另一件事，顯然是不相干的。不可能是住址盤查這種事，因為，誰會住在福特展示中心附近？沒人。所以說，他們一定是把那傢伙送到家門口，記下地址，也許拍了照片，接著他們又去了汽車展示中心。為什麼？總有個原因。而且為什麼會撞車？」

「也許他們被人往那個方向追趕，或者中了圈套，然後被撞上，偏離了道路，那一帶在晚上相當冷清。」

「你覺得是迪諾嗎？」

「你會問，為什麼專挑這兩人？也許他們在酒吧外面就開始被跟蹤了。這也合理，因為，也許迪諾是在表明他的態度。我們偷了他的生意，我們本來就預期他會有反應。」

「等他了解狀況之後。」

「也許他已經了解了。」

「他想表明什麼態度？」

「也許就這個，」副手說：「兩命償兩命，我們保有貸款業務，算是一種顧全顏面的投降。他是個務實的人，他沒有太多選擇。在警方監控下，他沒辦法開戰。」

葛雷哥利沒說話。房內靜了下來，沒有一點聲音，只有微弱嘈雜的計程車無線電通話聲從前面辦公室傳來，透過緊閉的門，只是背景噪音，沒人注意。如果有，他們將會聽到有個司機來電，說他剛在超市讓一位老太太下車，並且打算利用等她購物出來的空檔多賺點錢，載一個男人回他位在市區東邊的老排屋的家。這個人正在步行，但他看上去還算有禮貌，而且帶了現金。也許他的車壞了。來回各四哩，老太太還沒走出烘焙區他應該就歸位了。不傷人，不算犯規。

這時迪諾也陸續得到了關於這事的初步且不完整的消息片段。他們花了一小時追查事情經過，還不包括撞車的消息。這天的大部分時間都花在處置菲斯尼克和他的共犯上了，人事重組一直拖到很晚才進行，幾乎是臨時補位。替代人被派往酒吧，準備接手菲斯尼克的業務。那個補位人選在晚上八點多到了那裡，一眼看見街上有烏克蘭幫打手，守在店門口，一輛林肯Town轎車，兩個人。他偷偷溜到酒吧後面的消防門，瞄了下店內。只見一個烏克蘭人坐在後面角落的菲斯尼克專用桌位，和一個樣子邋遢又窮酸的大塊頭說話。顯然是客戶。

這時，替代人重振思緒並且撤退。他打電話回報。接電話的人通知了另一個人，這人又打給另一個人等等。因為壞消息總是傳得很慢，一小時後，迪諾聽說了這事，他把幾個得力手下召集到木料場。

他說：「有兩種可能的狀況，要不警察局長手中的臥底線民名單是真的，而他們投機又狡詐地利用這段空檔，介入我們的放貸業務；要不名單是假的，他們一直在策劃這事，實際上是在誘使我們替他們清除障礙。」

他的頭號副手說：「我們必須指望是前一種。」

迪諾沉默許久。

然後他說：「我們恐怕得假裝是前一種，我們沒得選擇。目前我們不能挑起戰爭，時機不對。我們只能把放貸業務讓給他們，我們沒有具體辦法可以拿回來，但我們會風風光光投降。必須兩命償兩命，我們非做給別人看不可，幹掉他們兩個人，然後就扯平。」

他的頭號副手問：「哪兩個？」

「隨便。」迪諾說。

接著他念頭一轉。

「不，要仔細挑選，」他說：「咱們得多佔點優勢。」

9

李奇在許維克家門口下了計程車，走上狹窄的水泥小徑。他還沒按門鈴，門就打開了。許維克站在那裡，背後亮著燈，手裡拿著手機。

「錢在一小時前匯進來了，」他說：「謝謝你。」

「不客氣。」李奇說。

「你回來晚了，我們還以為你不會回來了。」

「我繞了一點路。」

「繞去哪裡？」

「進去吧，」李奇說：「咱們得談談。」

這次他們待在起居室。牆上的照片、被切斷的電視。許維克夫婦分坐兩張扶手椅，李奇坐雙人沙發。

他說：「情況和你面對菲斯尼克的時候差不多，只是那人拍了我的照片，也許這終究是件好事。你的名字，我的臉。一點混淆，無傷。不過，如果我真是客戶大概開心不起來，真的。我會感覺像被一根骷髏手指按住肩膀，我會覺得很脆弱，好戲還沒完呢。後來我到了外面，有兩個傢伙，說要開車送我回家，看看我住哪裡，和誰住一起，看看我的妻子，如果我有的話。又一根骷髏手指，也許是一整隻骷髏手。」

「是什麼狀況？」

「我們三個商量出另一種解決辦法，絕對不會扯上你的名字或地址的。事實上，會讓人搞不清楚到底發生了什麼事。我想製造一點懸疑，他們的頭目會懷疑是有人傳達的某種訊息，但又無法確定對方是誰，他們多半會以為是阿爾巴尼亞幫，但肯定不會懷疑你。」

「那兩人怎麼了？」

「他們是這則訊息的一部分。意思大概是說，這裡是美國，別派一個只在基輔某個地下格鬥俱樂部熱身賽拿第七名的菜鳥過來，起碼認真看待點，多點敬重。」

「可是他們見過你。」

「他們記不得的，他們出了車禍。他們被撞得很慘，會有一、兩個小時什麼都不記得。這叫逆向失憶症，肉體創傷後常有的現象，如果他們沒先死掉的話。」

「所以沒問題了？」

「也不見得。」李奇說。

「還有什麼事？」

「這些人不太講理。」

「我們知道。」

「你們打算怎麼還錢？」

他們沒回答。

「你們必須在一週後籌出兩萬五千元來，不能拖延。他們也讓我看了照片，菲斯尼克的照片不可能比那更糟，你們得擬定一套計畫。」

許維克說：「一星期很長。」

「也不見得。」李奇又說。

許維克太太說：「也許會有好事發生。」

就這樣。

李奇說：「你們真的得告訴我，你們在等什麼。」

果不其然，和他們的女兒有關。敘述事情時，許維克太太的目光在牆上的照片來回游移。他們的女兒名叫瑪格麗特，小名叫梅格。幼時的她十分聰明開朗，活潑而討人喜歡。她喜歡其他小孩，她喜歡幼兒園，她喜歡小學，她喜歡閱讀、寫作和繪畫。她總是談笑風生，她有本事說服任何人去做任何事，她可以把冰賣給愛斯基摩人，她母親說。

她對中學也同樣喜歡，初中還有高中。她很受歡迎，大家都喜歡她。她演話劇，參加合唱團，跑田徑和游泳。她拿到了文憑，但沒有上大學。她書唸得不錯，但那不是她的強項。她喜歡跟人接觸，她需要四處走動，微笑，閒聊，迷倒眾生。說穿了，就是讓人們屈從於她的意志，她喜歡追求目標。

她在發言人這一行取得一個入門工作，從鎮上的一個公關辦公室跳到另一個，做一些本地企業有預算可做的事。她努力工作，闖出了名號，獲得了升遷。到了三十歲，她賺的錢已經超過她父親當機械師時的收入。十年後，到了四十歲，她仍然表現良好，但她感覺自己的運行軌跡放緩了，她的加速度變弱了，她看見自己的極限。她常坐在辦公桌前想，就這樣了嗎？

不，她下定決心。她想賺最後一桶金，大賺一筆。她知道她生錯地方了，她非搬家不可。也許舊金山，科技錢潮匯集的地方，有許多複雜事物需要說明的地方。她遲早都要去那裡的。或者紐約。可是她猶豫不決。時間飛逝。然後，神奇的是，舊金山來找她了，不妨這麼說。後來她才了解到，那是一個持續不斷進行的競賽，由一群房地產界人士和科技業會計師發起，而它的獎賞是準確推測下一個矽谷的誕生地點，以便搶先進駐。基於某種原因，她的家鄉入選了。城市再生中，合宜的居民，合宜的建物，還有電力和網路速度。一批先遣偵察員已經在那兒到處刺探了。

梅格經由朋友的朋友介紹認識了一個人，這人的朋友替她安排和一家新創投公司的創辦人面談。他們在市區一家咖啡館見面。那是一個剛從加州搭機落地的二十五歲年輕人，出生在國外的電腦天才，握有一種和醫療軟體以及手機應用程式相關的新發明。許維克太太坦承她一直沒弄懂那究竟是什麼產品，只知道是一種會讓人致富的東西。

梅格得到了那份工作。傳播與地方事務部門高級副總經理。那是一家剛起步、羽毛未豐的新創公司，因此薪水不高，比她之前的待遇好不了多少，不過卻有一大堆好處。優先認股權，龐大的退休金方案，鍍金的健保方案，一輛歐洲雙門轎跑車，再加上一些奇特的舊金山產物，像是免費披薩、糖果和按摩。這些她都喜歡，但是優先認股權是一項空前的大福利。有一天她可能會成為億萬富翁，一點都不誇張，那些有錢人就是這麼來的。

剛開始還不錯，梅格非常稱職地讓一切順利運作，在頭一年，有那麼兩、三次他們幾乎就要一飛沖天。可是沒有，還差一點。第二年也一樣。依然風光體面，走在技術尖端，眼看就要帶起下一波風潮，但終究沒有動靜。第三年更糟。投資人開始緊張，現金支出縮減，但他們拚死拚活撐著，他們把大樓的兩層樓出租，披薩和糖果也沒了，按摩床被折疊起來收走。他們比以往更加努力工作，肩並肩擠在狹窄的空間裡，依然堅決，依然信心滿滿。

然後梅格得了癌症。

或者，說得更精準點，她發現自己罹患癌症六個月，她忙到沒空看醫生，她以為自己體重減輕是因為工作繁忙，但不是，一次非常糟糕的誤判。是一種惡性病，進入末期了，唯一的希望是一堆新療法。異國療法，相當昂貴，但它們的試驗結果很不錯。似乎很有效，成功率正不斷攀升。醫生說沒有別的選擇。於是日程表空了下來，梅格預約了次日一早就進行她的第一個療程。

問題就從這時候開始。

許維克太太說：「她的保險有點問題，她的帳號無法開通，她正在準備做化療，人們跑進跑出，詢問她的全名、出生日期和社會安全號碼。真是噩夢一場。他們和保險公司接上了電話，可是問不出個所以然來。他們查得到她的紀錄，也知道她是客戶，但密碼就是無法獲得權限，只丟出一個錯誤訊息。他們說那只是電腦的問題，沒什麼大不了，第二天就會修好。可是醫院說我們不能等，他們要我們簽署一份表格，內容是說，萬一保險沒有通過，我們將會付清這筆帳單。他們說這只是一種形式，說電腦故障是常有的事，問題很快就會解決。」

「我猜問題大概沒解決。」李奇說。

「接著是週末，又是兩次療程，接著是星期一，然後我們就發現了。」

「發現什麼？」李奇問，儘管他多少猜得出來。

許維克太太搖頭嘆氣，手在面前一揮，彷彿說不出話來，像是已經無話可說。她的丈夫湊向前，兩隻手肘支著膝蓋，接續她的故事。

「他們公司成立的第三年，」他說：「投資人開始緊張那年，情況比他們知道的更慘，比任何人知道的更慘。老闆一直瞞著大家，誰都沒告訴，包括梅格在內。其實在背地裡，整個公司早就四分五裂。他沒有付帳單，一塊錢都沒付。他沒有更新公司的健康保險，他沒有付保險費，就只是放著不管。梅格的帳號無法開通是因為她的保險已經被取消，到了治療的第四天，我們發現她根本沒有保險。」

「當然不能怪她，」李奇說：「這算是詐欺或違約行為，肯定有補救辦法。」

「有兩個辦法，」許維克說：「一個是政府的無過失基金，另一種是保險業的無過失基金，兩者都是為了這類特殊緣由設立的。不用說，我們馬上衝去找他們，他們也馬上著手研究各方該負的責任。一旦完成，他們會全數補償我們之前的花費，並且支付將來的一切費用，我們希望隨時都會有結果。」

「可是梅格的治療不能停。」

「她需要很多照料，每天兩、三次療程。化療、放射線治療、護理和餵食，各種掃描，各種化驗。她不能申請福利補助，因為形式上她仍然有工作，仍然有一份不錯的薪水。媒體沒人有興趣報導。有什麼故事性？子女有需求，父母甘願付出，笑點在哪？也許當初我們不該簽那份文件，也許會有別的解決辦法，可是我們已經簽了，現在說什麼都太遲了。顯然醫院希望能收到錢，這可不是急診室裡的東西，沒辦法註銷。他們的儀器值上百萬元，他們必須購買真正的放射性物質的物質晶體，他們必須預先收錢，這類病例都是這麼處理的，預付現金，從來沒人說什麼，我們也不能怎麼樣。我們唯一能做的就是堅持下去，等別人先站出來反應，也許是明天早上，在一週結束前，我們有七次機會。」

「你需要找個律師。」李奇說。

「請不起。」

「社會上總有些懷抱偉大情操的人，也許你能找到一個義務律師。」

「我們已經有三個了，」許維克說：「他們很努力在做公益，幾個小夥子，他們比我們還要窮。」

「一週結束前有七次機會，」李奇說：「聽來像鄉村歌曲。」

「我們就只剩這個了。」

「我想這幾乎算得上是一種計畫了。」

「謝謝。」

「你有沒有B計畫？」

「沒有這種東西。」

「你可以低調點。到時我大概已經走了，他們拍的照片也沒用了。」

「你會走？」

「我不能在一個地方待一週。」

「他們握有我們的名字，肯定可以追蹤得到我們。應該還有一些舊檔案什麼的，比電話簿更仔細點的。」

「說說那幾個律師的事。」

「他們是不收費的，」許維克說：「能厲害到哪裡？」

「聽來像另一首鄉村歌曲。」

許維克沒說話，許維克太太抬起頭來。

「有三位，」她說：「三個親切的年輕人，公眾法律事務所，支付他們的費用。不用說，立意良善，不過訴訟曠日廢時。」

李奇說：「B計畫也可以是警方。一週後，如果期待中的事沒發生，你們可以到警局去，把事情經過告訴他們。」

許維克問：「他們能給我們多少保護？」

「大概不多。」李奇說。

「能保護多久？」

「不久。」李奇又說。

許維克太太說：「到時我們只能走上不歸路。如果到時候補助還不來，我們會比以往更需要那些人，不然下次帳單來的時候，我們還能找誰？去找警察只會斷了我們的生路。」

「好吧，」李奇說：「不找警察，七次機會。梅格的事我很遺憾，真的，我真心希望她能挺過去。」

他起身，在狹小的四方形空間裡感覺無比巨大。

許維克說：「你要走了嗎？」

李奇點點頭。

「我得在城裡找家旅館，」他說：「也許明早我會過來一趟，和你們道別再上路，萬一我沒來，先說一聲，很高興認識兩位，但願你們的問題能順利解決。」

他留下他們在半空的房裡無言坐著，自己出了大門，沿著狹窄的水泥小徑上了馬路，繼續往前，經過許多停靠路邊的車輛和寧靜昏暗的房舍。接著到達大街，朝市區走去。

10

中央街以西有個特別的街區，這裡有兩家並排的餐館面對著人行道，在街區的北邊有第三家餐館，在南邊有第四家，在後面有第五家，面對著下一條街。五家餐館的生意都不錯，總是很忙，總是人聲沸騰，一直是熱門話題。它們是這城市的美食家特區，就在那兒，聚集了一大群。農產品卡車和布飾公司愛死這個地區。一站五個客戶，送貨很方便。

收錢也很方便，它在中央街以西，因此歸烏克蘭幫管轄，那些人三天兩頭準時過來收取保護費，一站五個客戶，他們愛死它了。他們總是等到深夜，收銀機滿了才過來，趁著錢還沒落到其他人手中。他們會走進來，總是一組兩個人，深色套裝和黑色絲質領帶，沒有表情的蒼白臉孔，什麼話都不說，技術上很難證明有非法情事。

事實上，早在多年前開始這麼做時，他們就沒說過收錢的事，只是發表主觀的審美感言，然後是一句充滿關切和同情的耳語。好漂亮的店，萬一有什麼不測，那就可惜了。禮貌的交談，之後就交出一張百元鈔票，但是遭到搖頭拒絕，接著又補上一百元，總算獲得對方點頭接受。第一次交手後，他們通常會把現金裝在信封裡，通常由接待台人員轉交。

通常信封會被默默交出去，在技術上算是一種自願行為，沒有公然要求，沒有索價。在街區晃一圈就有一千元入袋，幾乎是合法的，一份相當不錯的差事。不用說，競爭者不在少數。不用說，最後由大人物取得，一群想清閒度日的退休高級中尉。

這天晚上，他們沒得清閒。

他們將車子停在中央街的路邊，就從那裡的兩家面對人行道的餐館開始，接著他們以逆時針方向繞過街區，造訪位在北邊的第三家餐館，接著到街區後方的第四家，最後到南邊的第五家。之後他們繼續往前走，打算繞過最後一個轉角，完成方形街區的巡禮，然後回到車上。

這些他們都做了，只是忽略了幾個重點。在前方的另一個街區有一輛拖吊車，車頭朝外停在那裡，但是亮著倒車燈，怠速熄火中。而在對街的人行道上，大約和它成一直線的地方，有一名身穿黑色雨衣的男子，正朝他們走來。什麼用意，他們沒問，他們是一群只想清閒度日的高級中尉。

他們在他們車子的引擎蓋前分開，坐副駕駛座的人走向一邊，開車的人走另一邊。他們打開車門，並非完全同步，但只差一點。他們環顧周遭，仍然站著，最後一次昂起下巴，以防有人搞不清楚這街區掌控在誰手裡。

他們沒察覺那輛拖吊車動了起來，緩緩後退，筆直朝著他們而來。他們沒察覺那個穿雨衣的男子走下對面的人行道，斜斜地朝他們走來。

他們滑入座位，臀部，膝蓋，雙腳，可是車門還沒關上，一個人影突然從一側的暗處衝出，穿雨衣的男子則從另一側走近，兩人手中都拿著小型半自動點二二口徑手槍，兩把槍的槍口都裝了又長又胖的滅音器。當他們對著和他們腰部等高的座位上的兩顆腦袋近距離連發數槍，滅音器發出噗！噗！噗！的悶響。車內的兩人向前、向內撲倒，偏離了手槍。他們的破碎腦袋撞在一起，在儀表板上的時鐘附近，彷彿在爭奪空間。

接著他們的車門被甩上。拖吊車往後退，暗處的人影和穿雨衣的男子跑過去接應。司機跳下卡車。他們一起把車子吊了起來，接著三人全部上了拖吊車。他們緩慢、沉著地開車離開，常見的景象。一輛不體面的故障車輛被倒退著拖過街道，前輪著地，屁股高高翹在半空。看不到車窗內有任何東西，重力確保了這點。這時車內的兩人想必在前座的置腳空間裡擠成一團，全身軟趴趴，屍僵還要幾小時後才會出現。

他們直接驅車前往廢車處理場。他們卸下車子，把它留在一片滿是油污的泥地上。一台巨大的堆高機開了過來，它的前端不是挖斗，而是巨大的貨叉。它把車子舉起，然後移往壓車機，將它放在一個比車子本身大不了多少、有三道壁面的鋼鐵箱的底部，接著堆高機後退。箱子的第四邊往上升起就位，它的頂部往下降。

引擎轟轟發動，液壓裝置鏗鋃作響，箱子的四壁毫不留情地向內擠壓，嘎吱嘎吱地輾碎、刮磨、撕扯，每一面都有一百五十噸的壓力。接著它們停下，氣喘吁吁地回到原位，一個活塞推出一塊大約一碼見方的壓縮金屬立方體，它在一片沉重的鐵格柵上停留了一陣子，以便讓漏出來的液體流乾。汽油、機油、煞車油和空調裡的不知什麼液體。加上在這特殊情況下的其他液體。接著，堆高機的夥伴來了，它的前端不是貨叉，而是鐽爪。它夾起金屬塊，把它移到旁邊，堆在一道由上百個其他金屬塊疊成的高牆上。

直到這時，穿雨衣的男子才打電話給迪諾。成功完成，兩命償兩命，掙回面子了。他們有效地拿放貸業務交換美食家特區的利益。短期有損失，但長期或許會獲益。這是成功的起步，是一個可以先防禦、後擴展的登陸地帶，最重要的是，這足以證明，地盤是可以重劃的。

迪諾開心地上床睡覺。

李奇原本很慶幸能在超市停車場遇上計程車。一方面因為這省了不少時間，他想許維克夫婦一定很擔心，另一方面也因為這省了不少體力，尤其在他渾身瘀青創傷的情況下。但這對他沒有半點好處，讓他肌肉僵硬，使得他走回市區的路程痛苦無比。

他的方向感告訴他，最好的路線是他之前走過的路線。回酒吧路段，經過巴士站，繼續往前走到中央街，那裡應該聚集了許多連鎖旅館，也許在往南一點的地方，全部集中在一、兩個街區。他對城市太熟了。他催促自己走快一點，邊留意自己的姿勢，抬頭，肩膀後縮，手臂放鬆，背脊打直，找到所有的痠疼痛楚，對抗它們，把它們驅逐出去，絕不讓步。

酒吧外面的街上沒人。沒有車子停靠，沒有蠻橫無理的打手。李奇退回去，透過積了灰塵的豎琴和酢漿草霓虹燈，從髒污的窗口往內看，那個蒼白的傢伙還坐在後面角落的桌位，依然白得發亮，身邊沒人，沒有栽在陰溝裡的倒楣客戶。

李奇繼續前進，越來越放鬆，越走越順。他走出四向紅綠燈附近的舊街區，繼續往前經過巴士站，邊看著前方的天空，想尋找霓虹燈光，尋找亮著招牌的摩天大樓。也許是銀行、保險公司或當地電視台，或者旅館，或者以上皆有。總共有六棟，六座巍然聳立的巨塔。鬧區大樓群，一種華麗的主張。

大部分燈光在他的左半邊，也就是西南方。他決定抄近路，直接前往那裡。他左轉，經過中央街，進入一條實質上並不比酒吧所在的街道好的大街，但是看得出來花了很多錢，裝飾得很體面，街燈全都亮著，壁磚乾乾淨淨，沒有大樓用木條封起，它們主要是各類型的辦事處，不見得是商業投資公司。主要是一些服務事業，像是市政業務之類的。還有家庭輔導員，政黨地方總部，全都暗了，除了一間。在街道對面，街區的盡頭。這家商店通亮著，它被重建成像是傳統的老店面，櫥窗內有店招，在玻璃上用老式字體寫著大大的字母，就像李奇年輕時服役的海軍陸戰隊的打字機字體。店招寫著：公眾法律事務所。

一共有三位，許維克太太說了。

公眾法律事務所派來的。

三個親切的年輕人。

櫥窗後方是用現代感的亞麻色夾板裝潢的工作區，裡頭堆滿老式的卡其色和白色文件資料。有三個人坐在辦公桌前。年輕，毫無疑問。但李奇看不出他們是否親切，他還不打算貿然下結論。他們穿著同樣的衣服，棕褐色斜紋布長褲和藍色扣領襯衫。

李奇越過馬路。近看下，他發現門玻璃上印了大概是他們名字的東西，同樣的打字機字體，但小一點。那些名字是朱利安・哈維・伍德、吉諾・維托雷多和艾薩克・馬海・拜福。就三個人來說，李奇覺得名字也太多了點。而且每個人名字後面都跟了一大堆頭銜，各種博士學位。一個是史丹佛法律學院，一個哈佛，一個耶魯。

他拉開門，走了進去。

11

三人驚訝地抬頭。一個黑皮膚，一個白皮膚，一個不黑不白。他們看上去都在二十七、八歲左右，看上去都很累。認真工作，熬夜，披薩咖啡，像是法學院的日子又回來了。

黑皮膚那位說：「有事嗎？」

「你是哪一個？」李奇說：「朱利安、吉諾還是艾薩克？」

「我是吉諾。」

「幸會，吉諾，」李奇說：「不知你認不認識一對姓許維克的老夫婦？」

「怎麼？」

「我剛和他們共處了一段時間，對他們的遭遇有些了解。他們告訴我，有三位公眾法律事務所的律師在幫他們，我很好奇會不會就是你們三位，事實上我認為應該錯不了。我在想，像這種小城市能養得起多少家公眾法律事務所。」

白皮膚那位說：「如果他們是我們的客戶，顯然我們無法討論他們的狀況。」

「你是哪一位？」

「我是朱利安。」

不黑不白那位說：「我是艾薩克。」

「我是李奇，很高興認識各位，許維克夫婦是你們的客戶嗎？」

「沒錯，他們是，」吉諾說：「所以我們無法談論他們的事。」

「就當是假設性的案例好了。以他們的情況，無過失基金有沒有可能在未來七天內撥款給他們？」

艾薩克說：「我們真的不該討論。」

「只是理論上，」李奇說：「當作一種抽象例證。」

「情況很複雜。」朱利安說。

「怎麼個複雜法？」

「我的意思是，從理論上來說，這類案件一開始很單純，但如果家人介入充當保證人，事情便會變得十分複雜。這樣的做法會降低緊急性，我這話毫不誇張，它會讓案件的緊急性降低一個等級。無過失基金必須處理成千上萬個案件，說不定有數十萬件，他們一旦確定某個患者目前已經在接受照護，他們會分配不同的代碼，代表較低等級的。不見得會降到最低等級，但是會把它擱置，先處理比較緊急的案件。」

「這麼說來，許維克夫婦當初不該簽那份文件。」

「我們不能討論許維克夫婦的事，」吉諾說：「我們必須遵守保密原則。」

「理論上，」李奇說：「只是假設，假想案例中的雙親是否不該簽署文件？」

「當然，」艾薩克說：「從官員的角度來看，病人已經在接受治療了。官僚才不管事情究竟如何，他只想知道他不必承擔負面的公關責任，這樣他就可以繼續過他的好日子，假想案例中的雙親應該堅決說不，他們應該拒簽文件。」

「我想他們大概拒絕不了。」

「我同意，在那種情況下，太難了。但是會有效果的，那些官僚將不得不當場拿出支票簿來，沒得選擇。」

「這要靠教育，」吉諾說：「必須讓人們及早了解自己的權益，當場說是沒有用的。自己的孩子躺在擔架上，怎麼忍心呢。」

李奇問：「接下來七天會不會有消息？」

沒人回答。

李奇心想這就是答案了。

最後朱利安說：「問題是，現在他們有時間推託責任了，這個政府基金是納稅人的錢，這項立法很不受歡迎。因此，政府會希望由保險基金來支付。可是保險基金是股東資金，他們的紅利全靠它。因此，保險基金會盡量拖時間，一次又一次把補償案踢還給政府。」

「為什麼？」

「為了等病患過世，」艾薩克說：「對保險基金來說這是求之不得的事，因為這麼一來我們將進入另一種爭議，代理合同關係是存在於無過失基金和死者之間的。可是死者又沒花錢，有什麼需要補償的？她的照護是由親人慷慨資助的，這是常有的事。家庭成員之間的醫療贈與太普遍了，國稅局（ＩＲＳ）還單獨為它設了一個課稅類別。但這可不像買公司股票，你不會從可能的上漲中受益，從名稱就可以看出端倪，這是贈與，是禮物，是免費贈送的，它不會得到補償，尤其不會由最初的無效合約中沒提到的各方來補償或接受補償。這是法律原則的問題，這方面的法律先例還不清楚，必要時可以一直上訴到最高法院。」

「所以接下來七天不會有任何消息？」

「要是七年內有消息就該慶幸了。」

「他們身陷高利貸泥淖。」

「官僚不會在乎這些。」

「你在乎嗎？」

朱利安說：「我們的客戶絕不會讓我們涉入他們的財務。」

李奇點了點頭。

他說：「他們不希望你們斷了他們的後路。」

「他們正是這麼說的，」吉諾說：「他們認為，高利貸金主一旦被捕，將來他們如果需要錢，就沒地方可借了，而根據經驗，他們會需要錢的可能性很大。」

李奇問：「還有沒有其他法律上的補救方法？」

「理論上，」朱利安說：「最淺顯的策略是對違法雇主提起民事訴訟。絕對不會失敗，可是在這種案例下顯然不曾被採用過，因為起訴理由本身就已經揭露被告欺詐，因此毀了他，也使得勝訴的原告沒有任何財產可追討。」

「他們沒別的辦法了？」

「我們可以代表他們向法院請願，」吉諾說：「可是法官一讀到訴狀上寫著她正在接受治療，就不會再看下去了。」

「好吧，」李奇說：「只能盡量往好的方面想了，有人剛告訴我一星期很長。多謝三位幫忙，非常感激。」

他後退，推開門，走到街上。他停在轉角處，推敲著方位。先右轉再左轉，他想。應該沒錯。

在他背後，他聽到門又打開來。他聽到人行道上的腳步聲。他轉身，看見艾薩克朝他走來。不黑不白的那位。他約有五呎九吋高，體格結實得像公海豹。他的褲腳反摺。

他說：「我是艾薩克，記得吧？」

「艾薩克・馬海・拜福，」李奇說：「史丹佛大學法學博士。很難考的學校，恭喜。不過我猜你是從東岸來的。」

「波士頓，」他說：「我老爸在那裡當警察，你有點讓我想起他，他也是觀察入微的人。」

「你讓我覺得自己一下老了好多。」

「你是警察嗎？」

「曾經是，」李奇說：「很久以前，在軍隊裡，還算嗎？」

「應該算，」艾薩克說：「你可以給我一點建議。」

「哪方面？」

「你是怎麼認識許維克夫婦的？」

「早上我幫了他一點忙，他傷了膝蓋，我送他走回家，他們把事情告訴了我。」

「他的妻子偶爾會打電話給我，他們朋友不多，我知道他們正在用什麼方法籌錢，他們遲早會撐不下去。」

「我想現在已經是了，」李奇說：「頂多再撐個七天，」

「我有個瘋狂的個人理論。」艾薩克說。

「關於什麼？」

「也可能那只是我一廂情願的想法。」

「關於什麼？」李奇又問。

「朱利安最後說的，對雇主提起民事訴訟這件事。沒有理由採取這做法，因為雇主已幾乎沒有資產了，通常是好的建議，我相信就這案子來說也是好建議。不過，老實說我不太確定。」

「為什麼？」

「這名雇主在本地風光了一陣子，大家都在談論他。諷刺的是，梅格・許維克的公關做得非常好。大堆科技領域的神話，大堆年輕創業家的故事，大堆積極正面的移民小插曲，全都是關於他當初身無分文來到這個國家並且出人頭地的歷程，不過我也聽到一些負面的事。這裡一點，那裡一點，一些零碎、不相干的小八卦。全都是道聽塗說，而且也未經證實，但消息來源十分可靠。我越來越熱切地想要弄清楚，在公共形象的背後，所有這些零碎的流言如何拼湊在一起。歸結起來有三個主題：他永遠只想到他自己，他有道德爭議，而且他似乎賺了很多不該賺的錢。我瘋狂的個人理論是，如果你用唯一合理的方式把這些點點滴滴的訊息整合在一起，那麼邏輯上你將不得不作出他在挪用公款的結論，這麼做對一個道德上有爭議的人來說太容易了。當時正有現金海嘯，非常驚人，擋也擋不住。我認為他在床墊下私藏了從投資人那兒搜刮來的數百萬元資金。」

「這可以解釋公司為何會那麼快倒閉。」李奇說：「它沒有儲備資金，錢都被偷了，資產負債表被搞亂了。」

「重點是，錢可能還在，」艾薩克說：「起碼大部分還在，或者一部分，還藏在他床墊底下。在這情況下，民事訴訟就有價值了，針對他個人，而不是公司。」

李奇沒說話。

艾薩克說：「我的律師直覺告訴我，這事只有百分之一勝算，但我很不希望看著許維克夫婦垮掉，沒機會看看這些錢。但我又不知道該怎麼做，因此我需要建議。真正的律師事務所會聘請私人偵探，他們會找到這個人，挖掘他的紀錄，只消兩天就能知道答案，可是事務所沒那預算，而我們的薪水又不夠我們自己花錢請人。」

「為什麼需要找到這個人？他失蹤了嗎？」

「我們知道他還在城裡，可是行蹤隱密，我光憑自己的力量恐怕很難找到他。他很聰明，而且如果我判斷正確，他也很富有。不太妙的組合，會增加不少困難度。」

「他叫什麼名字？」

「馬西姆‧楚蘭柯，」艾薩克說：「他是烏克蘭人。」

12

美食家特區的事件發生後一小時，葛雷哥利聽聞了初步風聲。他的記帳員打電話來，說他的夜間報告會延遲些，因為他還在等兩個收費專員回來結帳。葛雷哥利問是哪兩個，記帳員告訴他是負責五家餐館的兩人，起初葛雷哥利沒想太多，他們是大人了。

接著他的副手來電話，說這兩個收費專員有好一陣子沒接電話了，而他們的車子也不在他們收錢的地點。於是，口信傳到了計程車隊，附帶對這輛車子的描述，而且一下子就得到了回音。有兩名各自作業的司機說了一模一樣的話。不久前，他們看見一輛完全符合描述的車子被拖走。後輪懸空，跟在一輛中型拖吊車後面，拖吊車駕駛室裡有三個人影。起初葛雷哥利沒想太多，車子故障是常有的事。

接著他問：「可是，為什麼這會讓他們無法接電話？」

他腦裡響起迪諾的聲音。我們在廢車處理場有個熟人，他也欠我們錢。他大聲說出：「這下成了四命償兩命，而不是兩命償兩命，他八成瘋了。」

他的手下說：「餐館街區不比放貸業務值錢，也許他想傳達這訊息。」

「他是什麼？會計師協會？」

「他丟不起這面子。」

「我也丟不起，四命償兩命太過分了。放話出去，明早以前我要再拿下他們兩條人命，這次要好好展示。」

李奇先左轉，再右轉，來到一個立著三家高聳旅館的穩固三角地帶，三家都是全國性的中價位市場連鎖旅館，其中兩家位在中央街東邊，一家在西邊，他隨意挑了一家，然後在櫃台花了整整五分鐘時間，拿護照充當附照身分證件，用ATM卡作為優先付款方式，然後基於兩個不同理由，在兩個不同位置，在兩個不同的空格上簽了兩次自己的名字，過去他進五角大廈都沒這麼麻煩。

他從大廳拿了一份本市地圖，然後搭電梯到自己的房間，一個無足稱奇的單調空間，但是有床有浴室，這也就夠了。他坐在床上，看起了地圖。這座城市的形狀像顆梨子，分布著密密麻麻的道路和大街網，從頂端往上延伸向遠方的高速公路，福特經銷商和農業機具廠應該就在頂端，也就是果蒂所在的位置，這幾家旅館在梨子較胖的部分的正中央，商業區。這裡有一間美術館和一座博物館，許維克家所在的開發區位在本區和東部邊界的半途。在地圖上，它看來就像一枚小小的方正指紋。

一個極聰明又極富有的人會選在哪裡藏身？

哪裡都藏不了，這是李奇的結論。這城市很大，但還不夠大，這人有些名氣，他曾經雇用一個高級副總來掌管宣傳部門，所有人都在談他，他的照片八成經常上報。這樣的人會一夕間變成隱士？不可能，這人總得吃東西，總得出門去買食物，或者叫人送來，無論如何都會有人看見他。他們會認出他來，會談論他，一週後就會有遊覽車開到他家。

除非送食物給他的人守密。

烏克蘭大約有四千五百萬人口，其中有些人來到了美國，沒有理由相信他們全都互相認識，沒有理由假定他們一定有來往。可是，想在這樣大小的城市中藏身，只能靠人際聯繫。成功藏身的唯一保證就是，由某個忠誠、警覺的力量藏匿、保護並且供應生活所需，就像躲在安全密室裡的特工，殷切凝視著窗外，許多小心的信差進進出出。

一週結束前的七次機會沒了，他想。

他把地圖折起，塞進後褲袋。他搭電梯下樓到大廳，走到街上，他餓了。自從和許維克夫婦共進午餐之後他就沒吃過東西，一個雞肉沙拉三明治，一袋薯片和一罐汽水，不多，而且已經過了那麼久。他轉彎，進入中央街，走了一個半街區，他發現這裡的餐飲業多數都已經關門，早已過了晚餐時間了。

無所謂，多數餐館都不是他要的。

他在中央街上往北走，前往他印象中的梨子圓胖部分開始變窄的地方，然後回頭朝南走，坐在巴士站長椅上，看著前方潮來潮去，那是一種慢動作運動。整個地方基本上是空蕩蕩的，車輛之間有長而寧靜的間隔，行人來來去去，通常是四、五人一群，隨著年齡和外貌而異，有的是最後一批走出餐館準備回家的客人，有的是一些最新熱門場所的第一批時髦地小遲到一下的賓客，從整體的動向來看，人數大約是中央街的東、西兩邊各半。實際上，不只是流動，裡頭帶有一些能量，一些吸引力。

偶爾也有獨行的人來來去去，每次都是男人，有的低頭看著人行道，有的直視著前方，彷彿羞於被看見。所有人都急著前往他們的目的地。

李奇離開巴士站長椅，跟著人潮往東走。在前面，他看到前方有一組衣履光鮮的四重奏樂手穿過右邊的一扇門。當他到達那裡，他發現那是一家裝潢成聯邦監獄外觀的酒吧，酒保們穿著橘色連身裝，唯一沒穿戲服的工作人員是門內一個坐在高腳凳上的大個子。他穿著黑色長褲和黑色襯衫，一頭黑髮，幾乎可以確定是阿爾巴尼亞人。李奇了解那個國家，他曾經在那裡待過一陣子，那人看來像是剛移民過來的，臉上有種得意的神情。他握有權力，而且樂在其中。

李奇往前移動。他跟著一個鬼祟但態度篤定的人繞過轉角，看見他走進一道沒有標誌的門。這時正好另一個人走出來，紅光滿面。賭博，李奇心想。不是嫖妓。他當過十三年憲兵，知道兩者的區別。他猜這個剛進去的人以為自己可以贏回昨天輸掉的錢，而那個出來的人剛贏了足夠的錢來清償債務，或者支付一束鮮花和一頓兩人晚餐之後剩下一點。除非他好運連連，一直贏下去。這是一個艱難的決定，幾乎是道德抉擇，該怎麼做才好？

李奇繼續往前晃。

那人選擇了鮮花和晚餐。

李奇觀察著。

阿爾巴尼亞人通常在深夜來收保護費，因為他們往往很晚才開始活動，也就是說收銀機晚一點才會滿，他們的收錢方式和中央街另一邊很不一樣。他們不會進到店裡，不會出面恐嚇，沒有深色套裝，沒有黑色絲質領帶。他們就只是待在車上，他們被要求不要讓他們接觸的各種店家的形形色色顧客覺得不安，人家可能誤以為他們是警察或調查探員之類的，會妨礙做生意，對誰都沒有好處。因此店家會派小弟拿著信封出去，透過車窗交給他們，然後閃回店內，跑一趟街區，數千元入袋，一份相當不錯的差事。

李奇看過的博弈俱樂部以東兩個街區、一個街區以北有一處由同一個家族經營的，三家並排的商店區。首先是一家酒吧，再來是一家通宵營業的便利商店，第三家是酒品專賣店。他們的保護費是由一對退役老兵收取的，兩人都是因斷腿退休，也都極受敬重。他們守著一種開車逐家收費的作業節奏，從一家到另一家大約三十呎，一人開車，另一人坐後座，他們偏愛的方式。另一側的後車窗打開兩吋，信封從那裡丟進空座椅，沒有接觸，不會太過接近。接著輕踩一下油門，變速箱緩緩轉動，把車子推進三十呎，到達另一個店家，信封照例從車窗丟進空座椅，以此類推。只是，這天晚上，在第三站的酒鋪外面，塞進車窗的不是信封，而是一管裝在槍口的肥大黑色滅音器。

13

那是一把黑克勒暨科赫（Heckler&Koch）MP5衝鋒槍，而且劈頭就開了三次火，因為這正是車子後座的人挨的槍數，被盲目但巧妙地瞄準了，槍口微微向後，對著中低位置，目標是腿和手臂，或者胸部。在這同時，駕駛人在另一側得到差不多的待遇，另一把H&K從對街人行道開槍，主要命中他的頭部，窗玻璃都碎了。

之後，兩側車門幾乎同時被撬開，從對面人行道過來的傢伙把駕駛人往旁邊空位一推，自己坐上駕駛座，從酒舖出來的那人則擠進後座。他們甩上車門，車子上路，所有座位都滿了，兩組人馬成對角線排列：對事情發展相當滿意的兩人，加上一個已經死了的，和一個垂死的。

此時，李奇正在兩個街區外的中央街另一側，他已經弄清楚阿爾巴尼亞幫和烏克蘭幫的地盤分界線，他已經發現他想找的東西。他坐在一家酒吧裡，這裡有許多圓形小高腳桌，後方備有舞台，台上是一組吉他、貝斯和低音鼓三重奏樂手。圓桌上擺著深夜小菜菜單，吧台後面有一台濃縮咖啡機。大門內有個坐在高腳凳上的傢伙。黑套裝，白襯衫，黑領帶，白皮膚，淡色頭髮，肯定是烏克蘭人。

很好，李奇心想。他需要的一切都在這裡了，不多不少。

他選了一張位在房間盡頭的桌位，大約在居中的位置，他背對著牆坐了下來。他從左眼角可以看見那個坐在高腳凳上的傢伙，右眼角是樂團，演奏得很不錯，他們正在彈奏一些五〇年代爵士風格的藍調專輯主打曲。柔和圓潤的吉他聲，不吵鬧，貝斯的低沉澎澎聲，鼓刷在響弦鼓上輕輕滑動。客人大都喝著紅酒，有些吃著和茶杯碟差不多大小的披薩。李奇看了下菜單，那叫單人份披薩，原味或義式辣香腸口味，一份九元。

一名女服務生走來。她和五〇年代音樂很搭。身材嬌小，男孩子氣，大約二十七、八歲，俐落苗條，一身黑衣，有著深色短髮、靈活的眼睛和羞澀但感染力強的笑容，她很像黑白老電影裡的人物，有爵士配樂襯托，也許是某人的刁蠻小妹，莽撞躁進，也許想穿長褲去上班。

李奇喜歡她。

她說：「這位先生想點什麼？」

李奇點了兩杯水、雙份濃縮咖啡和兩份義式辣香腸披薩。

她問：「你在等人？」

「我怕營養不良。」他說。

她笑著走開。這時樂隊突然奏起了嚎狼（Howlin' Wolf）老歌〈屠宰間〉（Killing Floor）的哀傷曲調。吉他取代人聲，用成串珍珠般的音符訴說著，他早該在二度傷害之後就甩了她，然後到墨西哥去。門口，客人陸續進入，都是三三兩兩，沒有單獨一人的。他們全都停下來，像李奇之前那樣，順從地等門衛檢查，他逐一打量著他們，上上下下，直視眼睛，然後把頭往背後的歡樂場景微微一甩，示意他們進入。他們越過他走進來，他則盤起雙臂，懶懶坐回高腳凳。

兩首歌後，女服務生送餐來，她把東西全擺上桌。他說謝謝妳，她說不客氣。他說：「門口那傢伙可曾阻止誰進來過？」

「這要看是什麼人。」她說。

「他會攔住什麼人？」

「警察，不過我們店裡已經很多年沒見警察來了。」

「為什麼要攔警察？」

「向來都不歡迎，不管發生什麼事，等風向一變，突然就變成賄賂、貪腐、設圈套或別的大事件，所以警察才有他們自己的酒吧。」

「這麼說，多年來他一直沒攔過任何人進來。我倒想知道他到底有什麼用處。」

「你問這做什麼？」

「我很好奇。」李奇說。

「你是警察嗎？」

「接下來妳大概會說，我很像妳老爸。」

她笑了。

「他個子小多了。」她說。

她轉身，投來最後一瞥，不是眨眼，但很接近了。然後她離去，樂隊繼續演奏。門口那傢伙在計算人數，李奇猜想。他在這裡算是外人，保護費很可能是按照營業收入的百分比來計算的。那傢伙數了人頭，免得店主捏造人數。加上他或許提供了名義上的保全人力，在交易中給對方一點甜頭，皆大歡喜。

女服務生在李奇吃完之前回來。她把帳單放在一只黑膠皮套裡。她正要下班。他湊了整數外加十元小費，用現金付了帳。之後她就走了。他用完餐，繼續在桌位上待了片刻，望著門口的傢伙。接著他起身，朝那人走過去，要離開這裡沒別的路可走，進出都得經過那道門。

他停在高腳凳旁邊。

他說：「我有個緊急口信要給馬西姆．楚蘭柯，我得請你想辦法替我傳達，明天同一時間我會再來。」

然後他往前走，出了門口，走到街上。在他右邊二十呎的地方，女服務生從員工專用門走了出來，這倒是他沒料到的。

她停在人行道上。

身材嬌小，男孩子氣，剛下班。

她說：「嗨。」

他說：「再次感謝妳的照顧，希望妳今晚過得愉快。」

他在腦裡數著時間。

她說：「你也一樣，也要謝謝你給的豐厚小費。」

她停在大約七呎遠的地方，有點緊張，有點踮起腳尖，各種肢體語言發生中。

他說：「我想像如果我是女服務生的話，我會想要什麼樣的小費。」

「那畫面一定很令人難忘。」

他在腦裡計算時間，因為即將發生兩種情況中的一種。要麼沒事，要麼有事。或許沒事，因為說不定馬西姆．楚蘭柯的名字對他們毫無意義。也或許有事，因為楚蘭柯名列他們ＶＩＰ客戶名單之首。

時間會說明一切。

女服務生問：「既然你不是警察，你到底是做什麼的？」

「我在待業中。」

如果楚蘭柯的名字在清單上，那麼最可能的步驟應該是，門口那傢伙會馬上打電話或者傳簡訊報告，然後，也許是立即得到指示，也可能這本來就是約定的一部分，那人都會跑出來，想辦法留住李奇，並且盡量拖延，起碼讓他有時間用手機拍張照片，最好是拖到他們的流動監視小組，或者流動追捕小組出現。他們無疑有很多車輛在外面跑，而且要巡視的區域並不大，只有一個梨形城市的一半。

「很遺憾你處在無業狀態，」女服務生說：「希望你很快找到工作。」

「謝謝。」李奇說。

那傢伙需要大約四十秒鐘打電話，或者來回傳簡訊，然後準備一下，吸口氣，然後從他們後方的店門走出來。到時他必須準備好應付。

如果有事的話。

也許沒事。

女服務生問：「你想找什麼樣的工作？」

那人走出他們後方的店門。

李奇移向路邊，然後轉身，讓三人形成一個淺三角形。女服務生在他左邊，那人在他右邊，他背後是空的。

那人看著李奇，卻對著女服務生說話。

他說：「妳走吧，孩子。」

李奇瞥了她一眼。

她用嘴型對他說話。看來像是，注意看我往哪走，然後她跑走了，不算真的跑。她轉身，快步通過馬路，李奇越過肩頭瞥了兩次，匆匆地，間隔不長，就像短片的兩個畫面。第一個畫面顯示她已經在半個街區外，在遠遠的人行道上大步往北走，第二個顯示她已經不見人影。因此，是在靠近街區盡頭的地方進了某一道門。

他右邊那人說：「我得先知道你的名字，才能讓你和馬西姆・楚蘭柯聯繫，也許我們應該先討論一下，你跟我，聊聊你是怎麼認識他的，好讓他安心。」

「什麼時候討論？」李奇問。

「現在就可以，」那人說：「先進去，我請你喝杯咖啡。」

留住他然後盡量拖延，李奇心想，直到追捕小組出現。他看一下街道左右兩頭，沒有車大燈，沒有車子過來，還沒有。

他說：「謝了，我剛吃過晚餐，我都安排好了，明天過來，大約同一時間。」

那人拿出手機。

「我可以把你的照片傳給他，」他說：「就當是第一步，這樣會快一點。」

「謝了，不必。」李奇說。

「我要知道你是怎麼認識馬西姆的。」

「大家都認識他，他有一陣子非常出名。」

「說說你要傳什麼口信給他。」

「我只對他一個人說。」李奇說。

那人沒說話，李奇看了下街道兩頭。沒車，暫時沒有。

那人說：「我們不能一開始就把關係弄僵，馬西姆的朋友就是我的朋友，不過，既然你認識他，應該知道我們得先檢查你一下，你總不會希望他出狀況吧。」

李奇看了下街道，有動靜了，一對顛簸跳動的大燈光束從街區的西南轉角繞過來，速度之快讓前懸吊系統難以保持車身的平穩。當車尾因為劇烈的加速作用往下沉，光束嘩地掃過、下墜然後恢復平直，接著升高。

直衝著他們而來。

「再見了，」李奇說：「但願。」

他轉身穿過馬路，遠離車子往北走，這時他看見第二輛車繞過街區的西北轉角駛來。同樣亂蹦亂跳的大燈光束，從反方向過來。急遽加速，直衝著他而來。兩輛車可能分別坐著兩個人，恰當的人數。他們的反應時間很短，顯然是處在一級戰備狀態（Defcon）。可見楚蘭柯這個人很重要。因此，他們的交戰規則幾乎是隨他們愛怎麼訂就怎麼訂。

這時的李奇彷彿是一塊亮光三明治裡的夾心肉。

注意看我往哪走。

靠近街區盡頭的某一道門。

他轉身，壓低身子遠離光線，並且看見一道又一道門從游移交錯的陰影中隱隱浮現。那些門大都是零售商店，裡頭灰撲撲的一片昏暗，就像到處可見的休業店家。有些門是簡單的堅固木門，樓上大概屬於私人住戶，但沒有一道門是打開的，連條誘人的門縫都沒有，也沒有任何一道門的邊框透出光來。他向北移動，因為女服務生是往北走的，更多門從黑暗中逐一浮現，但是和以前一樣，全都靜悄悄，一片灰暗而且緊閉著。

兩輛車子駛近，它們的燈光更亮了。李奇停止挨家挨戶尋找，他想自己大概聽錯了，或者誤讀了她的唇語。這時，他的大腦開始輪番上演關於兩個來自南邊和兩個來自北邊的傢伙的各種情節，無疑這四人全都帶了槍械，儘管可能不是霰彈槍，太靠近市中心了，大概只是手槍，也許裝了滅音器，端看他們和本地警局實際上的約定。換句話說，別驚擾了選民。但是，和他們的謹慎本能相反的是，他們說什麼都不想讓他們的主子失望。

兩輛車子緩緩停下。

李奇被包夾在中間。

最高法則：迎向危險，而不是逃離它。這是他從小——打從他第一次了解到，他可以要麼害怕，要麼讓人害怕的時候——就開始恪守的原則。這原則當下給了他前進或後退的選擇。他選擇前進。朝北，他正在走的方向。他的步伐沒有中斷，氣勢絲毫不減，更快更猛，怒視著前方和背後，他繼續前進，憑著本能，但也有穩當的戰術。在這危急情境下的最穩當戰術，把一手爛牌打到贏的概念。起碼他在努力扭轉情勢。就是那些書呆子說的，改變戰鬥空間。前面的人會隨著他越來越近，感覺壓力越來越大。後方的人則是機會越來越小。兩種情況都會削弱效率。最終低於五成，運氣好的話。因為後方的人會擔心隊友受到波及，前方的同夥太靠近目標了。

後方的人或許會自願退出戰鬥。

把一手爛牌打到贏。

李奇疾速向前走。

他聽見車門打開。

匆匆趕路的同時，他看見左邊許多零售商店的門在車燈照射下浮現又消失，一扇接一扇，全都小氣地緊閉著，直到其中一扇是開著的。因為那不是門，而是一條小巷。在他右邊，街道路肩並沒有中斷，可是在他左邊，建築物之間有一個八呎寬的陰暗空隙，鋪設著和本市人行道同樣的地面。某種行人通道，公共的。通往哪裡？他不在乎。巷子黑漆漆的，無論通往哪裡，都比這條被兩輛面對面靠近的車子所發出的四道強光照亮的街道好得多。

他閃進小巷。

他聽見背後傳來腳步聲。

他快步往前。過了一棟建築物的縱深，巷子轉入一條狹窄街道。依然一片漆黑，他背後的腳步聲跟了上來，他緊挨著建築物最陰暗的地方。

一道門在黑暗中打開。

一隻手抓住他的臂膀，將他拉了進去。

14

門又輕輕關上。過了三秒，喀喀的腳步聲以一種緩慢而警戒的慢跑節奏從門外經過。接著回復寂靜。李奇臂膀上的手將他拉入黑暗深處。手指細小，但強勁。他們進入另一個空間。不一樣的音響，不一樣的氣味，不一樣的房間。他聽見指尖在牆上摸索著尋找電燈開關。

燈亮起。

他眨眨眼睛。

女服務生。

注意看我往哪走。

不是門口，是小巷，或者通往門口的巷子，一條通往一道開了條誘人門縫的門的巷子。

「妳住這？」他問。

「對。」她說。

她還穿著工作服。黑色牛仔長褲，黑色無領扣襯衫。身材嬌小，男孩子氣，一頭深色短髮，眼神充滿關切。

「謝謝妳邀我進來。」李奇說。

「我只是想像如果我是一個被門衛斜著眼看的陌生人，」她說：「我會需要什麼樣的幫助。」

「他有嗎？」

「一定是你惹了他。」

他沒回話。他們所在的房間是一個色調柔和的愜意空間，擺滿陳舊舒適的家具，有些也許是從當舖買來的，經過清理、整修，還有一些則是用零散的舊工業組件固定在一起的。某種舊機器的外框支撐著咖啡桌，書架也是同樣的東西，還有許多別的，這叫回收再利用（repurposing），他在雜誌上讀過這類文章。他喜歡它的風格，喜歡它的成果，真是漂亮的房間。然後他腦中響起一個聲音：萬一有什麼不測，那就可惜了。

「妳是他們的員工，」他說：「不該掩護我。」

「我不是他們的員工，」她說：「我的老闆是經營酒吧的夫婦。門口那傢伙是做生意的成本，無論我到哪裡工作都會碰到。」

「他似乎覺得他可以使喚妳。」

「他們都是這樣的，邀請你進來，一方面也是為了報復他們一下。」

「謝謝妳。」他又說。

「不客氣。」

「我是傑克・李奇，」他說：「非常高興認識妳。」

「我是艾比蓋兒・吉布森，」她說：「人家都叫我艾比。」

「人家都叫我李奇。」

她說：「很高興認識你，李奇。」

他們相當正式地握手。手指細小，但強勁。

他說：「我是故意惹他的，我想看看他會不會對某樣東西起反應，還有反應的速度和強度。」

「什麼東西？」

「馬西姆・楚蘭柯這名字。妳聽過這個人嗎？」

「當然，」艾比說：「他剛破產，某種網路泡沫破滅，他在這裡紅了一陣子。」

「我想找到他。」

「為什麼？」

「他欠很多人錢。」

「你是討債小弟？你說你沒工作。」

「做公益，」李奇說：「臨時性的，幫我剛認識的一對老夫婦討公道。目前還在試探階段，還在試水溫。」

「不管他有沒有欠人家錢，他根本沒錢還，他破產了。」

「有一種說法，他在床墊下私藏了一些現金。」

「難免會有人這麼想。」

「我認為就這件事來說，可能性很大。純粹是一種邏輯命題，如果他真的破產，那麼他早該被找到了。可是他到現在還沒被找到，所以他沒有破產。因為，想不被發現只有一個辦法，就是收買烏克蘭人幫他藏身。這需要花錢，因此他還有錢，如果我快點找到他，或許還有剩。」

「可以給那對老夫婦。」

「希望夠他們支付生活所需。」

她說：「不被人發現的唯一辦法是不破產，」她說：「聽來像幸運餅乾裡的籤詩，但我想今晚他們已經證明這是真的了。」

李奇點頭。

「兩輛車，」他說：「四名人手，他的行情不錯。」

「你不該招惹那些人，」艾比說：「我近距離看過他們。」

「妳也在招惹他們，妳開了門。」

「這不一樣，他們不會發現的，這裡有上百戶人家。」

他說：「妳為什麼要開門？」

「你知道的。」她說。

「也許他們只是想找我聊聊天。」

「我想不是。」

「也許我頂多被狠狠罵一頓。」

她沒回話。

「妳知道沒那麼簡單，」他說：「所以妳替我開門。」

「我近距離看過他們。」她又說。

「他們會怎麼做？」

「他們不喜歡別人干涉他們的事，」她說：「我知道他們會狠狠修理你一頓。」

「妳見過類似狀況？」

她沒回話。

「總之，」李奇說：「再次感謝。」

「你需要什麼嗎？」

「我該走了，妳已經幫我夠多了，我訂了旅館房間。」

「在哪？」

他告訴她。她搖搖頭。

「那在中央街以西，」她說：「他們在那一帶布有眼線，恐怕早就發出簡訊了，連同對你的外貌描述。」

「他們似乎很認真看待這事。」

「我說過，」她說：「他們不喜歡別人干涉他們。」

「他們在那一帶有多少人手？」

「夠多了，」她說：「我正要煮咖啡，想喝嗎？」

「好啊。」李奇說。

她帶他來到廚房。廚房既小又不搭調，但收拾得很整潔。有家的感覺。她倒掉咖啡機濾網裡的殘渣，洗了水壺，然後打開電源。機器咕嚕咕嚕響，濃郁的香氣瀰漫整個房間。

「咖啡大概不會讓妳睡不著。」李奇說。

「現在是我的晚上時間，」她說：「我都是天亮上床睡覺，睡一整天。」

「原來如此。」

她打開廚房吊櫃，拿出兩只白色瓷杯。

「我要去洗個澡，」她說：「要是煮好我還沒回來，請自便。」

一分鐘後，他聽見水流聲，之後是輕柔的吹風機轟轟聲。咖啡機滴滴答答、噗哧噗哧作響。它完成時艾比正好回來。她看上去紅通通、濕答答，散發著肥皂味。她穿著一件看來像男人的扣領襯衫，但是修長纖細許多的及膝連身裙。底下可能穿不了太多。當然她是光著腳的，下班後的裝束，舒適的居家夜晚，他們倒了咖啡，端著杯子回到起居室。

「你沒回答我的問題，」她說：「我想你大概來不及回答。」

「什麼問題？」他說。

「你喜歡什麼樣的工作？」

於是他開始報上他的個人簡歷。開頭很容易理解，接著就難了。父親是海軍陸戰隊軍人，童年時住過五十個不同地點，接著進入西點軍校，接著在上百個不同地點擔任憲兵，接著遇上冷戰結束時的兵力縮減，導致他突然間過起了平民生活，一個簡單易懂的故事。接下來是流浪生活，這部分就沒那麼簡單易懂了，沒有工作，沒有家，總是馬不停蹄，身上就幾件衣服。沒有特定地方要去，有的是時間四處晃蕩。有些人覺得很難理解，但艾比似乎懂得，她沒多問一些他常遇到的蠢問題。

她的故事比較短，因為她年輕。出生在密西根州的某個郊區，在加州的某個郊區長大，喜歡閱讀、哲學、戲劇、音樂、舞蹈、實驗和表演藝術。唸大學時來到本市，就再也沒離開。一個月的餐廳服務生臨時工作一做十年，今年都三十二歲了，比她的外表大上許多，她說她很開心。

他們三番兩次到廚房給咖啡續杯，最後兩人面對面分據沙發的兩端。李奇舒服地攤成大八字，艾比盤腿坐著，襯衫裙的下襬拘謹地收攏在光裸的膝蓋之間，李奇對哲學、戲劇、舞蹈、實驗或表演藝術懂得不多，不過他常找機會看書，也常找機會聽音樂，因此還跟得上。有幾次兩人發現他們讀了同樣的東西。音樂也是。她說這是她的懷舊時間，他說這感覺像昨天，兩人大笑起來。

到了凌晨兩點。他想應該可以在阿爾巴尼亞人的旅館訂到房間，往東走一個街區，也不錯，之前訂房的錢就算了。他比較懊惱的是在櫃台浪費的那五分鐘，再也要不回來了。

艾比說：「如果你願意的話，可以待在這裡。」

他很確定她的襯衫裙的前襟鈕釦又解開了一顆。他感覺自己對這事的判斷應該八九不離十。他是個觀察入微的人，之前的細縫他檢視過幾次，相當有魅力，可是新的細縫更迷人了。

他說：「我沒看到有客房。」

她說：「我沒有客房。」

「這算是一種生活形態實驗嗎？」

「對比什麼？」

「一般理由。」

「我想兩者都有一點。」

「我接受。」李奇說。

15

迪諾的兩名手下失蹤了一整晚，從去了酒鋪之後，音訊全無，手機沒人接聽，也沒人看見他們的車子，就這樣憑空消失。當然這是不可能的。但還是沒人通知迪諾，只是進行了小規模搜索，所有可能的社區都找了，沒有結果，兩人仍然不見人影。直到早晨七點，就在他們自己的土地上，一個人在側邊工地用堆高機堆放木材、倒車然後發現了他們，就在最後一塊十乘二呎大小的雪松木的後方。

這時他們通知了迪諾。

側邊工地以一道八呎高的鐵絲網圍籬，和承包商的直接入口隔開來。那兩人頭下腳上倒掛在圍籬的頂端。他們的身體被剖開，重力使得他們的內臟垂到了胸口、臉上，和底下的地面。死前被剖開，很快活。兩人身上都有結痂的槍擊傷口，其中一人的頭幾乎沒了。

他們的車依然不見蹤影。沒有輪胎痕跡，什麼都沒有。

迪諾把手下召集到後面會議室，距離可怖的現場只有五十碼。像戰場上的將領，就近勘察地勢。

他說：「葛雷哥利一定瘋了，我們是最早受害的，倒楣到了家，這會兒他竟想火上添油，把它變成四命償兩命？他到底想佔我們多少便宜？他到底在想什麼？」

「問題是幹嘛弄得這麼嚇人？」他的頭號副手說：「幹嘛裝神弄鬼，讓他們的腸子掛在那裡？這八成才是關鍵。」

「是嗎？」

「肯定是。事情已經夠莫名其妙了，這完全是沒必要的。感覺好像他們在生我們的氣，像在報復我們什麼，好像我們在哪裡佔了上風。」

「根本沒有。」

「也許有什麼我們不知道的事，也許實際上我們確實在哪裡佔了上風，只是我們還沒察覺。」

「察覺什麼？」

「我們還不清楚，這才是重點。」

「我們只不過得到幾家餐館。」

「所以說，也許那裡有什麼特別的好處，說不定獲利很高，說不定可以接觸很多人。大人物都會到那裡用餐，帶著妻子什麼的，不然他們還能在哪用餐？」

迪諾沒答腔。

他的副手說：「不然他們為何會氣成這樣？」

迪諾依然沒答腔。

然後他說：「也許你說得沒錯，也許餐館街區比放貸業務更有賺頭，真心希望是如此。我們運氣好，他們心生不滿。可是，不管怎麼說，四對二還是太過分了，我們絕不能忍受，傳話下去，傍晚前把數字拉平。」

李奇早上八點醒來，暖和，放鬆，平靜，部分身體和還在熟睡的艾比纏在一起。她在他旁邊顯得特別小，足足矮了一呎多，體重不到他的一半，沉睡中的她軟綿綿的。活動中的她卻十分猛烈、靈巧而有力，當然是實驗性的，她的表演稱得上藝術，這點毫無疑問，他是個幸運兒。他深吸了口氣，凝視著上方的陌生天花板。灰泥上有些裂縫，像是分支的河流，粉刷過很多次，有如癒合的傷痕。

他輕輕將身體解脫開來，爬下床，光溜溜走到浴室，然後到廚房去開機煮咖啡。接著他回浴室去沖澡，接著從起居室各處撿起衣服，把它們穿上。他從吊櫃拿出一只乾淨瓷杯，倒了這天的第一杯咖啡。他坐在窗口的小桌前。天空湛藍，太陽已升起。美好的早晨。隱隱有聲音傳來。車流和人聲。人們熙來攘往，趕著去上班，開始新的一天。

他起身去續杯，然後重新坐下。一分鐘後，艾比走了進來，裸著身體，打著哈欠，伸著懶腰，面帶微笑。她去倒了咖啡，輕步走過廚房，坐在他大腿上。赤裸，柔軟，溫熱又芬芳。一個男人還能怎麼辦？一分鐘後，他們回到床上，甚至比第一次更美妙，全面性的實驗，整整二十分鐘，能做的都做了。之後他們倒在床上，氣喘吁吁。他心想，就一個老頭來說，表現還不賴。她偎在他胸口，虛脫了，大口喘著，他感覺到她在肉體上的解脫，某種深沉的原始滿足感。但是不只這樣，還有別的什麼。安全感，她覺得安心、溫暖、被呵護。她盡情享受著這感覺，慶幸著自己有這感覺。

「昨晚，」他說：「在酒吧，我問妳門口那傢伙的事，妳問我是不是警察。」

「你是警察。」她喃喃說。

「以前是。」他說。

「和我對你的第一印象差不多，一副從來沒輸過的樣子。」

「妳希望我是警察嗎？妳期待我是？」

「為何我要這麼期待？」

「因為門口那傢伙，也許妳覺得我有辦法對付他。」

「才不，」她說：「期待只會浪費時間，警察根本不管那些人，太麻煩，太多錢轉來轉去。相信我，那些人對警察放心得很。」

失望透了的語氣。

他實驗性地問：「如果我有辦法對付他，妳會開心嗎？」

她偎得更緊些，不自覺地，他想。他認為這必然意味了一些什麼。

她說：「那個人是嗎？」

「和我面對面的那個。」

她頓了一下。

「嗯，」她說：「我會很開心。」

「妳希望我怎麼對付他？」

他感覺她的身體變得僵硬。

她說：「我想我會希望你好好整他一下。」

「惡整？」

「好好惡整。」

「妳對他哪裡不滿？」

她不肯回答。

過了會兒，他說：「昨晚妳提到別的事。妳說簡訊早就發出去了，連同對我的外貌描述。」

「他們一發現你不見了，就會這麼做。」

「發給旅館之類的地方。」

「發給所有人，他們都是這麼做的，他們有自動化系統，他們很會運用科技，在電腦方面非常先進。他們一直在嘗試新的詐騙手法，相較下，發送一則自動化全面通告太容易了。」

「每個人確實都會收到同樣的警報？」

「你有沒有特別指哪個人？」

「比如說其他部門的人，負責放貸業務的。」

「這有問題嗎？」

「那人有我的照片，我的大頭照，他會認出我的外貌特徵，然後回傳我的照片。」

她挨得更近些。身體再度放鬆。

「其實無所謂，」她說：「反正他們全都在找你，光是你的外貌描述已經綽綽有餘，多一張你的大頭照，起不了多大作用，尤其從遠距離看的話。」

「重點不在這裡。」

「那是什麼？」

「放貸那傢伙以為我叫亞倫・許維克。」

「為什麼？」

「我說的那對老夫婦姓許維克。我出面幫他們做了一些交易。當時這辦法似乎不錯，可是這會兒他的名字被到處傳了，他們可以追出地址。我可不希望他們跑到許維克家去找我，可能會引起各種不愉快，許維克夫婦的麻煩已經夠多了。」

「他們住哪？」

「市中心到城東邊界的半途，一個戰後新開發社區。」

「那是阿爾巴尼亞人的地盤，烏克蘭人跑到那裡是不得了的大事。」

「烏克蘭人已經接管了他們進行放貸交易的酒吧，」李奇說：「那在中央街以東，如今雙方戰線似乎變得較不固定了。」

艾比惺忪地點頭。

「我知道，」她說：「因為新警察局長上任，他們都同意雙方不能起衝突，但還是接二連三發生了各種狀況。」

接著她深吸一口氣，屏住呼吸，坐了起來，甩頭讓自己清醒，然後說：「我們該走了。」

「去哪？」李奇問。

「我們得去看看那對老夫婦是否沒事。」

艾比有一輛車。車子停在一個街區外的車庫裡。這是一輛白色豐田小轎車，有手排檔，沒有輪圈蓋，加上用電線束帶固定的擋泥板，加上擋風玻璃上有一條裂縫，讓前方的視野看來就像兩片重疊的風景。但是引擎發動了，車輪轉了，煞車也管用。車窗玻璃是透明的，沒貼隔熱膜，李奇覺得自己的臉很貼近玻璃，被外面那些和他一樣塞在狹窄車廂裡的人看得一清二楚。他尋找著林肯Town轎車，和那輛被他撞毀在福特展示中心的車，以及前一晚在街上從南北向他夾攻的兩輛車子同款的。可是他沒有任何發現，也沒看見身穿深色套裝的蒼白男子在街角閒晃、監視。

他們走他之前走過的路線，經過巴士站，越過四向紅綠燈，轉入較狹窄的街道，經過酒吧，然後再度進入較開闊的街道，附有熟食區的加油站就在前方。

「在那裡停一下，」李奇說：「我們得替他們帶點吃的。」

「他們可以接受那個？」

「有關係嗎？他們總得吃東西。」

她停了車。菜單還是一樣，雞肉沙拉或鮪魚沙拉。他每一種買了兩個，加上薯片和汽水。再加上一罐咖啡粉，不吃是一回事，但咖啡完全是另一種東西。

他們開車進入開發住宅區，緩緩繞過侷促的直角彎道，前往位在社區中心附近的死巷，他們在纏繞著玫瑰花蕾的木樁籬笆旁停車。

「就這房子？」艾比說。

「產權歸銀行了。」李奇說。

「因為馬西姆．楚蘭柯？」

「加上一些立意良善的錯誤。」

「他們能不能向銀行要回來？」

「我對這種事了解不多，但是我想不出有什麼理由不可以，不過就是金錢和資產在那裡轉來轉去，買進賣出。我看不出銀行有什麼理由阻止這件事，他們肯定能找出辦法從這筆交易得到利潤。」

他們走上狹窄的水泥小徑。大門在他們到達前打開。亞倫．許維克站在那裡，滿臉憂慮。

「瑪麗亞不見了，」他說：「怎麼也找不到她。」

16

亞倫・許維克年輕時或許是個炙手可熱的機械師，但在今天，他一點都算不上是個有用的證人。他說他沒聽到外面有車聲，沒看見街上有車子。他們早上七點起床，八點吃了簡單的早餐，然後他到便利商店去買了一夸脫牛奶，打算以後當早餐。當他回到家，瑪麗亞已經不見人影。

「你出門多久？」李奇問。

「二十分鐘，」許維克說：「也許更久，我還是走得很慢。」

「你整個房子都找了？」

「我以為她摔倒了，但是沒有，也不在院子裡，所以一定是去了哪裡，或者有人把她帶走了。」

「咱們先假設她出門了，她帶了外套嗎？」

「她不需要外套，」艾比說：「天氣這麼暖和，不穿外套也沒關係。比較好的問法應該是，她帶了手提包嗎？」

許維克察看了他所謂的老位子。共有四個。廚房流理台上的某個定點，門廳內對著大門的穿鞋椅上的某個定點，衣帽間裡的某個特定掛鉤，他們也用來掛雨傘的；最後是起居室地板上一個靠近她的扶手椅的位置。

沒有手提包

「好，」李奇說：「這是個好兆頭，非常有說服力。這表示她應該是自願出門的，有條不紊，一點都不慌張，也沒有任何形式的脅迫。」

許維克說：「說不定她把手提包留在別的地方了。」他無助地環顧周遭。「這房子很小，即使如此，還是有不少角落可以藏東西。」

「咱們樂觀點看待這事，」李奇說：「她拿起手提包，把它挽在手上，然後走出了門前小徑。」

「說不定他們硬把她推進車子，也許他們逼她把手提包帶著，也許他們知道我們會怎麼想，他們想要誤導我們。」

「我認為她去了當鋪。」李奇說。

許維克沉默許久。接著他豎起一根手指，馬上回來的意思，然後沿著走廊蹣跚走向臥房。一分鐘後，他抱著一只老舊的鞋盒緩緩走回來。盒子上是褪色的淡粉紅和白色相間的條紋圖案，側面貼著褪色的黑白商標，上面印著廠商名稱，和一隻鞋子的線條畫，一隻氣派的厚重繫帶女鞋，還有尺寸，四號，還有價格，將近四塊錢。也許這雙鞋子是瑪麗亞．許維克的嫁妝。

「傳家首飾。」許維克說。

他掀開盒蓋，裡頭是空的。沒有九克拉婚戒，沒有訂婚鑽戒，沒有錶盤上有裂縫的鍍金手錶。

「我們應該去接她，」艾比說：「不然這趟回家的路太傷感了。」

組織犯罪的傳統經營手法是高利貸、毒品、色情、賭博和強索保護費。烏克蘭人在半個城市的地盤範圍內沉著、嫻熟地經營著這些項目。麻醉品空前暢銷，大麻由於各地陸續合法化的緣故，市場少了一大半，但是對甲基安非他命和可待因酮的爆炸性需求大大彌補了它的空缺。利潤超高，加上本市從城西邊界到中央街的範圍內賣出的所有墨西哥海洛因的手續費，讓利潤更是往上攀升，每克都有賺頭。這是葛雷哥利的最大成就，因為是他親自談判達成的交易。墨西哥幫派是惡名昭彰的無賴，想讓他們折服得花很大工夫，可是葛雷哥利不放棄，讓他們的兩個街頭份子內臟露出、倒掛陳屍的做法終於獲得成功。死前被剖，很快活。這時，許多墨西哥人開始擔心日後會被派去補缺。在街頭工作賺不了多少，也許還值得為它挨子彈，但不值得為它冒著被頭下腳上倒掛、從喉嚨到鼠蹊部活生生被劃開的風險。因此讓對方抽稅，皆大歡喜。

娼妓業也做得很好，主要是因為葛雷哥利把它看成一種先天優勢。烏克蘭女孩非常標致，許多人長得又高又窈窕，且是金髮美女。她們在家鄉毫無發展機會。在那個古老的國家，除了一輩子種田做苦工之外別無選擇。沒有漂亮衣服，沒有豪宅，沒有賓士車，她們很清楚。因此，她們很高興來到美國。她們知道要辦證件很複雜，手續又很昂貴。她們也了解，她們勢必得盡快償還贊助人預先支付的費用。然後她們便可以繼續往前，迎向接下來的渴望包括漂亮衣服、豪宅和賓士車的生活。人家告訴她們這一切很快就會到來，但是首先會有一段短暫的工作期間，之後她們才能獲得所有這些閃閃發光的機會。但是不用擔心，眼前就有一個現成的制度，運作良好。非常愉快的工作，而且很有社群性。主要是跟人們打成一片，類似公關工作。她們會喜歡的，如果遇上契合的人，甚至有機會從此翻身。

她們一抵達就被分級。倒不是說她們當中有長得醜的。葛雷哥利的標準非常寬，隨時都有上萬個準備上飛機，全都清新無瑕又芬芳。令人意外的是，最有價值的女孩並不是最年輕的，不在市場的頂端。當然，有許多男人願意花錢讓年紀比自己孫女還小的孩子替他們吹簫，可是經驗顯示，那些真正肯花大錢的男人覺得這種極端行為有點詭異。根據經驗，這些男人偏愛年齡稍大一點的女人，甚至二十七、八歲都無妨，有著世故、見多識廣的神態，帶點即將邁向成熟的味道，也許有一、兩條笑紋，這樣才不會覺得自己像個色情狂。他會覺得自己房裡有個年輕女同事，也許是一個新手主管，正在尋求指導、加薪或升遷機會，只要她用對了方法，就能得到部分或全部她想要的東西。

這樣的女人通常會在這工作上待個五年左右，但不知為何一直沒能得到漂亮衣服、豪宅和賓士車，不知為何她的債老是還不完。沒人想過利率的問題。有時候，這樣的女人會繼續做個五年，被列在網站的成熟頁面，如果她不顯老的話。如果她顯老，那麼她的鐘點價碼就會降個幾百元，而她會撐下去，能做多久就做多久。之後，她會被完全從網站下架，然後被送往他們的許多後街按摩院之一，在那裡，一節服務最短是二十分鐘，她將穿上簡約版的護士服，戴上橡膠手套，每天工作十六小時。

每家按摩院都由一名店主管理，並有一名副店主協助他。就像在他們手下工作的女人，他們通常也不是人中之龍。但從好的方面來看，他們的工作非常簡單。他們只有三個任務：他們必須每週交付一定數量的錢；他們必須保持員工的熱情；他們必須在顧客之間維持秩序。就這樣，這樣的標準吸引了某一類型的候選人。追錢時夠惡劣，鎮壓顧客夠強硬，偷吃員工不手軟。

在中央街以西兩個街區的某家按摩院，負責管理的兩人名叫波丹和阿提姆。波丹是店主，阿提姆是副手。到目前為止，他們這一天過得還算順利。他們收到一則簡訊，要他們協尋某個傢伙。簡訊中有簡短的文字描述，主要是關於他的身高和體重，兩者都相當引人注目。他們仔細檢查了客戶流，沒有這樣的人。但其他類型的人不少，截至目前全都表現良好，全都令人滿意。員工也沒什麼問題，除了早上發生的一件小事，一個老員工遲到了，卻一副沒什麼歉意的樣子。他們提供給她幾種懲罰方式。她選擇了皮革拍，一下班就執行。波丹將負責實施懲罰，阿提姆負責錄影。一小時後影片將上傳到他們的色情網站，到了早上它可能已經賺進好幾塊錢，雙贏，一切都好。截至目前，這天過得相當順利。

接著來了兩個看上去不太一樣的顧客。深色髮膚，墨鏡。深色短雨衣，黑色牛仔褲，幾乎像制服。這種事常有，主要是大學，城裡有各式各樣的人，從穿著往往能看出他們從哪兒來，就像這兩人。他們可能是學生，從國外來遊學的。也許他們只是在體驗所在國的非法魅力，純粹為了研究，純粹為了獲得更好的相互理解。

或者不是。

他們從同款的外套底下掏出同款的槍，兩把帶有內置滅音器的H&K MP5衝鋒槍。巧的是，前一晚烏克蘭人自己在酒舖外也用了同一廠牌和型號的槍枝，世界真小。這兩人示意波丹和阿提姆肩並肩站在一起。兩人分別朝地板開了一槍，以示他們的槍是有滅音裝置的。噗噗兩次槍聲，很響亮，但不足以驚動任何人。

他們用帶有濃重阿爾巴尼亞腔的蹩腳烏克蘭語說話，說他們提供了選擇，外面有一輛車，波丹和阿提姆可以上車，或者他們可以選擇肚子挨一槍，當場，馬上，用剛剛被證明非常安靜、不會驚動任何人的槍，他們會躺在地上流血死掉，痛苦掙扎二十分鐘，到頭來還是會被人拉著腳跟拖到車上。

任他們選擇。

波丹沒回應，沒有馬上回應，阿提姆也沒有，他們是真的猶豫。他們耳聞過阿爾巴尼亞人的凌虐手法，也許肚子挨一槍還好一點，他們什麼也沒說。整棟房子靜悄悄的，沒有一點聲音。院內的按摩室全部排成一列，在一條長廊上，就在一道關閉的室內門的另一側，靠近房子正面的部分看來很像律師事務所的候客室，算是和城市之間的某種檯面下的妥協。眼不見為淨，不要驚擾選民，葛雷哥利和警方的約定。

接著沉默被打破。一個聲音傳來，屋內走廊裡踩高跟鞋的微弱聲響。喀喀喀。五吋高的鞋跟，她們都得穿的。有時候是透明塑膠高跟鞋，脫衣舞孃鞋，美國人無論什麼都有個名詞。喀喀喀。她們當中有人在移動，也許是從盥洗室走回她的按摩室。或者從一間按摩室走向另一間。從一個顧客到下一個顧客，有些女孩很受歡迎，有些常被指名。

高跟鞋聲不斷傳來，喀喀喀，也許她正一路走向最前面的小房間。

喀喀喀。

室內門打開，一個女人走進來。波丹看見那是老員工之一，事實上就是那個預備下班後接受皮革拍處罰的女人。和其他人一樣，她幾近半裸地穿著超小號的亮閃閃的白色乳膠版護士裝，頭上別著一頂小白帽，她的裙子下襬比絲襪頂端還要高六吋，她抬起一手，一根手指微微向前，就像一般人為了打斷別人表示歉意，同時準備提問時所做的動作。

她來不及開口。無論她腦子裡有什麼細瑣的問題，都沒能表達出來。需要毛巾，需要乳液，新的橡膠手套。不管是什麼，慣用左手的傢伙從左眼角瞄見了室內門甩開來，立即開了槍，往她的要害部位連開了安靜又俐落的三槍。沒有理由。某種亢奮狀態，某種狂熱頂點。抽搐的槍口，抽搐的扳機手指。沒有回音，只有女人倒下時發出的一陣又長又刺耳、塑膠和肉混雜的重擊聲。

波丹說：「老天。」

它改變了觀點。肚子挨槍不再只是一種假想。視覺輔助被引入了，古老的人類本能佔了上風。再多活一分鐘，看接下來會如何，他們自願上車。巧的是，就在他們越過中央街，進入阿爾巴尼亞人地盤的同時，那個穿護士服的女人斷氣了。她獨自一人躺在按摩院地板上，身體一半在門內，一半在門外走廊上。顧客全逃走了，他們從她身上跳過，跑掉了，她的同事們也一樣，她們都做了同樣的事，全跑光了。她孤零零死去，痛苦不堪，沒人來安撫慰藉。她名叫安娜・烏里亞娜・多洛斯金，四十一歲。十五年前，二十六歲的她初抵這城市，滿心期待展開她的公關事業。

17

亞倫・許維克不清楚城裡的當鋪究竟在哪裡。李奇猜應該就在巴士站周邊一帶，和一些時髦社區保持適當距離，他對城市很了解。它的外圍地帶總是密密麻麻塞滿了低租金事業，通常會有車窗隔熱膜商店和自助洗衣店，還有髒舊的家庭經營五金商店和雜牌汽車零件專賣店。還有當鋪。問題在規劃路線，他們希望能接到她，如果許維克太太已經辦完事，正要走回家的話。但這有些難度，因為不清楚她去了哪一家當鋪。於是，他們開著車繞大圈子，找到一家當鋪，通過櫥窗察看店內，沒看見她，就開往回家的方向，直到他們確定不可能還看見她走在前面，然後開回去，繼續尋找下一家當鋪。

最後，他們在中央路往西相當遠的地方找到她，正從一家陰暗的當鋪走出來。這家當鋪隔著條窄小街道面對著一家計程車調度站和一家保釋辦公室。許維克太太就在那兒，活生生的，昂著頭，手提包挽在手上。艾比在她身邊停車，亞倫搖下車窗，朝她呼喚。她非常驚訝看到他，但很快恢復鎮定。她上了車，前後不到十秒，彷彿早就約好了。

起初，面對艾比讓她有點彆扭。陌生人，妳八成覺得我們很蠢。亞倫問她用那些戒指和手錶換了多少錢，她光搖頭，不肯回答。

然後她說：「八十元。」

沒人吭聲。他們回頭往東走，過了巴士站，經過四向紅綠燈。

這時，葛雷哥利已在辦公室接獲關於他旗下按摩院的消息。一名他的手下為了不相關的任務偶然路過那裡，他感覺不太對勁，太安靜了。他走了進去，整個地方空蕩蕩的，只剩一名老妓女，被擊斃在地板上，躺在血泊中。此外沒半個人，也沒有顧客，顯然其他妓女全逃走了。沒發現波丹或阿提姆的影子，阿提姆的手機躺在他的辦公桌上，波丹的外套還披在他的椅子上。這不是好兆頭，這表示他們不是自願離開那裡的，表示他們是在脅迫下離開的。

葛雷哥利召集了他的得力手下。他把情況告訴他們，並且要他們努力思考六十秒，然後提出究竟怎麼回事，以及該如何因應的分析。

他的頭號副手率先發言。

「是迪諾幹的，」他說：「我想這點非常清楚，顯然他是不達目的絕不罷休，我們佯稱警局裡有他們的眼線，除掉他的兩個手下，於是他也除掉兩個我們的人，在福特經銷商那裡。這很公平，沒什麼好爭論的，一報還一報。只是，顯然他很不甘心失去放貸業務，因此決定在餐館街區多除掉兩個我們的人手，來懲罰我們。因此，昨晚我們在酒鋪外面再幹掉他的兩名手下。這麼一來是四比四，平等交換，事情結束。只是迪諾顯然不同意，他似乎覺得自己有必要表明態度，也許是自尊心作祟。他要一路保持領先兩個的態勢，也許這樣他會感覺好過些，所以現在他把它變成了六比四。」

「我們該怎麼處理這事？」葛雷哥利問。

他的副手沉默許久。

然後他說：「我們能有今天，靠的可不是意氣用事。如果我們追成六比六，他又會拉高成八比六。就這樣，沒完沒了，那將變成一場慢動作的戰爭，而現在我們不能開戰。」

「那該怎麼做？」

「我們應該認了，我們多損失了兩個人還有餐館街區，可是我們得到了放貸業務。總的來說，我們還是佔了上風。」

葛雷哥利說：「這會顯得我們很弱。」

「不，」他的副手說：「這會顯得我們像成年人，拉長戰局，專注盯著戰利品。」

「我們多死了兩個人，太丟臉了。」

「如果一週前迪諾提議用他的放貸業務，和我們交換兩條人命加上餐館街區，我們會毫不猶豫接受，我們佔了便宜，丟臉的是迪諾，不是我們。」

「就這樣算了，感覺很怪。」

「不，」他的副手又說：「這很明智。這就像下棋，目前我們是領先的。」

「他們會如何對付我們的兩個弟兄？」

「肯定不會太好受。」

眾人沉默片刻。

接著葛雷哥利說：「我們必須把那些妓女找回來，不能讓她們逃跑，對紀律不利。」

「我們正在努力。」有人說。

又一陣沉默。

這時葛雷哥利的電話響了，他接聽，然後掛斷。

他正眼看著他的頭號副手。

他笑了。

「也許你說得沒錯，」他說：「也許得到放貸業務真的讓我們佔了上風。」

「怎麼說？」副手問。

「目前我們握有一個人名，」葛雷哥利說：「還有一張照片，昨晚打聽馬西姆・楚蘭柯的那傢伙叫亞倫・許維克。他是客戶，目前欠我們兩萬五千元，我們正在追查他的地址，這人顯然是個醜怪的大塊頭。」

艾比把車停在木樁籬笆旁的路邊，一行人下車，走上狹窄的水泥小徑。瑪麗亞・許維克從手提包拿出鑰匙，打開大門。他們進了屋子，瑪麗亞看見廚房流理台上的罐裝咖啡粉。

「謝謝你。」她說。

「純粹是個人喜好。」李奇說。

「要喝嗎？」

「我正想著呢。」

瑪麗亞打開罐子，然後開機煮咖啡。她走到起居室的艾比身邊，艾比正在看牆上的照片。

她輕聲細語地問：「最近有梅格什麼消息？」

「治療方式很苛刻，」瑪麗亞說：「她住在一間特殊的隔離室，要麼因為吃了止痛藥神智不清，要麼正在睡覺，因為他們讓她服用鎮靜劑。我們不能去看她，連打電話都沒辦法。」

「真糟糕。」

「可是那些醫生倒很樂觀，」瑪麗亞說：「起碼目前是如此。很快就會有消息的，過一陣子他們會再做一次掃描。」

「只要我們先付錢。」她的丈夫說。

一週結束前有六次機會，李奇心想。

他說：「我們認為梅格的前老闆還在城裡，我們認為他手上還有錢，你的幾位律師估計最好的策略是直接控告他，他們說絕不會失敗。」

「他在哪裡？」許維克問。

「還不清楚。」

「你找得到他嗎？」

「也許吧，」李奇說：「這類事情我以前在工作上常做。」

「訴訟曠日廢時。」瑪麗亞說。之前她也這麼說過。

他們吃了從加油站熟食區買來的午餐。在客廳，因為廚房只有三張椅子。艾比盤腿坐在原來放電視機的地板上，把東西放大腿上吃了起來。瑪麗亞・許維克問她做什麼工作，艾比對她說了。亞倫聊著電腦控制機具出現之前的美好往日。當時所有東西都是靠肉眼和感覺切割的，精準度達到千分之一吋。他們什麼都造得出來，美國工人，曾經是全世界最強大的天然資源，瞧現在什麼狀況，真是奇恥大辱。

李奇聽見街上有車子。大型轎車輕柔的噗哧噗哧、嘶嘶聲響。他起身走到門廳，望著窗外。黑色林肯Town。裡頭有兩個人，蒼白的臉孔，金髮，白皙的頸子。他們正努力在狹窄的路面倒轉車子，前前後後，來來回回。他們想轉到正確的方向，也許是為了等會兒能快速開溜。艾比的豐田沒幫上忙，擋在那裡。

李奇回到起居室。

他說：「他們查出亞倫‧許維克的地址了。」

艾比站了起來。

瑪麗亞說：「他們來了？」

「因為有人派他們來，」李奇說：「這點我們千萬要記住。我們有大約三十秒可以考慮清楚。派他們來的人知道他們在哪裡，萬一他們出了狀況，這房子將成為報復現場，我們應該盡量避免這種狀況。若是在別的地方，無所謂，可是這裡不行。」

許維克說：「那我們該怎麼辦？」

「打發他們走。」

「我？」

「你們當中任何一個，除了我，他們以為我是亞倫‧許維克。」

敲門聲傳來。

18

第二次敲門聲，沒人動一下。接著艾比跨出一步，但是瑪麗亞一手按住她的臂膀，亞倫走了過去。李奇閃進廚房，坐在那裡，豎耳聽著。他聽見大門打開，接著台階上的人頓了一下，安靜無聲，就好像那兩人由於來開門的不是他們想找的人，一時間遲疑了。

其中一人說：「我們想找亞倫・許維克先生。」

亞倫・許維克先生說：「誰？」

「亞倫・許維克。」

「大概是上一位房客吧。」

「你是這裡的房客？」

「我退休了，買不起房子。」

「房東是誰？」

「銀行。」

「你叫什麼名字？」

「在你們說清楚來意之前，我想我沒必要告訴你們。」

「是私人事務，只能對許維克先生一個人說，非常機密的事。」

「等等，」許維克說：「你們是政府派來的？」

沒有回答。

「還是保險公司？」

其中一人說：「老頭子，你叫什麼名字？」

威脅的語氣。

許維克說：「傑克・李奇。」

「誰敢保證你不是亞倫・許維克的老爸？」

「我們不同姓。」

「那就是岳父，誰敢保證他現在不在屋裡？也許你承接了租約，讓他藏在房間裡。我們了解目前他手頭不是很寬裕。」

許維克沒說話。

同一個聲音說：「我們要進去看一下。」

許維克被推到一邊的聲音，接著是門廳裡的腳步聲。李奇站起，移到廚房門後。他打開一只抽屜，再打開另一只，直到發現一把廚刀。聊勝於無。他聽見艾比和瑪麗亞離開起居室，進了門廳。

腳步聲不斷傳來。

他聽到艾比說：「你們是誰？」

其中一位說：「我們正在找亞倫・許維克先生。」

「誰？」

「妳叫什麼名字？」

「艾比蓋兒。」艾比說。

「姓什麼？」

「李奇。」她說。「這兩位是我的祖父母，傑克和喬安娜。」

「許維克在哪裡？」

「他是前面的房客，搬走了。」

「他去哪了？」

「他沒留下轉信地址，他給人的印像是他有嚴重的財務問題，我想基本上他是趁著夜裡溜走的。跑路去了。」

「妳確定？」

「我很清楚誰住在這裡，先生，這屋子有兩個房間，一間我祖父母住，一間我住。我不在家時就當客房，沒人藏在屋裡，否則我一定曾發現的。」

「妳見過他嗎？」

「誰？」

「亞倫．許維克先生。」

「沒見過。」

「我見過他，」瑪麗亞．許維克說：「我們第一次來看房子的時候。」

「他長什麼樣子？」

「我記得他非常高大，體格健壯。」

「就是那傢伙，」聲音說：「他搬走多久了？」

「大約一年。」

沒有回應。腳步聲移往起居室門口。聲音說：「你們在這裡住了一年，卻連台電視機都沒買？」

「我們已經退休了，」瑪麗亞說：「那些東西很貴。」

聲音說：「喔。」

李奇聽見一聲輕柔的喀嚓。接著腳步聲退出，回到走廊，到了大門口，到了門前台階，上了狹窄的水泥小徑。李奇聽見車子發動，聽見它駛離。大型轎車輕柔的噗哧噗哧、嘶嘶聲響。

屋內安靜下來。

他把刀放回抽屜原位，走出廚房。

「幹得好，大家。」他說。

亞倫有點顫抖。瑪麗亞臉色發白。

「他們拍了照片，」艾比說：「像是臨走前的回馬槍。」

李奇點頭。那聲輕柔的喀嚓。手機，充當相機。

「拍什麼？」他說。

「我們三個。為了交報告，也為了他們的備用資料庫，但主要還是為了恐嚇，他們都是這麼做的，人們會覺得很無奈。」

李奇又點頭。他想起酒吧裡那個白得發光的傢伙，舉起手機來拍照，發出微弱的喀一聲。如果我真是客戶，大概開心不起來。

許維克夫婦走進廚房，去煮更多咖啡。李奇和艾比留在起居室等候。

艾比說：「這張照片的問題還不只是恐嚇。」

「還有什麼？」李奇說。

「他們會用簡訊把照片傳出去，發給自己人。他們都是這麼做的，也許有人握有另一塊拼圖。所有人遲早都會收到簡訊，酒吧的門衛也會收到。他知道我不是艾比蓋兒・李奇，他知道我是艾比・吉布森，許多其他地方的門衛也都知道，因為我在不少地方待過，他們會開始問我問題，他們本來就不喜歡我。」

「他們知道妳住哪裡嗎？」

「他們肯定可以逼我的老闆說出來。」

「他們什麼時候會發簡訊？」

「應該已經發了。」

「妳有別的地方住嗎？」

她點頭。

「我有一個朋友，」她說：「中央街以東，阿爾巴尼亞人的地盤，很幸運。」

「妳可以在那裡工作嗎？」

「我待過那裡。」

李奇說：「很抱歉誤了妳的工作。」

「我把它當成一種實驗，」她說：「曾經有人告訴我，女人每天都該做一件讓她害怕的事。」

「她可以去當兵。」

「反正，你必須待在中央街以東，我們必須團結，起碼在今晚。」

「妳朋友能接受嗎？」

「但願，」她說：「許維克夫婦今晚會沒事吧？」

李奇點點頭。

「人總是相信自己的眼睛，」他說：「在這件事情上，他們的眼睛就是酒吧裡那個發亮的傢伙。他見過我，他用手機拍了我的照片，我是亞倫・許維克，如假包換。在他們心中，許維克是個年輕得多的大塊頭。從他們的說法就知道了，他們指稱他是許維克的老爸，或者岳父，但他們從不曾指稱他是許維克本人。所以他們會沒事的，對那些人來說，他們只是一對姓李奇的老夫婦。」

這時瑪麗亞大喊說咖啡煮好了。

隔著條窄街面對著計程車調度站和保釋辦公室的那家髒舊當舖的經理走出店門，閃過一輛卡車，迅速進了計程車調度站。他無視那個疲倦的無線電派遣員，直接往裡面走，到了葛雷哥利的外部辦公室。葛雷哥利的頭號副手抬頭，問他有什麼事。他說有狀況，與其傳簡訊，還不如過馬路來當面說比較快。

「什麼狀況？」

「早上我收到一通警報，還有一個叫許維克的傢伙的照片。一個醜大個子。」

「你見過他？」

「許維克在美國是不是常見的姓氏？」

「怎麼？」

「早上我有一個姓許維克的客戶，不過是個矮小的老女人。」

「也許是親戚，老姨母或堂親之類的。」

那人點點頭。

「我也是這麼想，」他說：「可是後來我又收到另一通警報和另一張照片。照片上有這名老太太，可是姓氏不同。在這通新的警報中，他們說她叫喬安娜‧李奇，可是今天早上她簽下的名字是瑪麗亞‧許維克。」

19

李奇和艾比將許維克夫婦留在廚房，兩人到外面上了豐田車。李奇已經帶了行李，他的牙刷在口袋裡。可是艾比想順道回住處去拿幾樣東西。很合理。李奇則是決定繞到公眾法律事務所，去尋求一個問題的解答。兩個目的地都在烏克蘭幫地盤內。不過應該相當安全，他想。也許吧。不利的是，有兩張照片正到處流傳，或許還加上對豐田車的描述和牌照號碼，從好的方面看，現在是大白天，他們可以快進快出。

相當安全，他想，也許吧

他們開車駛過依然寒酸的舊街區，他找到了法律事務所，就在旅館附近，中央街以西，在翻新過的街道尾端。白天看來，和夜晚的感覺很不同。其他辦公室也都開著，人們進進出出，街道兩側停靠著許多車子，可是沒有林肯轎車，沒有身穿套裝的蒼白男子。

相當安全，也許吧。

艾比倒車進入一個車位，停了車。她和李奇下車走向門口。只有兩個人坐在辦公桌前，沒看見艾薩克・馬海・拜福，只有朱利安・哈維・伍德和吉諾・維托雷多。哈佛和耶魯，夠優秀。他們向李奇問好，和艾比握手，說他們很高興見到她。

李奇說：「如果馬西姆・楚蘭柯暗藏了一些錢？」

「那是艾薩克的理論。」吉諾說。

「難免有這樣的流言。」朱利安說。

「我認為這事是真的，」李奇說：「昨晚，我向艾比工作地點的門衛提起楚蘭柯的名字，約莫三分鐘後，四個傢伙開著兩輛車趕了來，相當快速的回應，這是白金級的保護。那些人完全是看錢辦事，可見楚蘭柯付了錢給他們，而且是高價，才能讓四個人開著兩輛車在三分鐘之內趕到，可見他手上還有一些錢。」

「結果那四人呢？」吉諾問。

「被我甩掉了，」李奇說：「可是，我認為他們一路上的表現，或許已證明艾薩克的觀點。」

「你知道楚蘭柯在哪裡嗎？」朱利安問。

「還不清楚。」

「我們需要地址，以便準備文件，並且凍結他的銀行帳戶，你想他還有多少錢？」

「不知道，」李奇說：「不用說，比我多，更不用說，絕對比許維克夫婦多。」

「我想我們會向他求償一億元，然後同意接受他剩下的數額，運氣好的話或許還夠。」

李奇點頭。接著他提出他真正想問的問題。他說：「這得花多少時間？」

吉諾說：「他們絕不會出庭，他們擔不起，他們知道自己輸定了，他們會設法在開庭前把它解決，會哀求我們接受和解。主要是律師對律師，透過電郵來回談判，唯一的問題是要讓楚蘭柯保留一點錢，讓他下輩子可以不必住在橋下。」

「這得花多少時間？」李奇又問。

「六個月。」朱利安說：「不會更久了。」

訴訟曠日廢時，瑪麗亞・許維克不止一次說過。

「不能加快嗎？」

「這已經夠快了。」

「好吧，」李奇說：「代我向艾薩克問好。」

他們匆匆趕回豐田車。車子還在，沒被注意，沒被監視，沒被包圍和開罰單，他們上了車。艾比說：「感覺像一部電影在慢動作播放，另一部電影卻在加速放映。」

李奇沒說話。

就物理距離來說，艾比的住處很近，可是沿著單向車道卻得繞行四方形的三邊，他們從北邊到達那裡。

門外有輛車。

停在路邊。一輛黑色林肯，背對著他們，後車廂裝了深色玻璃，從遠處看不出誰在車內。

「停車。」李奇說。

艾比在林肯轎車以北三十碼的地方停下車子。

李奇說：「最壞狀況是裡頭有兩個人，我敢說他們的車門鎖上了。」

「軍隊都教你怎麼做？」

「發射大量穿甲彈來壓制反抗，然後往油箱發射大量曳光彈來消滅證據。」

「我們不能這麼做。」

「可惜。但我們還是得做點什麼，那是妳的房子，他們在別人的地盤上探頭探腦。」

「別理他們比較安全。」

「那也只是暫時的，」李奇說：「不能讓他們為所欲為，我們必須發出警告，讓他們知道他們越界了。他們從無辜的店主夫妻口中逼問出妳的地址，這對夫妻很有品味地雇用了妳，約聘了那支樂團。必須讓這些人知道有些事不該做，必須讓他們知道他們惹錯了對象，我們得嚇嚇他們。」

艾比沉默了一下。

「你瘋了，」她說：「你只有一個人，你打不過他們的。」

「總得有人做，我習慣了，我當過憲兵，什麼樣的爛差事都做過。」

她又沉默。

「你的顧慮是，他們的車門上了鎖，」她說：「因為，這麼一來你便接觸不到他們。」

「沒錯。」李奇說。

「我可以繞過街區，從後門進去。我可以把屋內的燈全部打開，這樣的話他們或許會下車。」

「不。」李奇說。

「好吧，我可以不開燈，但起碼拿一下東西。」

「不，」李奇又說：「理由是一樣的，他們說不定在屋內等著，車上也許是空的，或者一個在車上，一個在屋內。」

「太詭異了。」

「我說過，有些事他們不該做。」

「沒東西我也可以活。我是說，你就可以，顯然是辦得到的，就當它是實驗的一部分。」

「不，」李奇又說：「這是個自由社會。如果妳想拿東西，就應該拿得到。如果他們需要警告，就該有人發出警告。」

「好吧，有道理，可是要怎麼做呢？」

「這要看妳想實驗到什麼程度。」

「你希望我怎麼做？」

「我有把握會進行得很順利。」

「怎麼做？」

「不過妳可能會過早開始擔心。」

「說說看。」

「理論上，我希望妳把車開到那輛林肯後面，用類似走路的速度輕推它的後保險槓。」

「為什麼？」

「車門會自動解鎖。給緊急救援人員用的，車子裝有一種小機件，車子會以為發生了小車禍。一種安全機制。」

「這樣你就能從外面把車門打開了。」

「這是第一戰術目標，接著便能進行其他的。」

「他們也許拿了槍。」

「拿不了多久，很快會被我沒收。」

「要是他們在屋裡呢？」

「我想我們可以放火把車子燒了，算是一種警告。」

「你瘋了。」

「一步一步來吧。」

「我的車會不會撞壞？」

「它有聯邦保險槓，應該能承受最高五哩時速的撞擊。不過，事後可能需要再加一條電線束帶補強。」

「好吧。」她說。

「記得腳要踩在離合器踏板上，免得熄火了，要隨時準備倒車離開。」

「然後呢？」

「停車，然後進屋去拿東西，在這當中我會告訴車子裡的傢伙該怎麼做。」

「該怎麼做？」

「跟著妳把車開到中央街以東的隨便哪個地方去，之後就看他們的了。」

她又沉默了一下。

之後她點點頭。一頭深色短髮上下晃動，眼睛閃閃發光，嘴上帶著半陰鬱、半興奮的微笑。

「好吧，」她又說：「就這麼幹。」

這時，葛雷哥利的頭號副手正在陳述一件他所知有限的事，他在內部辦公室，面對辦公桌後方的主子。這是個令人生畏的地方。辦公桌極為氣派，太妃糖色的原木雕刻精美，辦公椅很大，用拉釦綠色皮革製成。椅子後方是一只和辦公桌搭配的高大厚重的書櫃，整體看來氣勢逼人。在這樣的地方敘述一個混亂的故事，讓人渾身不自在。

他說：「昨晚六點，亞倫・許維克是一個沒人肯替他還貸款的醜大個子。到了八點，他是一個沒人肯借新貸款給他的醜大個子。可是到了十點，他變了個人，在城裡到處逍遙，聽樂團演奏，和女服務生調情，吃一口大小的披薩，喝了六塊錢的續杯咖啡。然後，在走出酒吧的當中，他又搖身一變，成了大談馬西姆．楚蘭柯的狠角色。他就像三面人，我們搞不清楚他究竟是誰。」

葛雷哥利問：「你認為他是誰？」

他的副手沒回答，只顧往下說：「在這同時，我們追查了他的最近一個在案地址，可是他不住那裡。他在一年前搬走了，新租戶是一對退休老夫婦，名叫傑克和喬安娜．李奇。他們的孫女也在，說她叫艾比蓋兒．李奇。其實不是，她的真名是艾比蓋兒．吉布森，就是昨晚和許維克調情的那名女服務生，我們非常了解她，她是個麻煩精。」

「怎麼說？」

「大約一年前，她把看到的某件事告訴警方，我們把它擺平了，也向她指出她的錯誤做法。她答應改進，也因為這樣我們讓她留了下來。」

葛雷哥利把頸子向左彎，停住，然後向右彎，又停住，像是頸子痠痛。

他說：「可是這會兒她和許維克調情，還用假名出現在他最後的在案住址。」

「更糟的還在後頭，」他的副手說：「今天早上李奇老奶奶出現在我們的當舖，可是她簽名時寫的是許維克。」

「真的？」

「瑪麗亞．許維克。」

「後來她又出現在亞倫．許維克的最後一個在案住址。」

「我們不清楚這些人究竟是誰。」

「你認為他們是誰？」葛雷哥利又問。

「我們能有今天，靠的可不是沒腦袋，」他的手下說：「我們得考慮一切可能。就從艾比蓋兒說起吧，城裡來了個新的警察局長，也許他搶先看了一些檔案，她的名字在那上頭。也許他找上了她，也許他安排那個大個兒跟她一起工作。」

「他還不是局長。」

「那就更有理由這麼做了，趁著我們毫無防備。」

葛雷哥利說：「你認為許維克是警察？」

「不，」他的副手說：「我們認識那些警察，我們會聽說的，會有人來通報我們。」

「那他是誰？」

「也許他是聯邦探員，也許警察局請求外力協助。」

「不，」葛雷哥利說：「新任警察局長不會這麼做。他會派自己人去辦事，他會想要獨攬功勞。」

「那麼，也許他當過警察或聯邦探員，迪諾雇用他來整我們。」

「不，」葛雷哥利又說：「和新任局長一樣，迪諾也不會找外人幫忙。沒有他信得過的人，就跟我們一樣。」

「那他是誰？」

「他是一個借了錢然後問起馬西姆的人，我同意這種組合相當怪異。」

「你想怎麼處置他？」

「好好監看你們找到的那棟房子，」葛雷哥利說：「如果他住在那裡，遲早會現身。」

艾比繫好安全帶，李奇解開了他的。他用手掌抵住儀表板，她把變速桿撥到一檔。

「準備好了？」她說。

「走路的速度，」他說：「等妳到了那裡，感覺會非常快，可是不要減速，最後關頭最好把眼睛閉上。」

她把車開離路邊，沿著街道前進。

20

步行速度一般估計大約是每小時三哩，也就是每分鐘兩百七十呎左右。因此這輛破舊的白色豐田整整折騰了二十秒，才拉近了和林肯轎車之間的距離。艾比對準它，緊張地吸口氣，屏住呼吸，閉上眼睛。豐田車不受約束地繼續前進，狠狠撞向林肯轎車的後保險槓。只是步行的速度，但仍然引起極大的噪音和衝擊。艾比緊勒著安全帶衝向前，李奇雙手撐住儀表板。林肯轎車向前彈跳一呎，豐田向後回彈一呎，李奇滾下車，迅速踏出一步，兩步，三步，筆直走向林肯轎車右後方的車門，他抓住把手。

那個緊急小裝置完成了任務。

車門開了，裡頭有兩個人，肩並肩坐在前座，沒繫安全帶，斜躺著，不久前還很放鬆，這時有點被震醒了，亂搖亂晃的。他們的頭溜到了椅背上，因此當李奇爬進後座，兩人的頭只到他腰部的高度，這使得它們很容易被抓起，一手一個，這也使得它們很容易被撞在一起，就像管弦樂團後面的樂手撞擊兩片鐃鈸。然後，在又一陣搖晃之後，再撞一次，接著筆直往前，左邊的傢伙撞向方向盤邊框，右邊的傢伙撞向手套箱上方的儀表板邊緣。

接著是兩隻手進了他們的套裝外套，從後車廂越過他們的肩膀，搜索著，找到槍背帶、肩槍套和手槍，全部拿走，他沒發現他們的腰間有別的槍械，再往下探，也沒發現他們的腳踝四周綁著別的東西。

他坐回後座。兩把手槍是H&K P7型。德國警用品，製造精美，近乎纖細。但又十足地剛硬有力，充滿男子氣概。

李奇說：「醒來吧，兩位。」

他等著。透過車窗，他看見艾比穿過門口，進了她的屋子。

「醒來吧，兩位。」他又說。

他們醒了，相當快。兩人昏沉沉的，猛眨眼睛，看著周遭，試圖理出頭緒來。

李奇說：「咱們來談個條件，是附帶獎勵的，你們開車帶我往東走，一路上我會問你們一些問題。要是你們對我撒謊，一到那裡我就把你們交給阿爾巴尼亞人。要是你們說實話，我就下車走開，讓你們掉頭，毫髮無傷回家。這就是獎勵，接不接受隨你們，清楚了嗎？」

他看見艾比提著一只鼓鼓的行李袋走出家門。她扛著它越過人行道向車子走去，把它丟進後車座，然後上了前座。

在林肯轎車內，方向盤後面的傢伙抓著腦袋，說：「你瘋了嗎？我根本看不清楚，我哪裡都沒辦法載你去。」

「沒這種事，」李奇說：「你給我好好開。」

他按下車窗，伸出手臂，示意艾比開始行動，把車開到前方，替他們帶路。他看她一副猶豫不決的樣子，豐田車的前擋泥板已不是水平狀態，斜斜地向下沉，比正常位置低了很多。副駕駛座那側只差一吋就要碰上柏油路面。可能需要兩條電線束帶，也許三條。

「跟著那輛車。」他說。

林肯轎車方向盤後面的傢伙像新手一樣笨拙地上了路，他身邊的同夥用盡扭傷了的頸子所能轉動的極限，偏過頭來，從眼角直盯著李奇。

李奇沒說話。前方的破舊白色豐田走得相當順暢，一路穿過許多十字路口向東行駛。林肯轎車跟在後頭，方向盤後面的傢伙狀況好了點，平穩多了。

李奇說：「馬西姆．楚蘭柯人在哪裡？」

起初兩人都沒吭聲，接著脖子扭傷的傢伙說：「你這卑鄙的騙子。」

「怎麼說？」李奇說。

「要是我們告訴你楚蘭柯在哪裡，上面給我們的懲罰不知道會比阿爾巴尼亞人對付我們的手段厲害多少倍。這根本是假選擇，算不上是獎勵。況且，我們只是坐在車上盯梢的，你以為他們會把楚蘭柯的藏身地點告訴我們這些人？所以真實答案是，我們不知道。你會說我在撒謊，這麼一來又變成了另一個假選擇，而不是獎勵。所以，要怎麼做隨你，這一路就別再假惺惺的胡扯了。」

「可是你知道楚蘭柯是誰。」

「當然知道。」

「你也知道有人把他藏在某處。」

「無可奉告。」

「可是你不知道在哪裡。」

「無可奉告。」

「如果事關兩位的生死，你們會上哪找人？」

脖子扭傷的傢伙沒回答。這時，開車的人手機響了，在他口袋裡，輕快活潑的馬林巴琴聲，叮叮噹噹響個不停。李奇想起密碼警告和秘密SOS警報，他說：「不要接。」

開車的說：「他們會來找我們。」

「誰？」

「他們會派出幾個人來。」

「和你們兩個一樣的？這下我真的怕了。」

沒回答。手機停了。

李奇問：「你們老大叫什麼名字？」

「我們老大？」

「不是管盯梢任務的老大，是大頭目，是capo di tutti capi。」

「什麼意思？」

「義大利語，」李奇說：「教父中的教父。」

沒回應，暫時沒有。兩人互看一眼，像是試圖達成一種無聲的決定，他們能做主到什麼程度？一方面是omerta，也是義大利語，一種絕不洩密的行為準則，賴以存活、誓死維護的準則。另一方面，此刻他們正身陷困境。單獨個別的。就在當下，現實無比。理論上，為一種行為準則而死非常美好，但實務上完全是另一回事。眼前，他們的待辦事項清單上的第一項不是光彩或榮耀的犧牲，而是努力沽到能夠開車回家。

頸子扭傷的傢伙說：「葛雷哥利。」

「這是他的名字？」

「英文名字。」

接著他們又互看一眼。不一樣的眼神，新的討論內容。

「你們過來多久了？」李奇問。因為他希望他們回到止題上，因為回答問題最終會變成一種習慣，從簡單的事情開始，然後逐步進入困難的，基本審問技巧。那兩人又互換了下眼神，互相尋求著對方的准許。

「我們過來八年了。」開車的人說。

「你英語說得很好。」

「謝謝。」

這時另一人的手機響了。頸子扭傷的傢伙，同樣在口袋裡，同樣含糊不清，不過是另一種鈴聲，老式電話鈴的數位複製品，就像在放貸酒吧裡，胖子酒保後面牆上的電話，一種長而沉悶的哀鳴，接著又一聲。

「不要接。」李奇說。

「他們可以透過手機追蹤我們。」那人說。

「無所謂，他們來不及反應。我推測，頂多再過兩分鐘，這事就會結束，你們橫豎會回去的。」

第三聲沉悶的哀鳴，接著第四聲。

「或者不會，」李奇說：「或者再過兩分鐘，你們將會落入阿爾巴尼亞人手中。無論哪一種，總之快了。」

前方的豐田放慢速度，在路邊停了下來。林肯轎車停在它後面。一個有著舊磚建築物、舊磚人行道以及舊磚從坑坑巴巴的柏油路面露出來的街區。三分之二的商店已經歇業，用木板封上了，而三分之一還在營業的商店做的也都不是太風光的生意，中央街以東隨便哪個地方。艾比選得好。

手機鈴聲停了。

李奇探身過去，關掉引擎，拔出車鑰匙，他坐回後座，兩人回頭看著他。左手是P7手槍，右手是車鑰匙。

他說：「如果事關兩位的生死，你們會上哪找馬西姆‧楚蘭柯？」

沒有回應，更多眼神交換，矛盾的眼神。一開始是擔憂加上進退兩難的沮喪，接著不同了。新的討論內容。

頸子扭傷的傢伙說：「他們會起疑的，他們會想知道為何我們被帶到了這裡，然後又被放走。」

「我同意，這是感知問題。」

「問題就在這裡，他們會認為這當中有條件交換。」

「那就說出真相。」

「這等於自殺。」

「真相的版本之一，」李奇說：「仔細斟酌，掐頭去尾，某些部分加以修飾。但是，總的來說還是絕對真實的。告訴他們有個女人拎著袋子從你們監看的房子走出來，上了一輛車，於是你們一路跟蹤她到了這裡，把這街區的隨便哪個地址告訴他們，就說你們估計葛雷哥利會認為這地點值得監看，他肯定會想知道這個失蹤的住戶目前藏在哪。說話時露出羞澀謙卑的樣子，你們會因為積極主動，會得到摸頭表揚和金星獎章。」

開車的人說：「完全不提你？」

「這樣總是比較穩當。」

兩人又互看幾眼。尋找著這套表面說辭的漏洞，沒找到。然後回頭，再度看著李奇。槍在他的左手穩穩握著，車鑰匙在他右手中顯得小巧。

他說：「聰明人會從哪開始搜索？」

兩人轉頭對著前方，又互看一眼，仍然有些擔憂，但接著變得大膽了點，而當他們說服自己去做時，又變得更大膽了。畢竟，人家並沒有要求他們說出實情。上面不會把實情透露給他們，不會告訴像他們這種小咖，人家只是徵求他們的意見，就這樣。聰明人會去哪搜索？純粹是假設性的推測，第三方評論。說真的，不過是禮貌性的對話。當然，對一個小咖來說，被徵詢意見真的是受寵若驚。

李奇觀察著整個過程，他看見他們的膽量慢慢高漲，他看見下巴緊縮，深呼吸，肺部漲滿了。準備要談了，不管是具體或象徵性的。但是也準備好迎接別的，不好的東西。新的討論內容，蠢點子，彷彿一種氣味從他們身上散發出來。都要怪他自己，他給了假選擇。這傢伙說對了。而且他還問起了主子的事，無疑是個狠角色，會做出可怕的報復行動。也因為他對那套表面說法下的漂亮結論，什麼摸頭表揚和金星獎章，根本不該對沮喪但有企圖心的人說這種話。這讓他們不由得想，摸頭和獎章固然好，但更好的是升遷和地位。辛苦熬了八年，最理想的是終於能擺脫坐在車上盯梢的差事，他們想要往上爬，而單靠跟蹤一個女孩到某個地點是辦不到的。他們必須建立更大的功勞。

逮獲亞倫・許維克將是大功一件。顯然，他們認為他就是。和其他人一樣，他們也收到了簡訊，外貌描述和照片。他們沒問他是誰，多數人都會問的，他們會說，你到底是誰？你到底想怎樣？可是這兩個人沒有表現出一丁點好奇心，因為他們已經知道了，他正是他們收到簡訊的原因，因此很重要，因此是戰利品，因此有了蠢點子。

要怪他自己。

別這麼做，他心想。

他大聲說出：「別這麼做。」

開車的人說：「別做什麼？」

「蠢事。」

他們頓了一下，他猜一開始他們會告訴他真話，因為光靠無聲的交流很難協調出謊言。類似預告片的功能，他會需要幾秒鐘思考一下，然後仔細擬定接下來的問題。這些都是為了暫時讓他分心，讓他們有時間突襲他。頸子扭傷的傢伙會從前方迴旋衝刺，他的胸部會落在李奇的左手臂，臀部會落在李奇的右臂上，然後開車的傢伙會縱身一躍，攻擊他不設防的頭部，用他的手機邊緣敲下，如果他夠聰明，而且捨得把精密電子用品砸爛的話。根據李奇的經驗，當面臨生死關頭，多數人都會願意這麼做。

別這麼做，他心想。

他大聲說出：「你們會去哪裡找馬西姆・楚蘭柯？」

開車的人說：「當然是他工作的地方。」

李奇臉上露出短暫的空白表情，可是他腦子裡什麼也沒想，也沒思考接下來要問什麼。他只是等著。時間以四分之一秒的節奏溜逝，有如跳動的心臟。一開始沒事，接著依然沒事，然後，頸子扭傷的傢伙突然衝向前，又猛又笨拙，雙臂向前伸出，兩腳一躍，背部弓起，準備在越過極限點時壓住李奇的軀幹，這麼一來，就算他降落在椅背上，重力也會替他完成剩下的工作，以一種不太體面但同樣有效的方式將他砸向李奇的大腿。

他沒能到達極限點。

李奇把槍抵住車座椅背，透過襯墊朝那傢伙射擊。然後他用手肘擋掉墜落的軀體。就像雙連擊。一、二，開槍，出肘。槍聲很響亮，但不嚇人。林肯轎車厚實的椅墊內部就像一個巨大的滅音器，裡頭有羊毛、馬毛等等填料，各種棉墊，天然消音材質。但有個小問題。一部分填料起火了，加上開車的傢伙正探出身子，彎下腰，在他小腿附近的儀表板下方摸索。然後直起身子，轉過來，他手裡拿著一把袖珍口袋手槍，也許是俄羅斯槍，保險裝置用魔鬼氈黏住。李奇透過他的椅背朝他射擊，那張椅子也著火了。一發九毫米子彈，槍口緊貼著椅墊，過熱的氣體引起大爆炸。也許在林肯轎車的設計過程中從未被列入考慮。

李奇打開車門，滾到人行道上。他將幾把槍塞進口袋。新鮮空氣吹進車內，火星被點燃。不只是悶燒，還竄出了火焰。小小的，像淑女的指甲，在座椅內跳動。

艾比說：「怎麼回事？」

她站在人行道上，靠近她的車子，動也不動，透過林肯轎車的擋風玻璃看著車內。

李奇說：「他們對一個似乎沒能善待他們的組織表現出極大忠誠度。」

「你對他們開槍了？」

「為了自衛。」

「怎麼說？」

「他們先眨了眼睛。」

「他們死了嗎？」

「可能得再給他們一分鐘，看失血速度而定。」

她說：「我從來沒遇過這種事。」

他說：「對不起，迫不得已。」

「你殺了兩個人。」

「我警告了他們，我要他們別妄動，我已經把所有想法和盤托出，這比較像是輔助自殺，不妨這麼想。」

「你這是為我做的嗎？」她問：「我說過我想好好惡整他們。」

「我根本不想這麼做，」他說：「我想送他們安安穩穩回家，可是沒辦法，他們非常拚命，我想換作是我也會這麼做，儘管我希望我會做得更好。」

「現在該怎麼辦？」

火焰竄得更高了。椅背上的黑膠皮革像皮膚一樣啵啵起泡，裂解剝落。

李奇說：「我們應該上妳的車然後離開。」

「就這樣？」

「對我來說，這種事是相互的。換作是我，他們又會怎麼做？這是我的標準。」

她沉默了會兒。

然後她說：「好吧，上車。」

她開車，他坐副駕駛座，他那側的額外重量使得懸吊系統下沉到正好讓白色豐田剛鬆脫的擋泥板不時撞上柏油路面，就像敲在低音鼓上的摩斯電碼，一路上有一搭沒一搭地響著。

21

誰都不會想在本市東區荒廢了三分之二的街區，為一輛起火的車子報警。這種事顯然是別人家的事，而且最好別沾上邊。但很多人想著要打電話給迪諾的手下，一向如此，只要能發揮作用，什麼事都行，尤其像這類消息，也許會讓他們勝出，也許會讓他們揚名。當中有些人進行了危險的近距離檢查，被熱氣嗆得退避開來。他們發現裡頭有燒焦的屍體，在車子被火焰吞噬之前記下了車牌號碼。

他們打電話給迪諾的手下，告訴他們這是一輛起火的烏克蘭幫車子，是中央街以西常見的那款林肯轎車。根據他們看到的，車內的兩名死者都是一身套裝領帶，正是那邊的標準裝束。看來他們是背部中槍，這是到處可見的手法。總之，他們是敵方。

說到這裡，迪諾本人接過電話。

「讓它燒吧。」他說。

車子燃燒時，他召開了領導班子會議。在木料場後面。他們當中的一些人不喜歡，因為木材是可燃的，並且附近有某些東西正在燃燒，說不定會噴出火花。可是他們都來了，他的頭號副手還有其他要角。沒辦法。

「是我們幹的？」迪諾問他們。

「不是，」他的頭號副手說：「不是咱們做的。」

「你確定？」

「如今所有人都聽說了按摩院的事了，所有人都知道我們是四命償四命，面子掙回來了，扯平了。我們當中沒有無賴、反骨或挾怨的人，這點我敢保證，如果有我會知道的。」

「那解釋一下這是怎麼回事。」

沒人能回答。

「就算不清楚真實含意，」迪諾說：「起碼說說實際情節。」

他的一名手下說：「也許他們開車去會見某人，引介人在人行道上等，他坐進後座去談話，結果卻對他們開槍，也許丟了一塊燃燒的碎布進去。」

「哪個引介人在人行道上等？」

「我也不知道。」

「本地人？」

「可能。」

「某個我們的人？」

「也許是。」

「類似匿名告密人？」

「說不定。」

「那麼隱匿，竟然從來沒被我們察覺？那麼狡猾，竟然可以躲過我們的天眼這麼多年？我想不是。我認為這樣的諜報天才會在中央街的咖啡館裡頭等人，他會跟一個穿連帽衣的陌生男孩說話，但他絕不會讓兩個穿套裝、開林肯Town的人靠近他，說什麼都不可能，尤其不可能在本市的這一區。這麼做還不如在報上刊登認罪自白書算了。所以說，絕對不是跟人會面。」

「好吧。」

「而且他為什麼要對他們開槍？」

「不清楚。」

另一人說：「槍手肯定是一直都在後座，他們是三個人一起開車過來的。」

「所以槍手是他們的人。」

「一定是的。除非是熟人，你不可能讓一個帶槍的人坐在後座。」

「那現在他在哪？」

「他下了車，也許被第二輛車接走了。不顯眼的車子，不是Town轎車，否則一定會有人看見它離開。」

「第二輛車子裡有幾個人？」

「兩個。準沒錯，他們總是兩人一組出任務。」

「因此，總的來說不是一次小任務，」迪諾說：「肯定需要相當數量的資源，還有策劃，還有協調，還有保密。五個人開車來到這裡，我猜他們當中的兩個人並不知道會發生什麼事。」

「我想也是。」

「可是為什麼會發生？戰略目標是什麼？」

「我也不知道。」

「他為什麼要把車燒了？」

「我也不知道。」手下又說。

迪諾環顧會議桌。

他問：「我們是否一致同意，那名槍手一直都在後座，因此是他們的人？」

所有人都點了頭，表情大都相當肅穆，彷彿是經過數小時協商得到的重大結論。

「而且我們知道，他在射殺了前座的兩個人之後，放火把車燒了。」

又一陣點頭，這次更迅速、更輕快，因為有些事擺明了就是如此。

「這一切究竟為了什麼？」迪諾問。

沒人回答。

沒人能夠回答。

「感覺像神話和傳說，」迪諾說：「感覺具有高度的象徵意義，就像維京人在船上焚燒自己的戰士，就像祭典裡的火葬堆。感覺像宗教獻祭，感覺像葛雷哥利正在向我們供奉祭品。」

「用他的兩名手下？」他的頭號副手問。

「這個數字很重要。」

「怎麼說？」

「新的警察局長就要上任，葛雷哥利擔不起這時候開戰。他知道自己做得太過火，想向我們道歉，他想跟我們和解，他知道自己理虧，想要補償我們，所以他把它變成六命償四命，讓我們佔點優勢，算是一種友好表示，讓我們可以不必自己動手。他想表明他同意我們的看法，他同意我們應該在數量上領先。」

沒人回應。

沒人能夠回應。

迪諾起身走了出去。其他人聽見他的腳步聲通過外部辦公室，穿過波浪板棚屋，他們聽見他的司機啟動車子，聽見車子開走。木料場一片寂靜。

起初沒人說話。

接著有人說：「祭品？」

一陣沉默。

「你有不同看法？」頭號副手問。

「我們說什麼都不會做這種事，因此葛雷哥利也不會，他有什麼理由這麼做？」

「你認為迪諾錯了？」

一個巨大而危險的問題。

那人環顧了一圈。

「我認為迪諾快輸了，」他說：「維京人的火葬堆？很嚇人的說法。」

「你這話真大膽。」

「難道你不同意？」

又一陣沉默。

接著頭號副手搖頭。

「不，」他說：「我沒有不同意，我不認為那是祭品或供奉。」

「那麼是什麼？」

「我認為是外來干擾。」

「誰？」

「我認為有人故意在我們地盤上殺掉那兩人，好讓葛雷哥利把帳算在我們頭上。他會攻擊我們，我們再攻擊回去，到頭來我們將兩敗俱傷，便宜了別人，這麼一來別人就可以進入我們兩方的地盤，我認為這可能是真正的目的。」

「誰？」那人追問。

「我不知道，但我會查個清楚，然後我們會把他們全部殲滅，他們做得太過火了。」

「迪諾不會批准這計畫，他認為那是一種獻祭，他覺得目前一切都很光明美好。」

「我們不能再等。」

「我們不打算告訴他？」

頭號副手沉默了一下。

接著他說：「不，暫時不要，他只會拖累我們的行動，這事太重要了。」

「現在你是老大了？」

「也許吧，要是迪諾真的快輸了的話。況且，這話是你先說的，每個人都聽見了。」

「我沒有不敬的意思，不過這事非同小可，我們最好弄清楚自己在做什麼，否則就是叛變，最嚴重的那種，他會把我們全殺了。」

「該是選邊站的時候了，」頭號副手說：「該是我們所有人攤牌的時候，要麼是維京人的祭典，要麼是外人爭地盤。不必等迪諾殺掉我們，這會先要了我們的命。」

那人足足沉默了十秒。

接著他說：「首先我們該怎麼做？」

「把火撲滅，把車骸拖去廢車場，然後開始四處打聽。來了兩輛車，其中一輛是亮閃閃的林肯轎車，總會有人記得另外一輛，我們會找出這輛車，找出車上的人，要他說出他到底是替誰工作。」

這時，李奇正在四條街外，在一個名叫法蘭克・巴頓的樂手所有的一間破爛排屋的前廳。巴頓是艾比的一位住在本市東區的朋友。屋裡還有巴頓的房客，一個叫喬・霍根的人。這人待過美國海軍陸戰隊，現在同是樂手。確切地說，是鼓手。他的器材佔據了大半個房間。巴頓是彈貝斯的，他的東西佔去了另一半空間。四組放在支架上的樂器，加上一堆擴大機、巨型喇叭箱。一片雜亂當中散置著幾把窄小的扶手椅，薄薄的布墊沾了污漬，線頭也鬆脫了。李奇坐一把，艾比坐一把，巴頓坐第三也是最後一把，霍根坐他的鼓手椅，白色豐田就停在窗外。

巴頓說：「太誇張了，老哥。我認得那些人，我常在那裡的俱樂部表演，他們向來有仇必報，艾比別想再回去了。」

「除非找到楚蘭柯。」李奇說。

「找到又怎麼樣？」

「我想這麼重大的挫敗，應該會讓情勢發生一點變化。」

「怎麼說？」

李奇沒回答。

霍根說：「他的意思是，想找到像楚蘭柯這樣高價值的目標人物，唯一的途徑就是直接透過組織的最高層。因此，之後的殘存者大概和一批像無頭雞那樣四處亂竄的低等無人機差不多。阿爾巴尼亞幫會把他們當早餐吃掉，然後霸佔整個城市，烏克蘭幫以前擔心的種種再也不重要了，因為烏克蘭人將會死光。」

不愧是待過美國海軍陸戰隊，戰略掌握得不錯。

「太誇張了。」巴頓又說。

一週結束前有六次機會，李奇心想。

22

葛雷哥利的頭號副手敲了敲內部辦公室的門，走進去，在大辦公桌前坐下，他把他知道的敘述一遍，他們在艾比蓋兒住處外面部署了兩個人，但這會兒他們失蹤了。他們沒接手機，他們的車也不在原來的位置。

葛雷哥利說：「迪諾幹的？」

「可能不是。」

「為什麼？」

「也許一直都不是迪諾，起碼一開始不是，之前我們做了許多假設，現在我們得重新檢視這些事實。想想最早的兩個人，就是在福特展示中心發生車禍的那兩人，最後和他們接頭的人是誰？」

「當時他們正在做住址盤查。」

「盤查亞倫・許維克的住址。還有，是誰被人看見和一名女服務生調情？而這名女服務生的住處外面又剛好有兩個人失蹤？」

「亞倫・許維克。」

「世上沒有巧合。」

「他是誰？」

「有人雇用他，要讓你和迪諾掐住彼此的喉嚨，最後同歸於盡，然後某人便可以接管一切。」

「誰？」

「許維克會告訴我們的，只等我們找到他。」

阿爾巴尼亞人把冒煙的車骸拖到廢車場，然後開始四處打探。一群不習慣跑腿工作的高層要角正在進行內部討論。他們的問題很簡單：你有沒有看見一支兩輛車的車隊，其中一輛是林肯Town？沒人對他們撒謊，這點他們很有把握。大家都見過膽敢對他們撒謊的人的下場。相反地，每個人都絞盡腦汁回想，但結果令人失望。部分原因是，這樣的車隊概念相當難以掌握，例如在尖峰時段，不可能有兩輛車的車隊，只有一百零二輛車的車隊。交通狀況最佳時，市區也到處都有至少二十二輛車，誰曉得哪兩輛是他們說的那支車隊？大家不想給出錯誤的答案，畢竟問話的是高層。

於是，同一個問題，但他們換了一種問法。他們很快就同意，路上的黑色林肯轎車不多，總共約有六輛，其中三輛是烏克蘭人開的肥臀型。高層鼓勵大家仔細描述一下在這些車子前、後方的車子，在這當中肯定有一支兩輛車的車隊。

有三名個別的目擊者想起了一輛前擋泥板脫落的白色小車，每份報告都說這輛車開在一輛特定林肯轎車前方，這輛林肯似乎非常小心地改變車道等等，八成是一路跟在它後面，它們離開本市西區，向東行駛。

兩輛車的車隊。

那輛白色小車可能是本田（Honda），或者同樣是H開頭的，現代汽車。也可能是Kia。還有什麼新品牌？也可能根本不是新品牌，因為那輛車相當老舊，可能是豐田，沒錯，就是它。豐田Corolla，配備寒酸。這是最後結論，三名證人都同意。

沒人看見它離開。

高層放話出去，全面大搜索，一輛前擋泥板鬆脫的白色豐田Corolla，盡速回報。

這時已是傍晚了。對樂手來說，這是開始一天活動的理想時間，霍根以平穩的4／4節拍開始暖身，敲著腳踏鈸，定音鈸鏗鏗作響。巴頓給一把老舊的Fender貝斯插電，打開音箱，澎澎咚咚彈了起來。他展開一段迂迴婉轉的旋律線，緊密配合著低音鼓的節奏，採用重音放在二、四拍的走法帶出律動感，然後只彈根音進入新的小節。李奇和艾比聽了一陣子，然後起身去找客房。

客房在房子正面的樓上，在大門上方的一個小空間，有一扇有著波浪玻璃、看來已有一百年歷史的圓形窗戶。豐田車就停在底下。床是雙人加大尺寸。床頭桌是一只歪了一邊的老舊吉他擴大機。沒有衣櫥，只有固定在牆上的一排黃銅掛鉤，鼓和貝斯的轟轟聲透過地板傳上來。

「抱歉，」李奇說：「不像妳的住處那麼舒適。」

艾比沒回話。

李奇說：「我問了林肯車裡的傢伙，楚蘭柯在哪裡。他們不知道。於是我又問他們，聰明人會往哪裡去找，他們說他工作的地方。」

「他有工作？」

「老實說，我也覺得很意外。」

「也許是交換他們替他藏身，也許他根本沒剩多少錢，也許他是用工作來抵保護費。」

「那未免太緩不濟急了。」

「不然他為什麼要工作？」

「也許他開始無聊了。」

「也許吧。」

「他會做什麼樣的工作？」

「不費體力的，」艾比說：「他看來相當矮小，當年他的照片經常上報，很年輕，可是頭髮稀疏，還戴了眼鏡，絕不會是在採石場挖礦，應該是在某個地方的辦公室，負責組織資訊系統之類的，那是他的專長。他的新產品是一種手機用的APP，可以讓你即時把自己的生理訊號直接傳給醫生，以防萬一。或者類似的東西，或者是讓手錶和手機連線，再傳給醫生。沒人真的搞懂，但無論如何，楚蘭柯是坐辦公桌的，一個動腦的人。」

「所以，他正在本市西區某個地方的辦公室，距離住處非常近，或者住辦合一，具有安全性，也許是地下掩體，有單一的瓶頸形入口，戒備森嚴。除了熟人和親信，沒人能夠進出。」

「所以你無法接近他。」

「我承認這會是一個挑戰要素。」

「不如說不可能。」

「沒有什麼是不可能的。」

「那種地方會有多大？」

「不知道，」李奇說：「也許可以容納幾十個人，也許更多，也許更少，類似神經中樞的地方，所有簡訊都從那裡發送出來。妳說了，他們很擅長利用科技。」

「符合條件的地點應該不多。」

「看吧？」李奇說：「我們已經有進展了。」

「如果他沒錢，一切都毫無意義了。」

「他的雇主會有一些，我從沒見過沒錢的黑幫。」

「許維克夫婦不能控告楚蘭柯的新雇主，他們跟這事無關，不是他們的錯。」

「到時候，法律精神也許比法律條文更重要。」

「你想敲他們一筆？」

李奇移到窗口，往下看。

「他們的頭目是一個叫葛雷哥利的，」他說：「我會請他把它當作慈善捐獻，捐給我聽說的一個不幸的故事。我可以提出一堆論點，相信他會同意的。再說，如果他因為楚蘭柯的勞務而獲利，那麼這跟從楚蘭柯那邊拿錢幾乎是同樣的意思。」

艾比露出迷茫的眼神，一手伸向臉頰，不自覺似的。

「我聽過葛雷哥利這個人，」她說：「但是沒見過面，連看都沒看過。」

「妳是怎麼知道他的？」

她沒回答，只是搖頭。

他說：「妳有什麼委屈？」

「誰說我有委屈？」

「妳剛剛目睹兩具屍體，現在我又大談著要恐嚇人家，敲他們竹槓。我是這樣的人，而我們正站在一張加大雙人床旁邊。換作別的女人，早就衝出門外了，可是妳沒有，妳是真的、真的不喜歡那幫人，肯定有原因。」

「也許我是真的喜歡你。」

「我很樂觀，」李奇說：「但我也很務實。」

「以後再告訴你，」她說：「也許。」

「好吧。」

「現在呢？」

「我們應該去拿妳的行李袋，我們也應該把妳的車移動一下。我不希望它停在外面。他們在許維克家看過這輛車，今天也許有人在我們過來的途中看見它，我們應該找個地方把它藏好，這樣總是安全些。」

「這種生活我們得過多久？」

「我已經過了一輩子這種生活。如果不是，我早就變成黃土一堆了。」

「法蘭克說我再也回不了家了。」

「霍根覺得妳可以。」

「如果你找到楚蘭柯。」

「一週結束前總有六次機會。」

他們下了樓，進入深沉的貝斯旋律，然後出門走向車子。艾比使勁把後座的行李袋拖出來，把它搬回門廳。他們把門帶上，然後上車。車子發動了兩次才啟動，在急轉彎時把擋泥板甩出了它的固定凹槽。他們沿著隨機的Z字形路線經過社區的許多不同地帶，其中有些是簡陋的住宅區，有些是商業區，包括整整兩個建材專營商店的街區，包括一座電動工具倉庫、一座水電材料倉庫和一座木料場。然後是漸進式的各種衰敗階段，一直到了和林肯轎車燒毀的地方類似的廢棄街區。

「這裡？」艾比問。

李奇環顧四周。一片荒涼。沒有業主，沒有房客，沒有居民。如果車子在這一帶被發現，不會有人被莫名其妙帶走，不會殃及無辜。

「可以。」他說。

她把車停下，兩人下了車。她把車上鎖，然後他們離開。他們大致上沿著來時的道路走，在原來的隨機Z字形路線的較寬路段抄近路，但基本方向不變。周遭景觀變得比較整潔，也維護得較好。他們來到建材專營商店的街區。位在反方向的第一間是木料場。一個人站在人行道和大門之間的凹處，有點像哨兵。也許是為了檢查進出的貨物，大概木材和其他東西一樣，也會被偷被盜吧。

他們經過那個人，繼續往前走向水電材料倉庫、電動工具倉庫，然後往前穿過錯綜複雜的街道。他們聽見一百碼外的貝斯和鼓聲。

報告來得很快，但還不夠快。領導班子成員們的手機陸續接到許多急電。有一輛前擋泥板掉了一半的白色舊豐田Corolla駛過一個又一個街區，沒有任何方向性可言，沒有明顯的目的地，大體上似乎是朝著那些連街友都不想住的廢棄街區走。

然後是一通付費電話。一個可靠消息來源在一百碼外看見這輛車減速然後停靠在路邊。兩個人下了車。開車的是一個留著深色短髮的矮小女人，大約二、三十歲，一身黑衣。搭車的是個大塊頭，約有她的兩倍大。這人年紀大一些，六十五到兩百五十歲之間都有可能，體格壯得像小磚房，穿得像個難民。他們鎖了車子，一起走開，在第一個街角轉彎，然後就消失了。

所有這些情報馬上透過電話、語音信箱和簡訊傳開來。很快，但還不夠快。當消息傳到守在木料場門口的人手中，那個深色頭髮矮女人和醜怪的大塊頭已經路過九十秒。就在伸手可及的距離，集結車子又花了更多時間，接著車隊朝著這對男女行走的方向魚貫出發。

沒有結果。矮女人和大塊頭早已不見人影，他們消失在一個壅塞的住宅區，這裡約有十乘以十個密密麻麻擠著破舊排屋的街區，也許有四百個獨立地址，加上地下室和分租房間，充滿了懶鬼和怪胎，要麼整天進進出出，要麼從不出門，沒指望了。

高層發出新指令，全面大搜索。一個較年輕的深色頭髮矮女人，和一個年紀較大的醜大個子，迅速回報。

23

這晚巴頓和霍根都沒有場子。因此當李奇和艾比回來時，他們停止練習，提議在家輕鬆過一個晚上，也許吃外送中國菜，也許喝瓶紅酒，也許吸點大麻，聊聊天，講點故事，敘敘舊。也許放張唱片，一切都好，直到艾比的手機響起。

是瑪麗亞．許維克，用亞倫．許維克的手機打的，她和艾比交換了電話號碼，以防萬一。而這感覺上很像是萬一的狀況。瑪麗亞說有一輛黑色林肯Town停在她家門口，車上有兩個人在監視著。他們已經在那裡待了一整個下午，看樣子好像不準備走了。

艾比把手機遞給李奇。

他說：「他們在找我，因為我提到楚蘭柯，他們很擔心，別理他們。」

瑪麗亞問：「要是他們來敲門呢？」

她七十歲，彎腰駝背，正在挨餓。

他說：「讓他們搜一下房子，他們想看什麼就讓他們看，他們會知道我不在那裡，然後他們會回到車上，之後他們就只要監看人行道，應該不會太煩人。」

「好極了。」

「有梅格的消息嗎？」

「好壞都有。」瑪麗亞說。

「先說好消息。」李奇說。

「這是我頭一次覺得，醫生們是真心相信她正在好轉，從他們的聲音就聽得出來了，不是他們說的話，而是他們說話的口氣。他們說話一向謹慎，但現在他們很興奮，他們認為他們就要成功了，我感覺得出來。」

「壞消息是什麼？」

「他們要做一些測試和掃描來確認，這些我們都得預先付費。」

「多少？」

「還不清楚。相信一定不少。現在他們有很多精良的儀器，在軟組織分析上也有了極大進步，這些都十分昂貴。」

「他們什麼時候需要這筆錢？」

「顯然我內心有一半希望越快越好，但顯然另一半並不希望。」

「妳只要考慮醫療的事，其他的我們再慢慢想辦法。」

「我們沒辦法借錢，」瑪麗亞說：「你得替我們去借，因為他們以為你是亞倫・許維克。可是目前你這麼做等於自投羅網，因為你問起了楚蘭柯。」

「亞倫可以用我的名字，或任何名字借錢，它們在這場賽局中是新的，他們沒有管道可查，起碼目前沒有。如果急著借錢，這是一個選擇。」

「你說你有辦法找到楚蘭柯，你說你以前做過這類工作。」

「問題是找到的時機，」李奇說：「我曾經以為一週結束前我有六次機會，但現在沒那麼樂觀了，我得加緊行動。」

「抱歉，我說話口氣不好。」

「沒的事。」李奇說。

「壓力實在太大了。」

「辛苦妳了。」李奇說。

他們掛了電話，李奇把手機還給艾比。

巴頓說：「太誇張了，老哥，我會一直這麼說下去，因為真的是這樣。我認得那些人，我在他們的俱樂部表演，我見過他們的手段，看過一次，有個他們不喜歡的鋼琴手，他們用榔頭砸爛他的手指。那人再也沒彈過鋼琴，沒人雇用他。」

李奇看著霍根，問他：「你也在他們的俱樂部表演？」

「我是鼓手，」霍根說：「誰付錢給我，我就在哪表演。」

「你見過他們的手段？」

「我同意法蘭克，那些人不好惹。」

「海軍陸戰隊會怎麼做？」

「什麼都不做，那些書呆子會把他們交給海豹突擊隊，比較體面，陸戰隊連邊都沾不上。」

「海豹突擊隊會怎麼做？」

「首先，擬一堆計畫，地圖、藍圖什麼的。假定對方有地下坑道之類的東西，他們會尋找緊急出口或送貨入口，或者經由通風井、水管或下水道進行襲擊，或者只要爆破相鄰建物之間的牆壁就能進入的地方。接著，他們會計畫從所有可能的入口同時進攻，至少三、四個，每個地點都會部署三到四人的團隊。這或許可以達成任務，但也很難讓嫌犯留下任何活口。雙方會有激烈交火，這就得看範圍大小和能見度而定了。」

李奇問：「你在部隊是什麼兵種？」

「步兵，」霍根說：「一個普通水兵。」

「不是樂隊團員？」

「這對部隊來說太順理成章了點。」

「你一直都是鼓手？」

「從小就是。停了一陣子，後來在伊拉克重新開始玩，每個大型基地都有一組鼓堆在某個角落，有人勸我，不妨創造一種我能單獨掌控的生活模式，說這會很有幫助，因為我已經會一點了，他們還勸我說這樣可以避免被侵犯。」

「誰勸你？」

「幾個老外科醫生。起初我不當一回事，但後來我重新發現其中的樂趣，我了解到那是我的天命，之後我便一直磨練技術，拚命練習，我空了太久了。」

「我覺得你鼓打得很不錯。」

「你在唬人，而且想改變話題。說正經的，你是單槍匹馬，你不是海豹突擊隊。」

「我會想出辦法的。理論上，比海軍拿得出來的東西更強的計畫肯定不少，我只管找到那傢伙就是了。」

「符合條件的地點應該不多。」艾比又說。

李奇點頭，然後沉默下來。談話圍繞著他打轉，另外三人似乎交情不錯。他們在俱樂部、音樂、舞蹈，還有一群穿套裝的人——的流動世界中時不時一起工作，每個人都有一大堆故事，有些好玩，有些不好玩。他們似乎不太區分烏克蘭幫和阿爾巴尼亞幫，似乎認為不管在中央街以東或以西工作，都同樣有好有壞。

一個開車的小夥子送來中國菜。李奇和艾比分享酸辣湯，和巴頓分享糖醋雞丁，他們喝紅酒，他喝咖啡，喝完後他說：「我想出去走走。」

艾比說：「一個人？」

「去辦點事。」

「去哪？」

「中央街以西。我得加緊行動。許維克夫婦馬上又要收到一大筆帳單，他們等不及了。」

「太誇張了，老哥。」巴頓說。

霍根沒說話。

李奇起身，出了大門。

24

李奇往西，朝著夜晚燈火通明的市中心建築群走去。銀行、保險公司和本地電視台，還有連鎖飯店，全部聚集在中央街的兩側，全都被一個派系或另一個派系滲透，管理階層的人也都沒意識到這事實，除非這名管理者本身就是間諜。他沿途經過許多酒吧、俱樂部和有店面的餐館。到處都可以看見門口站著穿套裝的人，他沒理會他們，不同派系。此刻他還在中央街以東，他繼續往前走。

如果他的後腦長了眼睛，他會看到其中一名穿套裝的人苦思了一下，然後發出一則簡訊。

他往前走。他在第一批高樓以北三個街區的地方越過中央街，進入一個相仿的社區，同樣有許多酒吧、俱樂部和店面餐廳，其中有些同樣在門口站著穿套裝的人，只是套裝款式不同，領帶是絲質的，臉孔也比較白皙。這回他盡可能從暗處仔細觀察他們，尋找他屬意的那類型的人。機警，又不會太機警；強悍，又不會太強悍。有幾個候選人，其中三個特別理想，兩個在酒吧，一個在娛樂室，也許是劇場酒館。

李奇選擇了那個最貼近鄰街入口而坐的人，戰術優勢。是那間娛樂室，那人就坐在玻璃門後面。李奇朝他走去，佔據他視野的四分之三。那人察覺到了動靜，轉過頭來。李奇停下腳步，那人盯著他看。李奇繼續前進，正對著他走去。那人想了起來，簡訊，外型描述，照片，名字。亞倫・許維克，全面大搜索。

李奇再度停下。

那人拿出手機，猛戳起來。

李奇掏出手槍，瞄準了，從林肯轎車裡那兩人搶來的兩把H＆K P7中的一把，在車子燒毀之前。德國警用品，製造精巧，剛硬有力，那人僵住。李奇就在三步之遙，時間剛好足夠拔槍，很誘人。那人丟下手機，伸手到腋下去拿他的槍。

時間不夠。

那人就在門內，就在玻璃門內。槍才掏出一半，李奇已經來到他面前，將H＆K的槍口壓在他右眼上，力道大得不至於被甩脫，卻足以讓那傢伙心生畏懼，而且效果立見，因為他立刻安靜下來，動也不動。李奇用左手撿起他的手機，然後拿過他的槍，也是H＆K P7，就像他手上的兩把。也許是中央街以西的標準配槍，也許是向貪瀆的德國警察低價大量訂購的。

他用左手將手機和槍枝放進口袋，用右手把他的H＆K在那人眼球上壓得更緊些。

「咱們去散散步。」他說。

那人笨拙地下了高腳凳，在強壓之下整個人向後彎。他慌亂地轉身，向後退出店門，來到人行道上。在那裡，李奇將他往右轉，又向後推了六步，然後再度右轉，倒退著進入一條味道像垃圾桶和廚房後門的小巷。

李奇將那人押在牆上。

他說：「有多少人看見？」

那人說：「看見什麼？」

「有人拿槍指著你的頭。」

「大概有幾個吧。」

「有多少人會來救你？」

那人沒回答。

「沒錯，半個都沒有，」李奇說：「沒人喜歡你，要是你燒起來，沒人會撒尿替你滅火。所以說，現在就只有你和我了，沒人會趕來救你。懂了嗎？」

「你想怎樣？」

「馬西姆・楚蘭柯在哪裡？」

「沒人曉得。」

「一定有。」

「不是我，」那人說：「我保證，我用我妹妹的命發誓。」

「你妹妹在哪？」

「基輔。」

「這讓你的保證聽來有些空洞，對吧？再試試。」

「用我的命。」那人說。

「沒那麼空洞了。」李奇說。他將H＆K壓得更緊些，透過鋼鐵，他感覺到那人的眼球被壓扁，他感覺到了膠狀物。

那人大口喘著氣，說：「我發誓我不知道楚蘭柯在哪裡。」

「但你聽說過他。」

「當然。」

「目前他在葛雷哥利手下工作？」

「聽說是這樣。」

「在哪？」

「沒人曉得，」那人說：「這是個大秘密。」

「你確定？」

「我對著我老媽的墳墓發誓。」

「那在哪？」

「你得相信我，知道楚蘭柯下落的大概有六個，但不包括我。拜託，先生，我不過是個看門的。」

李奇放下手槍，退開來。那人眨眨眼皮，揉著眼睛，在昏暗中盯著他看，李奇猛踢一下他的胯下，然後丟下他一個人，在那裡痛得直彎腰，發出一連串慘叫哀號。

李奇回到中央街，沒人找他麻煩，然而麻煩才剛要開始。當他到了中央街以東，這是他完全陌生的區域，而且屬於不同派系，他馬上感覺到被盯著看，有一些人在監視他。他們的目光可稱不上慈悲，這點他毫不懷疑。他的後頸子發涼，某種古老的本能，第六感，一種求生機制，經由演化而根植於後腦袋的東西。如何不被吃掉，數百萬年的操練，他的幾十萬代前的曾曾祖母，定在原地，改變路線，尋找樹林和遮蔭。為了日後的戰鬥而活，為了生養孩子而活，而這孩子在幾十萬個世代之後有個子孫，同樣也在尋找著遮蔭，不是在蒼翠的大草原上，而是在夜晚的灰色街道，一路潛行過許多燈光燦爛的酒吧和店面餐館。

監視他的是穿套裝的人。組織份子，幫派正式成員，和養成中的成員。為什麼？他不清楚，難道他也惹惱了阿爾巴尼亞人？他想不出原因。尤其他還幫了他們一點忙，根據他們粗蠻的計算方式確實就是，他們應該列隊歡迎他才對。

他往前走。

他聽見背後傳來腳步聲。

他繼續走，不管實際上或象徵意義上，中央街的光輝早已消失。前方的街道狹窄又昏暗，而且越走越覺得破舊寒酸。有許多停靠的車輛，小巷和深幽的出入口，街燈有三分之二是壞的。沒有行人。

這正是他要的。

他停下腳步。

不被吃掉的方法不止一種，老祖宗的本能今天很管用。經過數十萬代，她的子孫的本能同樣為了明天，為了永久的未來而活躍著。而且更有效率。活脫脫的物競天擇。他在昏暗中站了一會兒，然後退回暗處，聆聽著。

他聽見皮革鞋底在人行道上的尖銳搔刮聲，約有四十呎遠，某種臨時受命的監視行動。一個人，突然奉令跳下高腳凳，走進夜色中，前來追蹤。但會持續多久？這是關鍵問題。一路跟回住處，或者只跟到前方的伏擊行動展開為止？

李奇等著，他又聽見皮革鞋底的聲音，或者它的成對夥伴，在另一隻腳上的，謹慎地踏出一步，然後繼續往前。他隱入暗處，進入一個入口。他緊挨著石雕的稜角，一道十分別致的大門。某個久被遺忘的企業，無疑在它還活絡時相當賺錢。

他又聽見鞋底磨刮聲，現在約在二十呎外，不斷逼近。聽不到另一個方向有任何動靜，只有城市的寂靜，陳舊的氣息，還有淡淡的油煙和磚頭味。

他又聽見腳步聲。現在距離十呎，仍然繼續靠近，他等著。那人已經在射程之內了。但是再加上幾個步驟，會讓整個過程更令人安心。他在腦子裡勾勒出幾何圖形，他將手伸進口袋，找到之前用過的那把H＆K，因為他有把握它堪用，總是一種優勢。

下一步。那人約莫在七呎遠，個子不小，因為他鞋子的聲音是一種微弱而沉重、刺耳而且傳得很遠的嘎吱聲，一個偷偷摸摸逼近的大個子的聲音。

四呎遠。

該上場了。

李奇走了出來，轉身面對那傢伙，H＆K在黑暗中閃閃發亮，他把槍對準那人的臉，對方突然成了斜視，努力想在昏暗的光線下注視它。

李奇說：「別出聲。」

那人沒出聲。李奇越過他的肩膀聆聽，這人後方有沒有援兵？顯然沒有。和前方一樣，沒有任何動靜，只有城市的寂靜，和陳舊的氣息。

李奇說：「我們有過節嗎？」

這人有六呎高，約兩百二十磅重，四十歲左右，體格健壯結實，一身骨骼肌肉，一雙多疑的深色眼睛。他的嘴唇緊抿，向後繃成一條既像擔憂，又像疑惑或輕蔑的咧笑。

「我們有過節嗎？」李奇又問。

「你死定了。」那人說。

「目前還沒有，」李奇說：「事實上，此刻的你比我更接近那種不幸狀態，你不覺得？」

「你敢惹我，就等於惹了一堆人。」

「我招惹你？還是你招惹我？」

「我們想知道你是什麼人。」

「為什麼？我對你們做了什麼？」

「我的層級回答不了這問題，」那人說：「我的任務是把你帶回去。」

「祝你好運。」李奇說。

「說得倒容易，一把槍指著我的臉。」

李奇在黑暗中搖了搖頭。

「好說。」他說。

他後退一步，把槍放回口袋。他站在那裡，空著雙手，手掌攤開，兩隻手臂伸在兩側。

「好啦，」他說：「現在你可以帶我回去了。」

那人沒動。他的身高比李奇矮五吋，體重少大約三十磅，站在足足一呎外，顯然沒帶槍械，不然早就亮出來，拿在手上了，在李奇的注視下他顯得十分不安。李奇的目光平穩沉靜，略帶戲謔，但無疑也非常兇猛，甚至有點瘋。

對這人來說，情況不太妙。

李奇說：「也許我們可以換個方式達到同樣的目的。」

那人說：「怎麼做？」

「把你的手機給我，要你老闆打給我，我會告訴他我是誰，這樣比較有人情味。」

「我不能把手機給你。」

「我橫豎會拿到，什麼時候就看你了。」

凝視，平穩，沉靜，兇猛，有點瘋。

那人說：「好吧。」

李奇說：「把東西拿出來，放在人行道上。」

那人照做。

「現在轉身。」

那人照做。

「跑吧，用最快速度，跑得越遠越好。」

那人照做，他繃緊肌肉全速起跑，瞬間被城市的黑暗吞沒。在他消失蹤影後過了許久，他的腳步聲仍然不斷傳來，但這時他不再偷偷摸摸了。李奇聆聽著那快速的啪達啪達、嘎吱嘎吱聲，直到聲音越來越小，逐漸消失。然後他拿起手機，繼續往前走。

在距離巴頓住處三個街區的地方，李奇脫下外套，把匕折疊成正方形，捲成筒狀，然後塞進一只生鏽的郵箱，這郵箱立在一棟用木板封起、屋側有火燒痕跡的單層事務所建築的外面，他只穿著T恤走完剩下的路程，夜氣有點涼，現在還是春天，距離盛夏還很遠。

霍根在巴頓家的門廳裡等他。鼓手，海軍陸戰隊退役，如今享受著一人掌控的生活模式。

「你還好吧？」他問。

「你在擔心我？」李奇說。

「職業性的好奇。」

「我不是去跟滾石樂團一起演出。」

「我是說以前的職業。」

「目標達成。」李奇說。

「什麼樣的目標？」

「我想要一支烏克蘭幫的手機。顯然他們經常互傳簡訊，我想應該可以瀏覽一下他們對這事究竟怎麼處理，也許他們提到了楚蘭柯，也許我可以讓他們緊張，讓他們把他移到別處。到時我的最佳機會就來了。」

這時艾比下樓來，仍然衣著整齊。

她說：「嗨。」

李奇說：「妳也嗨。」

「我全聽到了，好計畫。可是，他們難道不會從遠端把手機停掉？你收不到他們的訊息，他們也收不到你的。」

「我沒收手機的對象是經過精挑細選的，這人相對稱職，因此也相對受到信任，或許也比較資深，也因此比較不情願吃飯的傢伙被我拿走，我讓他有點沒面子，他不會馬上報告上去的，這是尊嚴問題，我想我起碼有幾小時空檔。」

「好吧，好計畫，沒有可是。」

「可是我不太會用手機，可能有一大堆選單，各種按鍵，我可能一個不小心把什麼給刪除了。」

「好吧，我看看。」

「就算我沒有不小心刪掉東西，他們的簡訊可能是烏克蘭語，我得靠網路才能看得懂，而我對電腦又不是太熟。」

「電腦是下一步，我們得先從手機開始，給我看看。」

「我沒帶進來，」李奇說：「林肯轎車裡的傢伙說他們可以追蹤手機，我不希望五分鐘後突然有人來敲門。」

「它在哪裡？」

「我把它藏在三個街區外的地方，我想這樣應該夠安全。圓周率乘以半徑平方，他們將得搜索涵蓋將近三十個街區的圓圈範圍，他們不可能那麼做。」

艾比說：「好，我們去看看。」

「我還有一支阿爾巴尼亞幫的手機，偶然拿到的，但到頭來還是同樣情況，我想看看它的內容，也許可以知道他們對我有什麼不滿。」

「他們對你不滿？」

「他們派了一個人來跟蹤我，他們想知道我是什麼來歷。」

「這也很正常，你是城裡的新面孔，他們想了解一下。」

「也許吧。」

霍根說：「你應該和一個人談談。」

李奇說：「什麼人？」

「他偶爾會一起表演。步兵，和你一樣。」

「陸軍？」

「足堪代表，但還是比不上海軍陸戰隊。」

「就好像海軍陸戰隊代表四肢發達、頭腦簡單。」

「我說的這傢伙會說一大堆古老的共產黨語言，他在冷戰後期當過連長，而且他對城裡的狀況相當了解，或許能幫上忙，最起碼也會有點用處，尤其在語言方面。你不能靠網路翻譯，這種東西沒辦法。你願意的話，我可以替你傳達。」

「你跟他很熟？」

「他很可靠，音樂品味也不錯。」

「你信得過他？」

「就像我信賴任何一個不會打鼓的步兵。」

「好，」李奇說：「打電話給他，反正無傷。」

他和艾比走入寂靜的夜色，霍根留在屋內，在昏暗的門廳撥打手機。

25

李奇和艾比沿著迂迴路線來到三個街區外。顯然，如果這些手機真的可以被追蹤，它們早該在這個顯然是暫時藏匿位置的地方被找到了。而在這情況下，他們也早該安排了監視行動來防止它被拿走。還是小心點好，或者盡可能小心，因為這裡不算安全。那麼多暗處、巷子和深長的門口，而且路燈有三分之二是故障的，可以讓夜間監視者躲藏的角落太多了。

李奇看見那只生鏽的郵箱就在前方。下一個街區的中段。他說：「假裝我們很投入地在談話，當我們走到和郵箱齊平，就停下來，假裝在強調某種觀點。」

「好，」艾比說：「然後呢？」

「然後我們完全無視郵箱，繼續往前走，但這時腳步要很輕，要悄悄溜走。」

「要真的假裝談話？還是像默片那樣，只是動動嘴皮？」

「類似竊竊私語，就好像在討論秘密情報。」

「什麼時候開始？」

「現在，」李奇說：「繼續走，不要放慢速度。」

「你想竊竊私語些什麼？」

「想到什麼就說什麼。」

「你在說笑？我們很可能正進入一種危險的境地，這就是我現在想的。」

「妳說過，妳想每天做一件自己害怕的事。」

「我做的已經超出額度了。」

「而且妳每次都熬過來了。」

「我們可能會陷入槍林彈雨。」

「他們不會對我開槍，他們有問題要問我。」

「你真的確定？」

「這是一種心理動力，就像在劇場，不見得是一道是非題。」

郵箱快到了。

「準備停下來。」李奇小聲說。

「讓他們有固定標靶可打？」

「只要假裝發表一下高見，然後就繼續往前走，但要很安靜，好嗎？」

李奇停下。

艾比停下。

她說：「要假裝發表什麼高見？」

「想到什麼就說什麼。」

她沉默了一下。

接著她說：「不，現在我心裡想的是，我不想說出我現在心裡在想什麼，還不到時候，這就是我的意見。」

「走吧。」他說。

他們繼續往前，盡可能安靜。三步，四步。

「好了。」李奇說。

艾比說：「什麼好了？」

「這裡沒人。」

「我們是怎麼知道的？」

「這要問妳。」

她又沉默了一下，然後說：「我們必須安靜是因為，我們在聆聽動靜。」

「我們聽見了什麼？」

「什麼都沒聽見。」

「正是。我們在目標物旁邊停下，沒聽見有人走出來或緊繃起來，然後我們繼續走，也沒聽見有人退下、放鬆或匆匆整隊，等待計畫B的指令，所以說這裡沒人。」

「太棒了。」

「只是暫時，」李奇說：「可是誰知道這種事得花多少時間？這不屬我的專業領域，但他們可能隨時都會趕來。」

「那我們怎麼辦？」

「我想我們應該把兩支手機帶到別的地方，讓他們從頭開始搜索。」

這時，他們看見車頭燈光出現在南邊兩個街區外的十字路口，就像遙遠的預警，過了幾秒，一輛車左轉，朝他們駛來。開得很慢，也許在進行搜索，也可能只是一個擔心收到酒駕罰單的普通夜間駕駛人。很難說。它的兩道車頭燈光很低，而且間隔很大，一輛大型轎車，它徐徐前進。

「準備好。」李奇說。

沒事，車子駛過，速度依然平穩，方向依然沒變。一輛舊凱迪拉克，駕駛人沒有左右張望。一位老婦人，從方向盤邊框底下盯著外頭。

艾比說：「無論如何，我們最好快點行動，因為就像你說的，我們不清楚他們什麼時候會趕來。」

他們往回走，四個快步，然後李奇從生鏽的郵箱抓出他的捲起的外套。

艾比拿著手機，她堅持要拿。他們又迂迴地走了三個街區，發現一家還在營業的小酒館。門口沒有穿套裝的男人。事實上，裡頭沒有半個人穿套裝。收銀台人員穿著白色T恤，除了他們沒別的客人。店內擺滿嗚嗚作響的冷藏櫃，螢光燈白晃晃的，裡面有一張空的雙人桌。

李奇買了兩杯紙杯裝咖啡，端著它們回到桌位。艾比把兩支手機並排在桌上，盯著它們，有些矛盾，彷彿一方面急著開始，一方面又擔心，就好像它們正向太空發送一波波秘密求救信號。來找我！來找我！

實際上就是。

她說：「你記得哪個是哪個嗎？」

「不記得了，」李奇說：「在我看來它們都一樣。」

她開啟其中一支，沒要求輸入密碼。基於速度、傲慢、方便內部審查等因素。她又點又滑地掠過一堆視窗，李奇看見一組垂直排列的綠色訊息泡泡簡訊，看不懂但相當常用的外國文字，就跟英語一樣。有些字母是彎曲的，有的上下加了奇怪的發音符號，變音符和尾形符。

「阿爾巴尼亞語。」李奇說。

街上有一輛車緩緩經過，它的車頭燈光束有如一把薄薄的藍色刀刃劃過屋內，一路掃過後牆，接著掃過側壁，然後消失。艾比打開第二支手機。沒要求密碼。她找到另一段長長的簡訊往返訊息，一個接一個的綠色泡泡，全部用西里爾字母組成，這名字源自九世紀從事字母表研究的聖西里爾（Saint Cyril）。

「烏克蘭語。」李奇說。

「這裡有幾百通簡訊，」艾比說：「不誇張，說不定有幾千通。」

外面又一輛車經過，速度快一些。

李奇說：「妳看得出日期嗎？」

艾比捲動幾下，說：「昨天以後起碼有五十通，有些附了你的照片。」

又一輛車駛過。這次很緩慢。車燈亮眼。在搜索著什麼，或者擔心被開罰單。駕駛人一閃而過，一名深色裝束的男子，臉被儀表板的光映照得陰森詭異。

「阿爾巴尼亞語的簡訊也至少有五十通，」艾比說：「也許不止。」

「那該怎麼處理？」李奇問：「我們不能把手機帶回去，又不能把這些東西全抄在餐巾紙上，我們會拼錯的，而且不知要抄到何年何月。我們沒時間了。」

「看我的。」艾比說。

她拿出自己的手機。她把烏克蘭人的手機平放在桌上，然後用自己的手機平行舉在它上方，上下移動，直到滿意為止。

「拍照？」李奇問。

「錄影，」她說：「看著。」

她用左手握著自己的手機，然後，在搶來的手機上，她用右手食指捲動一長串複雜的烏克蘭語簡訊，中等速度，持續不斷往下捲，五秒，十，十五，二十。然後簡訊的末尾突然停住，她關掉錄影功能。

她說：「這麼一來我們可以根據需要播放和暫停，可以讓它停在任何地方，幾乎等於持有這兩支手機。」

她用同樣方法處理了阿爾巴尼亞語手機。五秒，十，十五，二十。

「幹得好，」李奇說：「現在我們得再次移動這兩支手機，不能把它們留在這裡，這地方不該無端被一幫打手打擾。」

「哪裡？」

「我主張放回郵箱。」

「可是那裡是他們搜索的原點，如果他們原先只落後一點，那麼這時他們可能已經到達那裡了。」

「其實，我是希望放小金屬盒裡能夠隔絕信號傳輸，他們根本沒辦法搜索。」
「那他們永遠找不到。」
「有這可能。」
「那就永遠都不會有危險。」
「除非我們把它們拿出來。」
「找到它們需要多久時間？」
「之前說過，妳我都拿不準。」
「非那個郵箱不可嗎？附近的如何？」
「避免附帶損害，」李奇說：「就怕萬一。」
「其實你也沒把握，對嗎？」
「這事不見得是一道是非題。」
「信號傳輸到底會不會被中斷？」
「我猜也許會，這不是我的專業領域，不過我聽別人說過，他們老在抱怨手機收不到訊號，理由千奇百怪，但是比起被關在小金屬盒裡，似乎都只是小事一樁。」
「可是現在它們就在桌上，所以目前多少是有危險的。」
李奇點點頭。
「而且一分一秒在增加。」他說。
這次由李奇拿手機，理由很簡單，輪流負責。周遭有不少車輛，很多彈來跳去的刺眼車頭燈光束。各種廠牌和車型，但是沒有林肯Town，沒有車子突然變速或轉向。顯然沒人注意他們。

他們將手機放進郵箱，把它嘎吱關上。這次李奇把外套帶著，不單為了保暖，也因為口袋裡有槍，他們開始走回巴頓家，只走了不到一個半街區。

26

和複雜的手機訊號三角定位無關，也和GPS準確達半碼的精確測定無關。後來李奇發現事情的起因再稀鬆平常不過。一輛偶然路過的車子裡的一個傢伙想起了之前的搜索令，就這麼簡單。全面監控，一男一女。

李奇和艾比右轉，打算在下個街角左轉，而這需要沿著一條狹窄的人行道走過一整個鵝卵石街區，這條人行道的右手邊是鄰街大樓背後的一長排不間斷的鐵捲門緊閉的卸貨區，左手邊是一些停靠在路邊的零星車輛。並非每個車位都填滿了，大約有半滿。其中一輛的停靠方向是反的，車頭對著他們，車身沒有夜晚的水霧，就在李奇的後腦喚醒前腦的一瞬間，那輛車的車門打開，駕駛人的槍出現，緊接著是駕駛人的手，接著是駕駛人本身，用俐落的運動員蹲伏姿勢隱身在敞開的車門後方，透過車窗瞄準了。

先是對著李奇，然後艾比，接著回去，又回來，來來回回。就像電視影集裡演的。這人是在表明他可以同時對付他們兩個。他身穿藍色套裝，打著紅色領帶。打得很緊。

他們不會對我開槍，他們有問題要問我。

這是一種心理動力，就像在劇場。

不見得是一道是非題。

槍是葛拉克（Glock）17型手槍，有點磨損老舊。那人用雙手握槍，兩隻手腕架在窗框上。他的手指扣在扳機上，槍枝很平穩。它的左右射擊弧線在控制中，而且只在水平面上移動。算合格，只是蹲姿基本上是一種不穩定的姿勢，而且也毫無意義，因為車門對子彈根本起不了防衛作用。比鋁箔紙好，但好不到哪裡。聰明人會站直，將兩隻手腕架在車門頂端。更有氣勢，也較容易視需要轉換姿勢，不管是步行、跑步或戰鬥。

拿槍的傢伙大喊：「把你們的雙手亮出來。」

李奇回喊：「我們有什麼過節？」

那人又喊：「我沒有。」

「好，」李奇說：「那就好。」他轉向艾比，壓低聲音說：「要的話妳可以先退回街角，我等會兒就過去。沒事，這人只是有問題要問我。」

可是那人大喊：「不行，她得留下，你們兩個都得待著。」

一男一女。

李奇又轉向前方，同時利用這操作來掩飾前進半步的動作。

他說：「留下來做什麼？」

「回答問題。」

「那就問吧。」

「由我的老闆發問。」

「他在哪？」

「就快來了。」

「他想問什麼？」

「肯定很多。」

「好吧，」李奇說：「把槍放下，走出來，我們一起等他。在這人行道上，等到他來為止。」

那人依然蹲在車門後。

槍一動不動。

「反正你也沒辦法開槍，」李奇說：「等你老闆來了，他絕不會樂意見到我們兩個死了、受傷、受到驚嚇或者昏迷過去，或者因為創傷後壓力症候群抖個不停，他有問題要問我們，他想得到有條理、說得通的答案。再說警方也不會容忍這種事，我不管你們跟他們之間有什麼協議，但夜裡在市區街道上開槍，一定會引發關注的。」

「你自以為很聰明是吧？」

「不，但我希望你是。」

槍沒動。

無所謂。重點是扳機，尤其是手指，因為它連結到那人的中樞神經系統，而這個地方有可能因為疑惑、思考和猜測而停頓下來，即使只是暫時的。

或至少延遲一下子。

李奇又跨出一步。他將左手抬到一半，手掌朝外，輕揮幾下，一種和解的手勢，但又很緊急，彷彿有什麼急迫的問題需要解決。那人的目光追隨著移動的目標，顯然忽略了李奇的右手，這隻手同時也在移動，但越來越慢，越來越低。它不顯眼地溜進他的右邊口袋，那裡頭放著他確信管用的H&K手槍。

那人說：「到車裡等，別在人行道上。」

「好吧。」李奇說。

「車門得關上。」

「當然。」

「你們坐後座，我坐前座。」

「直到你的老闆出現，」李奇說：「到時他可以和你一起坐在前座，然後問他的問題。你是這麼打算的？」

「你們得靜靜等著。」

「當然，」李奇又說：「你說了算，畢竟你手上有槍，我們會上車。」

那人滿意地點頭。

之後就容易了。那人鬆開握住手槍的兩隻手的外側手指，將它們緊壓在窗框上，形成尖塔狀，有如鋼琴手彈奏著重音和弦，也可能是一種代表已經達成協議的旗語信號，但更可能只是一種單純的物理現象，因為那人正想起身、取得平衡然後從蹲姿彈跳起來。只是到了這時，已經持續很久的蹲姿起了不良作用，造成了僵硬和刺麻。無論如何，那人對槍的控制減少了，槍托下垂，槍管仰起。這同樣可以被看成一種姿態，意味著眼前的威脅就此解除，有利於新產生的合作關係，但更有可能只是重量和平衡原理，以及圍繞著扳機護弓的一種自然向後的旋轉。

李奇將H&K留在口袋裡。

他向前一大步，輕踢一下車門。它砰地向後甩，撞上那人的膝蓋，這股力量讓他腳下一個不穩，向後倒下，極其緩慢但又停不了，最後像隻烏龜那樣無助地翻倒在地上。他拚命揮動雙手來止住跌落，緊握的葛拉克手槍碰上人行道地面，發出清脆的塑膠撞擊聲，彈出他的手並且蹦跳開來。但緊接著那人往側面猛一縱身，跳了起來，幾乎瞬間從水平變成了直立狀態，而且看來毫不費力。敏捷俐落，　如幾分鐘前剛下車時的模樣，這些跡象顯示李奇晚到了半步。

那人往側面跳開來，脫離仍然敞開的駕駛座車門的旋轉範圍。接著他再度瞬間轉換方向，突然傾身向前，一拳掃向李奇的臉。李奇一看苗頭不對，旋即閃避，身體一扭，讓肩頭承受那一擊。全是堅硬的手指關節，算不上真的拳擊，但即使如此，這一來一往使得兩人之間出現一條縫隙，只是一瞬間，但以那人的速度，這給了他機會再度跳開來，兩腳滑過地面，同時向下掃視，尋找他的槍。

就體格來說，李奇本身稱得上身手矯健，但那是重量級的運動能力，屬於舉重選手的蠻力，而非敏捷。他很快，但不算真的快。他沒辦法在瞬間扭轉動能，也就是說他花了半秒鐘維持中立姿勢，既非靜止也沒有動作，而那人趁著這空檔再度出拳。李奇再度閃身避開來，而那人也像之前一樣，跳到安全地帶，搜尋另一個半徑範圍，拖著腳步，在黑暗中向下掃視。李奇不斷進逼，一次半步，邊閃避邊迂迴前進，一方面比對方慢，但一方面又很難抵擋，尤其因為一連串的軟弱出擊，加上不停跳來跳去，喘著大氣，那人也累了。

那人跳開來。

李奇不斷逼近。

那人發現他的槍。

那人的鞋子側面撞上它，讓它又跳開一吋遠，發出短暫的塑膠摩擦聲。錯不了。那人停頓了一段幾乎察覺不到的時間，一眨眼工夫，思考的速度和他即將展開的行動一樣快，接著他突然往下俯衝，扭轉身體，右手劃過長長的弧線，準備一把將它牢牢抓住，迅速帶往安全地帶。一種基於空間、時間和速度的四次元的本能計算，無疑準確考量了他自身的強大能力，無疑也謹慎評估了對手的能力，根據最壞情況的平均值，加上符合計算目標的安全誤差。而計算結果顯示，像他這樣身手迅捷的人，仍然有充裕的時間。李奇自己的本能計算也得出了同樣的結論。他同意，他說什麼都不可能先一步到達。

不過，他的某些劣勢發揮了長處。他的四肢動作緩慢是因為它們很重，而它們之所以沉重是因為它們既粗且長。就他的雙腿來看，真的很長。他左腳用力一蹬，右腳一踢，低低地伸出，巨大兇猛的展幅，瞄準了一切，那人的任何部位，他的俯衝動作的任一環節，任何時間視窗，來什麼斬什麼。

先來的是那人的腦袋。一個怪異的結果，出了差錯的四次元幾何學。他的些微遲疑，李奇的一股被本能觸發、被古老的孤注一擲的侵略性滲透的原始衝力。那人選擇抬起頭，手臂伸直，最好是能撈起手槍然後跳開。但是李奇的腳已經到了那裡，就像一個過早擊中快速球的打擊手，肯定是界外。接著那人碰上打擊收尾動作的開頭，他的太陽穴直接迎上李奇的鞋沿，沒有撞個正著，但很接近了。那人的頸子啪地向後甩，接著臉頰朝下，又摔又滾地墜落在人行道上。

李奇看著他。

他說：「妳看見他的槍了嗎？」

那人動也不動。

艾比說：「看見了。」

「把它撿起來，用手指和大拇指，從槍柄或槍管。」

「我知道該怎麼做。」

「只是順口說說，總是比較保險。」

她衝過去，蹲下，撿起那把葛拉克，然後衝回去。

那人仍然沒有動彈。

她說：「該如何處置他？」

李奇說：「我們應該把他留在原地。」

「然後呢？」

「然後把他的車偷走。」

「為什麼？」

「他的老闆快來了，我們得留點訊息給他。」

「你不能對他們開戰。」

「他們已經開戰了，對我，沒頭沒腦的。因此現在我要提出一個強硬的初步回應，告訴他們，應該重新考慮一下策略。這是標準的外交動作，就像下棋，這可以給他們一個談判機會，沒有傷害，不玩手段，希望他們能懂。」

艾比說：「我們說的可是阿爾巴尼亞幫呢。你只有一個人，法蘭克說得對，你太誇張了。」

「可是已經發生了，」李奇說：「我們不能讓時間倒轉，不能把它消去，我們恐怕只能盡力而為了。所以我們不能把車留在這裡，太溫和謙恭了。好像是說，哎呀，對不起。好像我們不是玩真的，我們必須拿出態度，我們必須說，別來惹我們，否則你會腦袋被踹，車子被偷。這樣他們才會認真看待，他們會謹慎地運用戰術，他們會集結更多戰力。」

「那我們就慘了。」

「除非他們找得到我們。我估計他們做不到，因為他們越是集結人力，就越是會在別的地方留下更大的空隙，讓我們可以安然通過。」

「通過哪裡？」

「我想我們的最終目標是和他們的首腦，也就是葛雷哥利的對手，當面談判。」

「迪諾，」艾比說：「太誇張了。」

「和我一樣，他也只是一個人。我們可以交換意見，相信這一切都只是誤會。」

「我還得在這城裡工作，不管在中央街的一邊或另一邊。」

「對不起。」李奇說。

「知道就好。」

「但也因為這樣，我們不能出半點差錯，我們必須出奇制勝。」

「好吧，我們把車子偷走。」

「或者放火把它燒了。」

「偷走比較好，」她說：「我想盡快離開這裡。」

他們將車子開了四個街區，進入幾條錯綜的空蕩市區街道，然後把它留在一個轉角，鑰匙插著，四扇車門全部敞開，加上引擎蓋，還有後行李廂蓋。某種象徵意義。接著他們沿著一條長長的迂迴路線走回巴頓的住處，先在街區的四面巡了一圈，然後才進門。他和霍根一起熬夜等候。

連同一個李奇從未見過的人。

27

巴頓門廳裡的第三人擁有那種會讓人看來比實際年齡年輕十歲的髮膚，也因此顯示他實際上是和李奇同屬一個世代。他比較矮小，比較整潔，他有一雙深陷在尖峭鼻樑兩側的犀利、警戒的眼睛。他的前額垂著一綹雜亂的髮絲，他穿著帶點時尚感的高級鞋、燈芯絨長褲、襯衫和外套。

喬・霍根說：「這位就是我向你提過的，懂得所有老共產黨語言的步兵。他名叫基・凡崔斯卡。」

李奇伸出手去。

「幸會。」他說。

「我也是。」凡崔斯卡說著和他握了手，接著和艾比。

李奇說：「你來得很快。」

「我還沒睡，」凡崔斯卡說：「而且我就住附近。」

「多謝幫忙。」

「事實上這不是我來的用意。我是來警告你的，你不能招惹這幫人，他們人太多，太惡劣，被保護得太好，這是我的評估。」

「你當過軍方情報員？」

凡崔斯卡搖頭。

「裝甲部隊。」他說。

霍根說過，這人在冷戰後期當過連長。

「坦克兵？」李奇問。

「十四個，」凡崔斯卡說：「全歸我管，全部面向東方，快活的日子。」

「你為何會學習那些語言？」

「我以為我們會贏。我以為我有機會管理一個平民區，或起碼在餐廳訂紅酒，或者和女孩約會，那是很久以前的事了。況且是政府付的錢，當時軍隊很看重教育，每個人都在修碩士學位。」

李奇說：「人太多、太惡劣都是主觀判斷，這些我們可以稍後再討論，可是被保護得太好就不同了，你這話是什麼意思？」

「我也做公司顧問工作，主要是建築物實體安全，但是我聽過一些事，也被問過一些問題。去年，有個聯邦計畫匯集了全國各地的一系列綜合數據，結果發現，全美最守法的兩群人是本市的烏克蘭人和阿爾巴尼亞人，他們連違停罰單都沒有，顯示他們和各級執法部門的關係異常密切。」

「可是，事情總有個底線，之前我向他們之中的一人勸說，夜裡在市區街道上開槍，肯定會引起警方注意，那傢伙沒有爭辯。實際上，我想他同意我的說法，因為他沒有扣扳機。」

「加上新的警察局長即將上任，他們很緊張。但是，他們的地盤上仍然有很多煩人的事在暗中進行。一般來說，這類事情和大街上的子彈無關，而是關於派人和一名潛在證人暢談一番，避開所有人耳目，也許在證人家裡，也許找個別具意義的地方，像是小女兒的臥房，談談人的記憶是多麼古怪，它是如何來去無蹤，是如何淡入淡出，是如何會捉弄人，以及說出來一點都不丟臉等等。聽著，老哥，我記不得那麼多了。我認識的那些人說，這種事非常難調查，但很容易被埋葬。」

「他們的人數有多少？」

「太多了。我說過，人太多，太惡劣，被保護得太好，你應該打消念頭。」

「你的中隊在戰鬥序列的什麼位置？」

「非常接近長矛的尖端。」凡崔斯卡說。

「換句話說，從第一天起你的人數就遠遠不如人，也許永遠如此。」

「我明白你想說什麼，可是我有十四台艾布蘭（Abrams）坦克，它們是全世界最好的戰車，就像科幻小說裡的東西。當年我可不是只穿長褲和外套走過富爾達缺口（Fulda Gap）的。」

「和裝甲兵一樣，你也是機械控。儘管如此，你顯然覺得自己比他們更具殺傷力。人數被超越，但更厲害。但是反過來說，敵方肯定受到了整個強大國家的保護，你三戰一勝，他們三戰兩勝。但即使如此，你還是會發動戰車引擎。」

「我懂你的意思。」凡崔斯卡又說。

「而且你預期會贏，」李奇說：「這是為什麼你會學習那些外國語言，而這也是我目前最需要的東西。我會一步一步來，首先我得弄懂他們在這些簡訊裡說了什麼，然後我得運用我所得到的訊息，想清楚接下來該怎麼做。還不到戰鬥階段，還不需要警告。」

「假設你得到的訊息是你沒希望了？」

「不接受這樣的結論。肯定是計畫出了問題。當年他們在德國應該是這樣教你的。」

「好吧，」凡崔斯卡說：「一步一步來。」

他們在廚房進行，從烏克蘭語簡訊開始。凡崔斯卡欣賞了艾比擷取的影片。犀利，扼要，有效率。他的手指緩慢、重點式地在螢幕上點擊，播放，暫停，播放，暫停，然後把靜止螢幕上的東西大聲唸出來，起初有點緩慢、猶豫，接著不時整個停頓下來。

因為在語言上他一開始就遇到了麻煩。這都是些簡訊，充滿陌生的俚語、字母縮寫和小團體的頭文字，而且也充滿八成是拼錯的文字，除非它們真的是刻意被簡化，也許是為了傳播方便而約定俗成的東西，沒人曉得。凡崔斯卡說，這工作可能會花去他不少時間。他說這就像翻譯一種艱難的外語，同時還要破解一種諜報代碼，或者兩種，畢竟任何自重的黑幫都應該會使用不少曖昧暗示和略語。

艾比拿來筆電，和他一起進行，用線上詞典處理個別單字，或者到語言部落格和文字迷網站搜索一些字母縮寫或頭文字。她在紙片上做筆記。有些東西逐漸明朗了，但即使如此，進展依然緩慢。從來不曾遇過這麼點文字卻可以包含那麼多意思。之前她卯足了勁錄影，五秒、十秒、二十秒，快速捲動，錄個不停。這時，那些顏色鮮豔的模糊影像跳出成千上萬的單字，每個單字都是一個挑戰和一塊拼圖，而且大都含有兩、三種可能的解釋。

李奇讓他們靜靜辦事，他和巴頓、霍根到堆滿鼓具和音箱的擁擠前廳閒晃。其中一只音箱是灰色的，足足有冰箱大小，它的網罩上有八個髒兮兮的喇叭圈。李奇坐地板上，背靠著它，它一動也不動。巴頓把他的老舊Fender貝斯拖到大腿上，沒插電彈奏著，幾乎聽不見，一陣陣高高低低的輕柔音符嗡嗡作響。

霍根說：「你覺得我們會贏嗎？你覺得凡崔斯卡的語言能力最後能用得上？」

「總的來說，我認為我們會獲勝，」李奇說：「從技術上講，我認為我們會在被他們消滅之前消滅他們。很難稱之為勝利，畢竟那會造成極大混亂。但無論如何，到時候長矛的尖端早就蒸發了，你朋友學的那些恐怕都派不上用場。」

巴頓彈奏著下行琶音，某種減音階的小調和弦，最後在第一根弦的空弦音中砰一聲結束。接上插頭，房子會被轟掉。沒插電，鋼弦只是喀嚓喀嚓拍擊著指板，根本發不出基音。巴頓看著李奇說：「現在你是矛尖了。」

「我沒打算開啟戰端，」李奇說：「我只想替許維克夫婦籌錢。如果有簡單的方式可以拿到，我絕對會去做，相信我。我不覺得有必要和那些人正面開戰。老實說，我巴不得不必那麼做。」

「恐怕由不得你，他們肯定把楚蘭柯保護得密不透風，一層又一層，我見過他們這麼做。當時有個大人物去到一家他們的俱樂部，他們派了一個人守在街角，一個站門口，一個在隔壁門口，外加好幾個來回巡視。」

「你對楚蘭柯有什麼印象？」

「他是個書呆子，就跟那些傢伙一樣。還記得我當時想，不該是這種結果。我在高中時代拉風得很，如今那些書呆子一個個成了億萬富豪，而我呢，只能勉強餬口，早知道我應該學軟體而不是音樂。」

「如果他正在工作，他會做什麼？」

「他在工作？」

「有人提起。」

「肯定是電腦，那是他擅長的東西，他是這方面的佼佼者。他的應用程式和醫生有關，但基本上那些東西都是靠電腦軟體，不是嗎？」

艾比在門口探頭。

「弄清楚了，」她說：「我們可以處理烏克蘭人的簡訊了，他們提到兩次楚蘭柯。」

28

凡崔斯卡重設影片，讓它從頭開始播放，但是進行之前，他說：「總的來說，有些怪事發生。別的不說，他們正因為不斷失去人手而騷動不安。先是有兩個人在福特展示中心出了車禍，接著兩個小弟在美食家街區被拿下，然後有兩個人從按摩院被帶走，接著又有兩個人在艾比住處外面失蹤，到目前為止共八人。」

「真慘烈。」李奇說。

「有意思的是，他們指責前六人是阿爾巴尼亞幫幹的，可是對最後兩人的說法有了轉變。現在他們把箭頭指向你，認為你是紐約或芝加哥來的密探，受雇在本地興風作浪。他們還針對你發布了全面通告，以許維克的名字，到頭來這或許會是更大的問題。」

凡崔斯卡點擊艾比的手機，開始播放影片。起初，他讓它以錄影時的相同速度轉動。在螢幕上，她手指的陰影出現在畫面的右側，不斷向上捲動。接著凡崔斯卡按暫停，接著重新播放，然後又按暫停，直到他找到他要的訊息泡泡。只見簡訊文字上方附有一張照片。亞倫和瑪麗亞．許維克，和艾比蓋兒．吉布森，三人站在許維克家的門廳，像是受到驚嚇，略顯不安。李奇想起當時他在廚房門後聽見的聲音，一聲微弱的喀嚓，手機，充當相機。

凡崔斯卡說：「照片底下的簡訊說，照片裡的人是傑克、喬安娜和阿比蓋兒．李奇。」

他播放又暫停，播放又暫停，又跳過四個訊息泡泡，在第五個停下，然後說：「到了這裡，他們已經發現她的真名是艾比．吉布森，不是艾比蓋兒．李奇。在下一則訊息中，他們準備派人到她工作的地方，調查她的住址。」

他繼續播放影片。

「到了這裡，他們已經握有她的住址，準備派一輛車子到她住處，一見到她就把她帶走。」

「所幸結果完滿。」李奇說。

「情況更糟了。」凡崔斯卡說。他繼續播放影片，來到當天稍晚的一個綠色大泡泡，那個訊息泡泡也附有照片，在一大片密密麻麻的西里爾文字的上方。凡崔斯卡大聲唸出：「根據回報，上方照片中這個據稱名叫喬安娜．李奇的老婦人出現在我們的當舖，她簽名時寫的是瑪麗亞．許維克。」

「要命，」李奇說：「那是他們的當舖？」

「她應該想到的，畢竟，西區大部分是歸他們管的。問題是，她給了他們真名，這表示她非常有可能也給了他們真實住址，和真實的社會安全號碼。這麼一來，他們發現她是亞倫．許維克的合法妻子只是遲早的事。在那之後，弄清楚誰是誰不再是火箭科學，他們可以馬上加緊行動，他們已經在他們家門口守候了。」

「他們將陷入一種關於存在的危機。他們是要亞倫．許維克這名字，還是要有血有肉的亞倫・許維克，這個向他們借錢，而且顯然正暗中挑起是非的人？畢竟，身分的本質是什麼？這是他們必須解決的棘手問題。」

「你是西點軍校畢業的？」

「怎麼看出來的？」

「鬼扯的本事。這事非同小可，顯然他們要的是那個活生生的真人，但無論他們用什麼方式找他，你得考慮到，在這過程中都難免會殃及無辜，而且就從那個家開始。」

李奇點頭。

「這我了解，」他說：「相信我。情況確實非常嚴重，他們都七十幾歲了。可是我想不出該怎麼保護他們的人身安全，總不能全天候守著。唯一的合理做法是把他們遷移到安全的地點，問題是哪裡？我沒有資源。」他頓了一下，接著又說：「通常，在這種情況下，我會說，去和你們的女兒住，相信他們會很樂意。」

凡崔斯卡從影片移到一則昨晚發布的訊息大泡泡。他說：「這裡說到，你向艾比工作地點的門衛提起楚蘭柯的名字。從這裡開始，對話沿著兩個不同的方向展開。首先，關於你。他們不明白為什麼一個低階層的借貸人會問這種問題，兩個不同世界，從這裡他們發展出一種理論，認為你是外部組織雇用的密探。」

「第二個方向是關於楚蘭柯本人，」艾比說：「分別提到兩次，首先是狀態檢查和威脅評估，兩者回報都是否定的，非常安全。但是過了一小時，他們開始擔心。」

「因為我溜掉了，」李奇說：「當妳把我拉進妳的住處，他們知道我逃跑了。」

凡崔斯卡說：「他們從常規任務編組中調出四組，要他們回報額外的警衛職務。他們把現有的守衛撤到後方，並且重新組成楚蘭柯的個人護衛小組。他們稱它叫狀況B，我們猜大概是戒備等級之類的東西，顯然這是預先規劃好的，也許經過預演，甚至以前實施過。」

「好吧，」李奇說：「一組是怎麼，兩人一車？」

「到時就知道了。」

「所以總共八個人，強化原本多少人的防守？平日零威脅的狀態下，他們會部署多少人負責防守？大概最多四個，如果之後他們還能輕易轉換成個人護衛小組的話。所以四個向後撤，八個負責外圍防守。」

「你一人對十二人。」

「只要我在外圍挑對位置就沒問題。我可以從缺口偷溜進去。」

「最佳狀況，四個。」

「還很難說，除非手機裡明確提到八個人該向哪裡回報他們的額外警衛職務。如果有地址，幫助會很大。」

凡崔斯卡沒回答。

李奇看著艾比。

她說：「手機裡確實提到了確切的位置。」

「可是？」

「那是難懂得不得了的一個字眼，我搜索了半天。它原本的意思似乎是蜂窩、鳥巢或洞穴，或者三種皆是，或者介於中間。總之是某種鬧烘烘、忙亂嘈雜的地方。和許多古老字彙一樣，它的生物學意義是不準確的。如今它似乎只被當作一種隱喻，就像你在電影裡看到的，一個瘋狂科學家待在擺滿亮閃閃的機器、電流劈啪響的實驗室，這就是這個字現在的用法。」

「就像神經中樞。」

「沒錯。」

「所以手機裡只說了，向神經中樞回報。」

「顯然他們知道那是哪裡。」

「和我談過的那些人不知道，」李奇說：「我問過他們，我相信他們的說法。這屬於機密情報，也就是說，他們剛從常規任務編組調來的幾組人都非常資深、熟悉內情的。」

「有道理，」凡崔斯卡說：「萬中選一，只有頂尖老手能夠參與狀況B。」

「我早說過，」霍根說：「唯一途徑是透過高層。」

巴頓說：「瘋了。」

凡崔斯卡和艾比開始處理阿爾巴尼亞幫的簡訊，使用相同的系統，圍坐著餐桌並肩工作。凡崔斯卡對這種語言較不熟悉，但是簡訊本身比烏克蘭幫的正規而且符合語法，因此總的來說進行得較快，要做的事也少得多，所有關係重大的內容都是在最近幾小時發生的，其中有些相當熟悉，李奇再度被看成受雇於外部勢力的密探。有些則是新的，有人看見白色豐田進入他們的地盤，李奇和艾比在荒涼地帶停車，然後一起下車，一個留著深色短髮的嬌小女人，一個有著淺色短髮的醜大個子，全面大搜索。

「基本上，我覺得他們的意思是說長相普通，」艾比說：「或者帥得有個性，不是真的醜。」

李奇說：「棍棒和石頭或許會打斷我的骨頭，但言語永遠傷不了我。」

「這些可能會。」凡崔斯卡說。他到了影片的結尾，最後一段阿爾巴尼亞語簡訊。他說：「他們正在積極尋找你，他們正在估算你目前所在的位置，他們推測你在一個包含十二個街區的矩形範圍內。」

「這房子在裡頭嗎？」

「距離它實際的地理中心不遠。」

「不妙，」李奇說：「他們似乎掌握不少情報。」

「他們有很多本地知識，他們幾乎什麼事都插一手，在全城上下布滿眼線，在街坊間布滿探子。」

「看來你對這些人研究得相當透徹。」

「我說過，我經常耳聞。每個人都有故事要說，因為每個人遲早都會碰上他們，不管你從事哪一行，在中央街以東做生意，你就得付出這代價。大家早就習慣了，最後還把它看成理所當然。抽一成，就像教堂在古老年代的收費，像繳稅，這是沒辦法的事。這個地區變得相當文明，只要你付錢。不用說，每個人都乖乖照做，這些人惹不得。」

「聽起來像親身經驗。」

「幾個月前，我幫華盛頓特區的一名記者的忙，安排她和本地的一些人見面，我持有私人保全執照，我的電話號碼列在所有的全國通訊目錄上。我不知道她的報導會寫些什麼，她也不會告訴我。組織犯罪吧，我猜，因為她對這方面似乎很感興趣，阿爾巴尼亞幫和烏克蘭幫，但老實說，烏克蘭幫多一些。這只是我的印象。但不知何故，她誤踩了中央街以東的地雷，她第一次遭逢黑幫是和阿爾巴尼亞人，和他們進行了面對面的討論，他們派了幾個人，她只有一個人，在一家餐館的後面包廂。她出來，要我開車直接送她去機場，甚至沒先回旅館，甚至不想順道去拿行李。她嚇壞了，打從心底害怕，她那樣子就像機器人。她搭了最近一班飛機離開，再也沒回來，如果他們光靠談話就能讓她嚇成這樣，那麼你最好相信他們有本事讓一堆人睜大眼睛監視一對陌生男女，光靠恫嚇，他們就是這樣獲取情報的。」

「這也很不妙，」李奇說：「我不想給這一家人帶來厄運。」

巴頓和霍根都沒表示意見，半句話都沒有。

「我們不能住旅館。」艾比說。

「也許可以，」李奇說：「也許我們就該這麼做，可以讓事情加速進行。」

「你還沒準備好。」霍根說。

巴頓說：「在這裡過夜吧。你都已經在這裡了，鄰居不會有X光眼的。明天午餐時段我們有一場表演，到時如果你想開始行動，可以一起搭車離開，沒人會看見。」

「在哪裡表演？」

「中央街以西一家小酒館，比這裡更靠近楚蘭柯。」

「這家酒館門口有沒有人看守？」

「經常都有，也許最好在街角附近下車。」

「或者不必，如果我們想讓事情加速進行的話。」

「我們還得在那裡工作呢，老哥，那是很不錯的差事，如果你非得加速行動，拜託幫個忙，另外找個地方，希望你不會這麼做，因為實在太誇張了。」

「沒問題，」李奇說：「明天我們和你們一起出發。非常感謝你們，也謝謝今晚的招待。」

十分鐘後凡崔斯卡離開。巴頓把門上鎖。霍根戴上耳機，點了根李奇拇指大小的小雪茄菸。李奇和艾比上了樓，回到那間用歪斜的吉他擴大機充當床頭桌的臥房。三個街區外，一則全新的簡訊無法穿透廢棄金屬郵箱，送達阿爾巴尼亞人的手機。一分鐘後，烏克蘭人的手機也發生相同狀況。

29

迪諾的頭號副手名叫什庫賓（Shkumbin），和他美麗家鄉核心地帶的一條美麗河流同名。可是這名字不太容易用英語發音。起初，多數人把它唸成Scum Bin（廢渣桶），其中不乏帶著嘲弄意味的人，但就那麼一次。在做完整牙手術之後幾個月，能夠再度開口說話時，他們似乎非常願意努力唸出他名字的原始發音。儘管那可能談不上是完美的重建手術。但最後，什昆賓不想再弄疼自己的手指關節，於是借用他過世兄弟的名字，一方面為了方便，同時也為了懷念他。不是他死去哥哥的名字法特巴德（Fatbardh），意思是願他幸運，也是很美麗的名字，但是用英語發音同樣不怎麼中聽（Fat bird）。因此什庫賓目前用的是他死去弟弟的名字，杰米爾（Jetmir），意思是幸福過一生的人，又是一種溫馨情感，而且很容易用英語發音，好記、華麗又有未來感，即使其實只是一種傳統的祝福，即使帶點共產黨的音調，很像蘇聯漫畫裡的紅軍試驗飛行員，或者宣傳看板上的太空人英雄，倒不是說美國人還在意這些東西，已經是陳年舊帳了。

杰米爾來到木料場辦公室後面的會議室，發現參加內部討論的其他成員都到齊了。

當然，只差迪諾一個，迪諾沒被通知，還沒有，這是他們第二次沒找他開會，一大步。一次還容易解釋，兩次，要解釋可就難上加難了。

三次，根本無法解釋。

杰米爾說：「那支遺失的手機接通了將近二十分鐘，什麼也沒發送，什麼也沒接收，然後又斷線了，就好像他們深藏在地下室之類的地方，或者地窖，然後他們出門到了街上，時間很短，也許是步行到街角的商店，然後又回去。」

「我們找到位置了嗎？」有人問。

「我們有很不錯的訊號三角定位，但這裡是人口稠密地區，每個街角都有一家商店。不過它就在我們推測的他們的所在位置，靠近我們劃出來的區域的中心。」

「有多近？」

「我建議我們忘了之前推測的十二個街區範圍，我們可以把它縮減到中央的四個，或者保險一點，中央的六個。」

「在地下室？」

「或者某個接收不到訊號的地方。」

「也許他們把電池拿出來，後來又放回去。」

「什麼用意？我說過，他們沒有撥打或接收任何一通電話。」

「好吧，地下室。」

「或者是有厚厚鋼鐵外牆的建築物之類的地方，總之先別下結論，把他藏好，嚴守陣地，留意亮著燈的可疑窗口，留意可疑的車子和行人，必要時上門盤問。」

在這同時，杰米爾在中央街另一邊的對手也在開會，也正召開內部討論，就在位於當舖對面、保釋辦公室旁邊的計程車調度站的後面房間。不同的是，他的老闆在場，葛雷哥利一如往常出席，坐在桌前主持會議，在聽說他在市區的一名手下遭到亞倫・許維克的圍堵之後，他親自召開了會議。

他說：「依我看，最近這樁事件很不一樣。沒有欺瞞的企圖，他根本不指望我們會因此責怪阿爾巴尼亞人。完全是明目張膽，當面挑釁，顯然他已經奉命放棄之前的戰術，進入新的階段。我認為他們錯了，這麼一來他們不但刺探不了我們，只會洩自己的底。」

「那支手機。」他的頭號副手說。

「正是，」葛雷哥利說：「把槍拿走可以預料，任誰都會這麼做，可是為什麼指示他拿走手機？」

「這是他們新戰略的必要成分，他們會企圖造成我們的電子損害，進一步削弱我們。他們會試圖透過手機，進入我們的操作系統。」

「誰有這等技能和經驗，而且自信自負、狂妄自大到這地步，以為自己能成功達成這些？」

「只有俄羅斯人。」他的頭號副手說。

「正是，」葛雷哥利又說：「他們的新策略暴露了自己的身分，現在我們知道了，俄羅斯人正企圖奪取我們的地盤。」

「不妙。」

「我在想，他們會不會也搶走一支阿爾巴尼亞人的手機。」

「有這可能，俄羅斯人不樂意跟人分享地盤，他們肯定是打算取代我們兩幫人，這事非常棘手，他們人數太多了。」

沉默久久。

接著葛雷哥利問：「我們打得贏他們嗎？」

他的頭號副手說：「他們進不了我們的操作系統。」

「我沒問這個。」

「好吧。無論我們擺出什麼樣的戰鬥陣容，他們都會擺出兩倍人力，兩倍財力，兩倍物資。」

「這是非常時期。」葛雷哥利說。

「的確。」

「非常時期需要非常手段。」

「例如？」

「要是俄羅斯人擺出兩倍於我們的陣仗，那麼我們至少要做到旗鼓相當，就這麼簡單。只是暫時，權宜之計，直到眼前的危機過去。」

「怎麼做？」

「我們必須建立一個短期防禦聯盟。」

「跟誰？」

「我們在中央街以東的朋友。」

「和阿爾巴尼亞人結盟？」

「我們處境相同。」

「他們會答應嗎？」

「他們勢必和我們一樣，非對抗俄羅斯人不可。要是我們兩方能集結戰力，或許能和他們匹敵。如果不這麼做，我們就贏不了。團結則存，分裂則亡。」

又一陣沉默。

「這是很大一步。」有人說。

「我同意，」葛雷哥利說：「甚至有點瘋狂怪異，但有其必要。」

再也沒人開口。

「好，」葛雷哥利說：「明天一早我就去找迪諾商談。」

李奇在昏濛濛的深夜醒來，腦袋裡的時鐘顯示三點五十分，他聽見聲音。街上有輛車子，就在臥房圓窗底下。煞車裝置的咬合摩擦，彈簧的壓縮，輪胎的緊繃。一輛車子，正緩緩停住。

他等著。艾比在他旁邊熟睡，暖呼呼，軟綿綿，十分放鬆。老房子嘎吱嘎吱、滴答滴答作響。通往走廊的房門底下有一道光，樓梯間上方的燈泡還亮著。也許樓下某個房間也亮著燈，廚房或客廳。也許巴頓或霍根還醒著，也許兩人都沒睡，正在閒聊。凌晨三點五十分。樂手的活躍時段。

外面街上，車子的引擎小聲地怠速運轉著。微弱的皮帶滑動聲，呼呼的風扇聲，活塞上下撞擊的颯颯聲。接著從引擎蓋底下隱約傳出砰一聲，以及一種新的永恆感。

排檔桿打入停車檔。

引擎熄火。

又安靜下來。

一扇車門打開。

一隻皮鞋喀啦踩上人行道，座椅彈簧在重壓消除時發出嘎吱聲，第二雙鞋跟著踩上地面。某人挺直腰桿站起，有點費勁。

車門關上。

李奇溜下床，他找到他的長褲，找到襯衫，找到襪子。他繫好鞋帶，穿上外套，確認口袋裡的傢伙還在。

樓下的大門口傳來一記響亮的叩門聲，轟轟的木質聲音。凌晨三點五十分。李奇細聽，什麼都沒有，真的沒有半點聲音，無疑比之前安靜，像空氣中的一個漏洞。那是兩個傢伙之前閒聊的反面聲音，這時他們呆住了，伸長脖子張望，心想怎麼回事？巴頓和霍根還醒著，樂手的活躍時段。

李奇等著。好好應付，他想。別逼我下樓去。他聽見他們當中的一個站了起來，拖著腳步走向旁邊，也許是透過窗簾縫隙往外看，橫著走，閃躲著。

他聽見有人低聲說：「阿爾巴尼亞人。」

霍根的聲音。

巴頓的聲音悄聲說：「幾個？」

「只有一個。」

「他想幹嘛？」

「他們教預知未來的那堂課我剛好請了病假。」

「怎麼辦？」

叩門聲又傳來，砰砰砰，沉重的木質聲。

李奇等著，在他背後，艾比翻了個身，說：「什麼事？」

「門口有個阿爾巴尼亞幫步兵，八成是來找我們的。」

「幾點了？」

「差八分四點。」

「我們該怎麼做？」

「巴頓和霍根在樓下，他們還沒睡，希望他們應付得了。」

「我該穿上衣服。」

「很遺憾，但的確是。」

她穿得和他一樣迅速，長褲，襯衫，鞋子，然後他們等著。叩門聲第三度傳來，砰砰砰。你不會忽略的那種敲門聲。他們聽見霍根說要去應門，聽見巴頓同意。他們聽見霍根通過門廳地板的腳步聲，平穩，堅定，執拗。海軍陸戰隊，鼓手，李奇不確定哪個角色多一些。

他們聽見大門打開。

他們聽見霍根說：「什麼事？」

然後是一個新的人聲。比較小聲，因為是在屋外，也因為它的音高，同時包含兩種成分，既輕鬆又帶著嘲弄。友善，但不真實。

聲音說：「家裡頭沒事吧？」

霍根說：「該有事嗎？」

「我看見裡頭亮著燈，」聲音說：「我擔心你們是被什麼不測或不幸驚醒的。」

聲音低沉，卻很洪亮，中氣十足，來自大胸腔和厚實的頸子，同時充滿霸氣、傲慢而且理直氣壯，這人為所欲為慣了。那是一種從不說請，也從不接受拒絕的聲音。

好好應付，李奇心想。別逼我下樓去。

霍根說：「我們很好，沒什麼好擔心的。沒有不測，沒有不幸。」

「你確定？你知道我們很願意盡力幫忙。」

「不需要幫忙，」霍根說：「燈還亮著，是因為不是每個人都在同一時間睡覺，很淺顯的道理。」

「這我非常了解，」阿爾巴尼亞人說：「我就是個例子，整晚工作，維護街坊鄰居的安寧。事實上，如果你願意，你也可以幫我。」

霍根沒回應。

那個人說：「你不想幫我？」

仍然沒有回應。

「守望相助，」那人說：「就這麼回事，現在你幫我們，有一天我們也會幫你。也許是大事，也許是你急需的，也許可以替你解決大問題。反過來說，要是現在你礙著我們，哪天我們可能會讓你吃不完兜著走。當然，那是以後的事，方法多得不得了。舉個例，你做什麼工作？」

「幫什麼忙？」霍根說。

「我們正在找一男一女，男的老一些，女的年輕些，女的身材嬌小，深色頭髮，男的又高又醜。」

好好應付，李奇心想，別逼我下樓去。

「你找他們做什麼？」霍根問。

門口那人說：「我們認為他們處境非常危險，我們必須警告他們，為了他們好，我們只是想幫忙，這是我們的工作。」

「我們沒見過他們。」

「你確定？」

「百分百。」

「你還可以做一件事。」那人說。

「什麼事？」

「如果你看到他們，打電話給我們，你願意幫我們這個忙嗎？」

霍根沒回答。

「問題不難，」那人說：「要麼你願意花個十秒鐘打電話給我們，要麼不願意，兩者都可以，這是個自由社會，我們會記上一筆，做我們該做的。」

「好吧，」霍根說：「我們會打電話的。」

「謝謝。不分日夜，任何時間都無妨，不要拖延。」

「好吧。」霍根又說。

「最後一件事。」

「什麼事？」

「你還有另一種方法可以幫我。」

「怎麼說？」

「顯然我勢必得把這個地址報告上去，我們事業內部稱這叫零關注地點。目標人物顯然不在這裡，這裡住的只是從事普通工作的普通人等等的。」

「可是我們事業內部非常重視過程，我們喜歡數字，我遲早會被問到，我做出這樣的評估，到底憑的是多少信心度？」

「百分百。」霍根又說。

「我聽見了，可是這終究只是一個利害關係人所做的口頭報告。」

「我盡力了。」

「我正是這意思，」那人說：「如果我能在你屋子裡走一圈，親眼瞧瞧，將會非常有幫助。然後，我們有了堅實證據作為基礎，就此結案，我們再也不必來打擾你，也許你會收到國慶日野餐邀請函，我們已經是一家人了，有大人物挺你。」

「房子不是我的，」霍根說：「我只是分租一個房間，我想我沒這權利。」

「那就讓另一位先生來說話，在客廳那位。」

「你得相信我們，然後你得馬上離開這裡。」

「別擔心大麻的事，」那人說：「你是怕這個？我在街上就聞到了。我不管大麻，我不是警察，不是來逮你們的，我是本地互助會的代表，我們很努力為社區服務，我們的成果非常豐碩。」

「你得相信我們。」霍根又說。

「房裡還有誰？」

「沒人。」

「整晚一個人？」

「晚上有人來過了。」

「什麼人？」

「朋友，」霍根說：「我們吃了中國菜，喝了點紅酒。」

「他們有沒有留下來過夜？」

「沒有。」

「幾個朋友？」

「兩個。」

「該不會正好是一男一女？」

「不是你要找的一男一女。」

「你怎麼知道？」

「因為不可能是，他們只是普通人，就像你說的。」

「你確定他們沒留下來過夜？」

「我送他們走的。」

「好，」那人說：「那你就更不需要擔心了，我只要很快四處看一下。我馬上就會知道的，我在這方面很有經驗，以前我在家鄉地拉那當過警探，我常覺得一個人不可能到過一間房子卻沒留下任何明顯線索，包括他們的身分，以及為什麼會在那裡的相關線索。」

霍根沒回答。

李奇和艾比聽見臥房正下方的門廳響起腳步聲，那人進了屋子。

艾比小聲說：「真不敢相信霍根會讓他進來，顯然這傢伙會到處察看，絕不會只是迅速看一下。霍根中了圈套。」

「霍根做得很好，」李奇說：「他是海軍陸戰隊隊員，他精通策略，他給了我們充分時間穿衣服，鋪床，打開窗戶，這麼一來，等那傢伙進了屋子，我們已經爬到外面，藏在屋頂上或院子裡，讓那人找不到我們，而他也能開心脫身，不必承受任何質問，最好的戰鬥是不必戰鬥，即使海軍陸戰隊都明白這點。」

「可是我們並沒有爬到窗外，我們只是站在這裡，我們沒有照計畫進行。」

「也許還有另一種辦法。」

「例如？」

「也許比海軍陸戰隊更有氣勢。」

「例如？」她又問。

「我們就等著看吧。」他說。

他們聽見在臥房底下，那人緩緩走進客廳。

他們聽見他說：「你們是樂手？」

「對。」

「你在我們的俱樂部表演？」

「對。」

「除非你改變態度，否則別想再去了。」

沒回答。沉默了一下。接著他們在樓上聽見那人回到門廳，然後進了廚房。

「中國菜，」他們聽見他說：「很多容器，你說的是實話。」

「還有酒，」霍根說：「就像我告訴你的。」

他們聽見噹啷一聲。兩只空瓶子，被撿起來或碰撞在一起，要不然就是被檢視、察看或移動。

一陣沉默。

接著他們聽到那人說：「這是什麼？」

他們聽見屋內的氣氛瞬間凝結。

沒有半點聲音。

最後，他們聽見那人回答自己的問題。

他們聽見他說：「這是一張紙片，上面寫著一個阿爾巴尼亞文字，意思是醜。」

30

李奇和艾比出了臥房門，進入樓上的走廊。樓下的廚房裡沒有絲毫動靜，只有某種無聲的緊張感，嗶嗶剝剝從瓷磚冒出來。李奇腦中浮現擔憂的眼神交換，巴頓瞄著霍根，霍根瞄著巴頓。

艾比悄聲說：「我們應該下去幫他們。」

「不能下去，」李奇說：「一旦那傢伙看見我們在這裡，我們就不能讓他離開。」

「為什麼？」

「他會報告上去，這地址會被夷為平地，巴頓將來可能會遇上各式各樣的麻煩，他們無疑會中止他在俱樂部的表演，霍根也一樣，命運相同，他們還得過活。」

然後他停住。

艾比說：「不能讓他離開，你這話什麼意思？」

「方法很多。」

「你是說把他囚禁起來？」

「也許這房子有地窖。」

「還有哪些別的方法？」

「太多了。我這個人不拘形式，只要行得通都能接受。」

艾比說：「都是我不好，我不該把紙條留在那裡。」

「妳在替我的醜辯護，妳人真好。」

「還是做錯了。」

「覆水難收，」李奇說：「往前走，別浪費腦力。」

在臥房下方，對話又開始。

他們聽見那人問：「你在學習新的外語？」

沒回答。

「最好不要從阿爾巴尼亞語開始，尤其最好不要從這個字開始，這個字很微妙，它有很多含義，鄉下人常用，我想它原本是一個很久以前就有的古老民間用語，現在相當罕見，不常使用。」

沒有回應。

「你為什麼把它寫在紙片上？」

沒回答。

「老實說，我認為不是你寫的，我認為這是女人的筆跡。我說過，我在這方面有不少經驗。我在地拉那當過警探，我喜歡跟著相關事證走，尤其跟我的新國家有關的。寫下這個字的女人太年輕，沒趕上學校教正規草寫筆法的年代，她不到四十歲。」

沒回答。

「也許她是你的朋友，過來吃晚餐，因為紙條是放在桌上的一堆餐盒當中，所謂的同一考古層，表示它們是同一時間被放在那裡的。」

霍根沒說話。

那人問：「你那位過來晚餐的朋友不到四十歲？」

霍根說：「我估計大約三十歲。」

「她過來一起吃中國，喝點紅酒。」

沒回答。

「或許還吸點大麻，聊點共同朋友的八卦，然後進入嚴肅的話題，聊聊人生，和世界的現況。」

「大概吧。」霍根說。

「在這當中，她突然心血來潮，找到一張紙片，並且用一種多數美國人不懂的外語寫下一個罕見而微妙的單字，你能不能解釋一下？」

「她很聰明。也許她談到了什麼，剛好可以用上這個字，如果它真是那麼罕見又微妙的話。聰明人常會這麼做，他們會使用外來語，也許她是寫給我的，讓我有空時可以查一下。」

「也許吧，」那人說：「換作別的時候，我可能會聳聳肩，接受這說法。比這更奇怪的事一大堆。可是我不喜歡巧合，尤其還一口氣發生四個，第一個巧合是，她不是一個人來的，她有個男伴。第二個巧合是，過去十二小時我不斷看到這個罕見字眼，在我的手機簡訊裡，在我們要追捕的男性的外貌描述裡。我一開始就說了，我們在找一男一女。我說她是嬌小、深色頭髮，他是又高又醜。」

艾比在樓上走廊裡悄聲說：「這下糟了。」

就像一個女服務生嗅到一場酒吧鬥毆即將展開。

「也許吧。」李奇說。

他們聽見樓下那人說：「第三個巧合是，昨晚我們有一支含有同樣這些簡訊的手機失竊了，而且最近一度開機二十分鐘，沒有撥打或接聽電話，可是二十分鐘足夠閱讀大量簡訊內容，足夠抄下一些艱澀的文字，以便稍後研究。」

霍根說：「輕鬆點，老哥，沒人持有偷來的手機。」

「第四個巧合是，失竊的手機是被一個符合簡訊所描述特徵的醜大個子偷走的，這點我們很有把握，我們握有一份完整報告。當時那人是獨自行動，可是據報他和一個矮小、深色頭髮的女子有來往，而這名女子無疑就是你今晚的客人，因為她在紙上寫下這個字。毫無疑問，她從那支被竊的手機抄下了這個字，不然她是怎麼知道的？她又怎麼會突然對這個字發生興趣？」

「我不知道，老哥，」霍根說：「也許我們談的不是同一個人。」

「他出去偷了手機，把它帶回來給她。一開始是她指示他去的？她是主腦？派他去出任務？」

「我不懂你在說什麼，老哥。」

「那你最好趕快弄懂，」那人說：「你被逮到窩藏社區公敵，對你的名聲很不利。」

「無所謂。」霍根說。

「你想搬到別州去？」

「我倒希望你這麼做。」

沉默許久。

接著那人又說話，聲音帶著新的威脅意味。一些新想法。他說：「他們走路還是開車？」

「誰？」

「你窩藏的那對男女。」

「我們根本沒窩藏誰，只是有朋友過來晚餐。」

「走路或開車？」

「什麼時候？」

「當他們在聚會結束，離開這裡的時候，既然他們沒留下來過夜。」

「他們走路。」

「他們住附近？」

「不算太近。」霍根謹慎地說。

「所以要走相當一段路，我們在附近街區監看得非常嚴密，沒發現有一男一女走路回家。」

「也許他們把車停在街角。」

「我們也沒發現有一男一女開車回家。」

「也許你們看漏了。」

「我想不至於。」

「那我就沒辦法了，老哥。」

那人說：「我知道他們在這屋裡，我看見他們吃的食物，我有他們從失竊手機抄錄下來的東西，這一帶街區是今晚全市監控最嚴密的地區，可是沒人看見他們離開。可見他們還在這裡。我認為他們此刻就在樓上。」

又一陣長長的沉默。

接著霍根說：「你真是煩人，老哥，上去看吧，三個房間，全是空的。然後給我滾出去，再也別回來，也不必寄野餐邀請函給我。」

在樓上走廊裡，艾比小聲說：「我們還有時間可以爬出窗戶。」

「我們沒鋪床，」李奇小聲回說：「況且我打定主意，我們需要這傢伙的車，反正不能讓他離開。」

「為什麼我們需要他的車？」

「因為我剛想到我們必須做一件事。」

樓下，那人的腳步聲通過門廊，往樓梯底部過去。沉重的步態。老舊地板被壓得凹陷，吱嘎響。李奇把槍留在口袋裡，他不想用它。夜裡在市區街道上開槍，肯定會引起警方注意。麻煩一堆。顯然這個阿爾巴尼亞人也有同樣的想法，他的右手悄悄進入他們的視野，抓住樓梯扶手，沒拿槍。他的左手隨後跟上，也沒拿槍，但那是一雙大手，光滑而結實，寬厚而褪了色，粗短的手指，留著看來像是用肉槌修剪的指甲。

那人踏上樓梯底部，大鞋，大尺寸，加寬的款式。粗壯的雙腿，厚實的肩膀，套裝上衣緊繃。大概六呎二吋高，兩百二十磅重。不是一個亞得里亞海岸的好鬥小矮子，一個大莽漢。很久以前曾經是地拉那的一名警探，也許在那裡，個頭是重要條件，也許成效比較好。

那人繼續上樓，李奇退到暗處，打算等那人到了樓梯頂端，再出來打招呼。從那裡，他往下跌得最遠，一路摔到底。最大距離，好過只在地板上摔倒，更有效率，腳步聲繼續傳來。每一級踏板吱吱作響，李奇等著。

那人登頂。

李奇走了出來。

那人凝視著他。

李奇說：「說說這個罕見又微妙的字。」

他聽見霍根在樓下門廊裡說：「啊，該死。」

樓梯頂上的那人沒回答。

李奇說：「告訴我它的一大堆字義，難看，毫無疑問，看了不舒服，醜惡，令人不快，不雅觀，卑劣，低下，邪惡，令人反感，所有這些現代的好東西。但是，如果它原來是很久以前的古老民間用語，那麼主要和恐懼有關。在多數語言中，這些單字有個共同的字根，凡是你害怕的東西，你就說它醜，住在叢林裡的那個生物從來就不漂亮。」

那人沒回答。

李奇說：「你們是不是怕我？」

沒有回應。

李奇說：「把手機拿出來，放在你腳邊的地板上。」

那人說：「不。」

「還有你的車鑰匙。」

「不。」

「我橫豎都會把它們拿走，」李奇說：

「至於什麼時候拿或怎麼拿，就看你了。」

同樣的凝視。沉穩，平靜，戲謔，兇猛，有點錯亂。

此時，這人有兩個基本選擇，他可以想出一種聰明的說法來反駁，或者乾脆跳過冗長的談話，直接行動，李奇實在拿不準他會怎麼選擇。剛才在樓下，他似乎很迷戀自己的聲音，這點可以確定。以前當過警探，他喜歡開庭，喜歡揭露破案過程。另一方面，光靠耍嘴皮解決不了問題，他明白這點，他遲早得拿出一點真本領來收拾這團混亂，既然這樣，何不一開始就行動？

那人從樓梯頂衝過來，有力的雙腿一躍，肩膀向上，頭朝下，打算襲擊，打算用肩膀頂撞李奇的胸部，打算把他向後撲倒，但李奇起碼已有五成準備，他向前朝著那傢伙一個縱身，揮出一記兇猛的右上勾拳，只是並非垂直，而是以四十五度角出拳。這麼一來正好迎上那人向下俯衝的臉，而這人衝刺中的兩百二十磅和李奇反方向的兩百二十磅體重，在巨大的動能激盪中撞個正著，臉對上拳頭，力道大得讓那人騰空飛起，臀部直直往下墜，只是底下並非地板。只見那人向後翻下了樓梯，亂揮亂舞著翻轉了又高又寬的一大圈，最後四肢啪地重重落在樓梯底的牆邊。

像撞擊後的火車殘骸。

他爬了起來，算是相當迅速。他眨了兩下眼睛，搖晃了一下身體，然後筆直站了起來。就像午後電影的情節，就像一個胸口挨了一顆砲彈的怪物，茫然用被轟碎的爪子拍打著一處烤焦的毛皮，始終堅定凝視著前方。

李奇走下樓梯。底部的走廊很狹窄。這時巴頓和霍根已從敞開的門退到前廳。阿爾巴尼亞人筆直站著，傲然挺立，堅如磐石，顯然很不滿剛才被對待的方式。他的鼻子在滴血，看不出有沒有斷裂，看不出還剩多少可以斷裂，這傢伙不是童子軍。地拉那的警探，顯然經歷過大風大浪。

他向前跨出一步。

李奇是個對手。他們兩人都明白，遲早得一決高下。那人假裝向左，卻啪地向右出拳，對準李奇的胸腹，到達目標的最近路徑，可是李奇看見它逼近，身體一扭避開，用體側高處的一塊肌肉承接，很痛，但不及原本被瞄準的正面挨拳來得痛。轉體閃避是純粹的反射動作，自律神經系統全開的恐慌反應，突來的腎上腺素急喘，談不上技法、調節或精準度，只是轉眼間用上了可用的最大扭力，很大的扭力，這表示有很多存儲的能量一瞬間停滯在那兒，就像旋緊的巨大彈簧，準備以同樣的飆速和力量朝反方向迸開來，一個完全相等、相反的反應，但這次是算準了力道和時間，瞄準了而且有技巧的。這次，回彈的肘部有如一枚導彈，沿著自己的弧線飛出，升起，借助後方軀幹的旋轉力量，加上本身的額外相對速度，往那人的頭側重重劈下，就在耳朵上、前方的部位，一次重擊，就像被球棒或鐵棍擊中，足以讓大部分遇上它的頭骨破裂。多數人都將難逃一死，然而它對這名阿爾巴尼亞人的作用只是讓他撞上前廳的門框，跪倒在地。

他立馬起身，只見他兩腿伸直，嘩地直立而起，兩手張開，揮動著，像在尋求額外的槓桿作用或平衡，像是在黏稠的液體中游泳。李奇走過去，又給了他一記，同一個手肘，但換了個方向，是正手而不是反手，命中左眼上方，骨頭碰骨頭，嘎嘎作響。那人向後退，眼前一片模糊，但果不其然又恢復了，眨了眨，再度走上前來，這次沒有停下，這次直接轉身使出一個右迴旋踢，對準李奇的左側臉，可是沒到達那裡，因為李奇彎腰閃開，讓它滑過他的肩膀。這次李奇也沒有停止，他從蹲姿一躍而起，這次由左手肘帶領著，出其不意咻咻一陣狂劈亂砍，命中那人的臉，在眼睛下方、鼻子側面，前牙齒的根部，不管那個部位怎麼稱呼。

那人搖搖晃晃抓住前廳的門框，繞著它摔了進去，像是絆倒了，可是身體垂直，向後空轉了一圈。李奇跟了上去，看見那人倒下，撞上巨大的八喇叭音箱，背朝下重重摔在地上。

他把手伸進套裝上衣底下。

李奇停住。

千萬不要，他心想，副作用，麻煩一堆，我不在乎你自以為和警方之間有什麼協議。訴訟曠日廢時，許維克太太也知道，她沒時間虛耗。

他大喊出聲：「千萬不要。」

那人不理會。

31

那人粗短的大手溜進上衣底下，手掌攤平，張開，指尖向前摸索著槍托。也許是葛拉克，和之前那傢伙一樣，瞄準然後射擊，最好是不要。李奇考量著時間、空間和相對距離，那人的手還有幾吋距離要走，還需要上前握住，然後掏槍，瞄準，所有這些都得躺著進行，也許腦袋還由於挨打而昏昏沉沉的。換句話說，很慢，但在這情形下，速度仍然超過李奇能壓制的程度，因為，別的不說，那人的手已經伸進外衣底下，儘管動作很慢，但李奇的雙手都還在腰部以下，鬆垂著而且遠離身體兩側，手腕向後彎，做著冷靜、千萬不要的手勢。

遠離他的外套口袋。

倒不是說他想用槍。

倒不是說有這必要。

他發現一個更好的選擇，這個突發靈感談不上完美。從好的方面看，它可以把事情解決，這點毫無疑問。部署時間極快，緊接著也有速度和效率。這是好處。它的壞處是，這幾乎可以肯定會非常失禮，無疑是對別人職業的冒犯，無疑也會冒犯個人，就像西部那些戴帽子的人，有些事你就是不能輕易碰觸。

但你又非做不可。

李奇從支架上抓起巴頓的Fender貝斯，垂直抓住它的頸子，二話不說直直往下砸，它的尾端直搗阿爾巴尼亞人的喉嚨，就像將挖洞鏟深深推入硬實的泥地。同樣的動作，同樣的目標，同樣的向下戳刺的蠻力。

阿爾巴尼亞人不動了。

李奇把貝斯放回支架上。

「抱歉，」他說：「希望我沒把它弄壞。」

「放心，」巴頓說：「那是Fender精密（Precision）系列貝斯，木板足足有十磅重。我從田納西州孟菲斯的當舖買來的，三十四元，我敢說它這一生有過更可怕的遭遇。」

李奇腦袋裡的時鐘指著凌晨四點十分。地板上的人還在呼吸，可是又急又淺，一種不自然的蘆葦般的氣息，吃力地進進出出，像氣喘，可是毫無作用。可能是貝斯底部的背帶釦造成的，它比貝斯本體提早半吋砸下，也許切斷了某個重要維生部位。喉頭，或咽頭，或其他由軟骨形成、名稱怪異的重要組織，那人的眼睛已翻到後腦勺了。他的手指在地板上輕輕扒抓，像是努力想抓住或取得什麼東西。李奇蹲下，摸索他身上的口袋，拿走他的槍、手機、皮夾和車鑰匙。槍也是葛拉克17，不是近年的產品，有些磨損，但保養良好。手機是玻璃螢幕的黑色簡單款，和他們的其他手機一樣。皮夾是被時間捏塑成馬鈴薯形狀的黑色皮革製品，裡頭塞了數百元現鈔，一副紙牌，一張本地州駕照，上面是這人的照片。他名叫葛辛・赫加，四十七歲，根據車鑰匙上的標誌，他開的是克萊斯勒。

霍根問：「我們該拿他怎麼辦？」

艾比說：「不能讓他走。」

「也不能把他留在這裡。」

巴頓說：「他需要就醫。」

「不，」李奇說：「他在敲門的那一刻就放棄這權利了。」

「太苛刻了，老哥。」

「要是情況反過來，他會帶我去醫院嗎？或你？這是我的標準。總之，不能把他送醫，他們會提一堆問題。」

「我們可以回答他們的問題，我們站得住腳，是他硬要進來，他擅闖私人住宅。」

「妄想把這告訴一個每週私下收受一千元的警察，可能有兩種結果，可能得耗上好幾年，我們沒那時間。」

「他可能會死。」

「你說得好像這是壞事。」

「難道不是？」

「我會拿他的命換許維克夫婦女兒一條命，如果非要分出價值高下的話。總之，他到現在都還沒死，也許狀況不算挺好，但終究還撐著。」

「那麼我們該怎麼處置他？」

「我們得找個地方把他藏起來。只是暫時的，眼不見為淨，避免造成危害，直到我們多多少少確定了。」

「確定什麼？」

「他遲早會來的命運結局。」

沉默了一下。

接著巴頓問：「我們能把他藏在哪裡？」

「他車子的後行李廂，」李奇說：「他會很安全穩當，也許不是太舒服，可是比起他的現狀，脖子抽筋一下根本不算什麼。」

「他可以爬出來，」霍根說：「現在的車子有一種安全裝置，在黑暗中發亮的塑膠把手，可以從裡面讓行李廂蓋彈開。」

「黑幫車子裡不會有的，」李奇說：「我相信他們把它拆掉了。」

他從那人臂膀下把他抬起，霍根抓起他的雙腳，兩人把他抬到門廳，艾比已經迅速跑過去，將大門打開。她在黑暗中探出頭去，左右察看。她揮手，做了個安全的手勢，於是李奇和霍根抬著那人踉踉蹌蹌通過人行道。停在路邊的是一輛黑色轎車，高車頂，低腰線，使得兩邊車窗從上到下看來很淺，好像兩條窄縫。它們讓李奇想起裝甲車側面的視窗。艾比將手伸進李奇口袋，找到那人的車鑰匙。她按了一下，後行李廂蓋打開來。李奇首先將那人的肩膀甩進去，霍根跟著移動方向，折起他的兩腿塞了進去。李奇檢查了行李廂內的所有角落，沒發現有夜光把手，拆除了。

霍根退到一旁。李奇低頭看著那人。葛辛・赫加，四十七歲，曾是地拉那警探，他闔上行李廂蓋，然後走開去和其他人會合，曾是美國陸軍憲兵。

霍根說：「不能把車子留在這裡，就在房子外面，而且後行李廂裡有他們的人，他們遲早會經過，發現它並且加以檢查。」

李奇點點頭。

「艾比和我用得上，」他說：「等我們辦完事，會把它留在別的地方。」

「你們要把他裝在行李廂裡到處跑？」

「就近看管敵人。」

「我們要去哪裡？」艾比問。

「後行李廂裡的那傢伙提到有人被禁止在他們的俱樂部表演，當時我想，是啊，這顯然是個問題，因為他們總得吃飯。然後我想起我對妳說過同樣的話，就在我們開車去探望許維克夫婦的途中，停在加油站熟食區的時候，妳問他們能接受速食嗎，我說他們總得吃飯。他們的餐櫃老是空的，尤其現在。我敢說，自從烏克蘭人到了他們家門口，他們就沒離開過屋子。我對人太了解了，他們會尷尬、難為情，怕經過那些人的車子，而且兩人都不會讓對方單獨這麼做，也不會一起這麼做，因為這麼一來房子便空了下來，他們會疑心烏克蘭人可能會偷溜進去，亂翻他們放內衣的抽屜。所以，經過全盤考慮，我敢說他們昨天沒吃東西，今天也沒得吃，我們得替他們帶點食物。」

「守在他們門口的車呢？」

「我們從後門進去，或者從別人家的院子，最後一段路我們得步行。」

他們開車出城的途中先到了大型超市，和多數這類地方一樣，它徹夜營業，冰冷又空曠，開闊而深邃，充滿了冷硬的亮光。他們推著一台浴缸大小的手推車通過走道，把他們想得到的所有東西一律買了四份，李奇在結帳櫃台全部用現金付帳，全部用葛辛・赫加的馬鈴薯形皮夾裡的現金。在這情況下，這似乎是那人最起碼可以做的。他們小心地把東西平均分配放進六只袋子，徒步走完最後一段路意謂著必須拎著它們，也許得走相當距離，也許得越過柵門和籬笆。

他們打開克萊斯勒的車門，把幾個袋子並排在後座椅上，後行李廂沒有聲音，沒有騷動，靜悄悄的，艾比說要檢查一下那人是否還好。

「如果他不好？」李奇說：「妳有什麼辦法？」

「大概沒辦法。」

「那就不必多此一舉。」

「我們要把他留在那裡多久？」

「看需要，他早該想到會有這樣的結局，我不懂他的福祉為何會突然變成我的責任，只因為他先來破壞我的福祉，我不清楚這到底是怎麼運作的。是他們起的頭，他們不能奢望我提出合理的對策。」

「我們應該在勝利中展現雅量，有人這麼說過。」

「打開天窗說亮話，」李奇說：「我告訴過妳我是某種人，後行李廂裡的人是不是還在呼吸？」

「我不知道。」艾比說。

「但有這可能。」

「對，是有可能。」

「這就是我在勝利中展現的雅量，通常我會殺了他們，殺了他們的親人，在他們祖先的墳上撒尿。」

「我老是搞不清楚你是不是在開玩笑。」

「我是說真的。」

「你是說你現在不是在開玩笑？」

「我是說，我這個人很欠缺雅量。」

「你正在半夜裡送食物去給一對老夫婦。」

「這不叫雅量。」

「也是一種善意。」

「因為有一天我可能和他們一樣，但我永遠不可能成為後行李廂裡的那傢伙。」

「所以純粹是部族意識，」艾比說：「你的同類，或異類。」

「我的同類，或非我族類。」

「你的部族裡有誰？」

「幾乎沒有，」李奇說：「我孤獨慣了。」

他們開著克萊斯勒返回城裡，然後左轉進入東邊的偏遠地帶，穿過沒變更過的城市街區，朝向許維克夫婦居住的地方行進。老舊的戰後開發社區就在前方。到了這時候，李奇覺得自己對這一帶已相當熟，他想他們應該可以改走另一條平行街道，而不會讓烏克蘭人察覺，即使大老遠也看不見他們。他們可以悄悄繞到街區的後方，把車停在和許維克家背對背的鄰居房子外面。克萊斯勒大致上將和林肯並排，車頭對車頭，車尾對車尾，只是兩車大約有兩百碼距離，也就是兩排小住宅的深度，當中隔著兩棟建築物。

他們關掉車燈，在黑暗中緩緩穿過狹窄的街道。他們提早在平常轉彎的街角之前右轉，接著左轉，然後在他們評估應該是正確位置的地方停車，也就是和許維克家背對背的鄰居家外面。那是一棟有著淡色外牆和瀝青屋頂的平房，樣式大同小異。房屋的前半部伸入一片開放的庭院，後半部對著一座長方形的大後院，院子四周環繞著一道一人高的圍籬，如果要把割草機從前院移到後院，必須從像柵門那樣可以打開的一小段籬笆進出。這房子有五個面對街道的窗戶。其中一扇窗簾緊閉，也許是臥房，屋主正在睡覺。

李奇說：「他們已經睡了。」

艾比說：「萬一被他們看見？」

「萬一他們醒了？」

「沒關係。」

「他們會報警。」

「也許不會，他們會看見窗外停著一輛黑幫車子。他們會閉上眼睛，希望它趕快消失。到了早上，要是有人問起，他們會拿定主意，最保險的方法就是把這事忘得一乾二淨。他們會說，什麼車子？」

李奇關掉引擎。

他說：「狗的問題比較大，牠可能會吠叫，其他住戶或許也養了狗，可能會引起大騷動，烏克蘭人可能會下車來察看，就算只是為了排解無聊。」
「我們買了牛排，」艾比說：「袋子裡有生肉。」
「狗的嗅覺比聽覺好，還是相反？」
「兩方面都很優。」
「大約三分之一美國家庭養了狗。準確地說，剛好超過三成六，也就是我們走運的機率比三分之二低一點。況且，說不定牠根本不會叫，鄰居家的狗也很冷靜，說不定烏克蘭人懶得下車察看，車子裡太暖和、太舒服，說不定他們睡得很熟，我認為相當安全。」
「現在幾點？」艾比問。
「五點二十分。」
「我在想我告訴過你的那句話，每天都要做一件自己害怕的事。問題是，現在才早上五點二十分，我已經開始做第二件了。」
「這件不算數，」李奇說：「這只能算是在公園散步，也許真的是這樣，他們的庭園造景說不定很漂亮。」
「還有，現在這時間也很有問題，許維克夫婦肯定還沒起床。」
「也許起床了。我很難想像這陣子他們能睡得多好，要是我錯了，他們真的睡得很熟，妳可以叫醒他們，等我們到了那裡，妳可以用手機打電話進去，對他們說我們就在他們廚房窗外，要他們別打開房子正面的燈，我們只想好好探望一下他們。」
他們下了車，靜靜站了會兒。夜色灰濛，空氣潮濕多霧。後行李廂仍然沒有動靜，沒有拳打腳踢，沒有叫喊，無聲無息。他們把幾只袋子從後座長椅拖出來，兩人分攤，李奇左兩個右兩個，艾比左一個右一個，兩人都沒有負荷過重或傾斜，方便步行。

他們跨入鄰居的前院。

32

天色太暗，看不出院子的景觀是否漂亮，但是透過氣味、觸覺和不經意的身體接觸，他們知道它是中規中矩的，在普通的位置種了普通的東西。一開始，腳下有一片粗硬潮濕的草坪，也許是某種新的混種植株，在夜間濕氣中滑溜又冰冷。接著是一個乾鬆的區域，某種細碎的板岩或頁岩，也許是小徑，也許是覆蓋層。再過去是尖細的針葉類地面植物，在他們通過時窸窸窣窣掃刮著購物袋。

接著來到圍籬的柵門入口，從草坪的狀況來判斷，在一整季當中，這道門至少每幾週會被拉開、關閉一次。即使如此，它還是相當僵硬而且吵鬧。才推了幾下，它便發出一種介於尖叫、狗吠、呼嘯和呻吟的木頭摩擦聲。短暫，但響亮。

他們等著。

沒有反應。

沒有狗。

他們從打開的縫隙中鑽過，側著身子慢慢移動，幾個袋子先過，其餘的跟著通過。他們穿過後院。在昏暗的前方就是後圍籬了，那也是許維克家的後圍籬。倒過來，鏡像。理論上是這樣，如果位置正確的話。

「很順利，」艾比悄聲說：「肯定就是這裡了，錯不了，就像在棋盤上數格子。」

李奇踮起腳尖，越過圍籬探看。他在灰濛夜色中看見一棟有著淡色外牆和瀝青屋頂的平房的後部，大同小異，但位置正確，他從部分草坪和房屋後牆銜接的方式認出就是它。那是他們全家福照片的拍攝地點，美國大兵和穿蓬蓬裙的女孩，兩人腳下是光禿的泥地，同一對夫妻在長了一年的草坪上抱著一個嬰孩，八年後這對夫妻帶著八歲的瑪麗亞·許維克在已變得濃密翠綠的草地上合照。同一片草坪，同一片房屋外牆。

廚房燈亮著。

「他們沒睡。」李奇說。

想爬過圍籬很困難，因為它的狀況很糟，合理的辦法應該是把它爆破，或者踢倒，兩者都被他們基於倫理原則而排除了，於是他們耗掉一大半攀岩力氣來取得平衡，努力讓自己的體重保持垂直，而不會偏向一側。他們像馬戲表演那樣前後晃動，他們摸索出一個點，一旦超過這個點，圍籬就會像一道長長的腐爛布簾那樣整個倒塌，也許院子橫向的整片圍籬都會倒下。艾比先爬，她成功了。接著李奇費勁地將六個袋子一個接一個傳給她，將每個袋子高高舉到圍籬頂端，然後盡可能讓它往下垂，不顧杉木板的頂部戳入他的手肘窩，直到袋子低到讓她可以伸手穩穩地接住。

接著輪到他，他是她的兩倍重，三倍笨拙。圍籬搖晃著，往一邊偏斜了一碼，又往另一邊偏斜一碼，但是他把它穩住了，而且保持安定，然後有點粗手粗腳地滾了下去，背朝下掉在花圃上，但圍籬總算還站著。

他們把袋子搬到廚房門外，敲了敲玻璃門，這種事可能會讓許維克夫婦嚇得心藏病發作，但他們挺過來了。有點吃驚，手指顫抖，喘不過氣，加上對於自己穿著睡衣的難為情，但他們很快便克服了。他們盯著食品袋，臉上的表情五味雜陳。羞恥，沒面子，空著肚子，李奇要他們去煮咖啡，艾比把東西裝進冰箱，堆滿架子。

瑪麗亞・許維克說：「我們沒睡是因為接到醫院的電話，顯然那是全天候的工作，我們對他們說過，他們可以隨時打電話來，不分日夜，我想這大概列在我們的紀錄中了吧。他們來電話說，他們打算明天一早再做一次掃描，他們仍然很興奮。」

「只要我們先付款。」亞倫・許維克說。

「這次要多少？」李奇問。

「一萬一千。」

「什麼時候？」

「今天銀行關門前。」

「我猜你們大概連沙發墊底下都找過了。」

「我找到一顆鈕釦，我長褲上的，瑪麗亞替我縫回去了。」

「時間還早，」李奇說：「距離銀行關門還有好幾小時。」

「這次我們打算不做，」亞倫說：「畢竟，這能告訴我們什麼呢？當然，如果是好消息，我們會很高興，但這是自我陶醉，和醫療無關。如果是壞消息，那還是不知道的好。所以說，我們並不確定一萬一千元能換得什麼。可是醫生又說，他們需要知道病情有多少進展。他們說，他們需要根據觀察結果來調整新的劑量增或減，藉由相當程度的時間拿捏和精準度，他們說任何別的做法都會帶來危害。」

「你通常都怎麼付款？」

「銀行電匯。」

「他們收不收現金？」

「怎麼？」

「時間緊迫的情況下，籌點現金通常是最快的辦法。」

「到哪籌去？」

「每天都有各式各樣的機會。最壞的打算是，把他們的車子賣了，也許賣給福特經銷商，聽說他們的二手車庫存有點不足。」

「是的，他們收現金，」許維克說：「就像賭場，他們有一排坐在防彈玻璃後面的收銀員。」

「好，」李奇說：「太好了。」

他走進昏暗的門廳，和一道正面窗口保持相當距離，他望著窗外。林肯車還在那裡，同一輛又大又黑的車子，現已沾滿露水，毫無生氣。車內有兩個模糊的人形，頭和肩膀在黑暗中鬆垂著。臂膀下夾著槍枝，毫無疑問，口袋裡有皮夾，幾乎可以確定，也許塞滿了現鈔，如果他們和對手陣營那位從地拉那來的傢伙一樣的話，也許幾百美元，但可能不到一萬一千。

他回到廚房。瑪麗亞．許維克給了他一杯咖啡。他這天的第一杯。她邀他們留下來早餐，她來準備，他們可以像開派對那樣一起用餐，李奇想拒絕，那些食物是給這對老夫婦，而不是給訪客吃的。而且他想在太陽升起前離開，趁著天色仍黑，這天可能有得他忙了，要做的事太多了。可是早餐的提議似乎對許維克夫婦意義重大，加上艾比也同意，因此他答應了。過了許久，他不禁想，要是他沒答應，這天究竟會有什麼不同，過都過了，多想無益。繼續往前吧。

瑪麗亞．許維克烤了培根，煎了蛋，準備了吐司，同時煮了第二壺咖啡。亞倫蹣跚走進來，拿著臥室梳妝台的凳子充當第四張座椅。瑪麗亞是對的，這頓早餐最後變成了派對，有如藏在黑暗中的秘密。艾比講了一個關於一個罹癌男人的笑話，一不小心可能會有反效果，但是她的表演才能真是沒話說。安靜了一秒，亞倫和瑪麗亞噗哧笑了出來，肩膀不停抖動，某種被壓抑的悶氣一下子釋放，得到了淨化。瑪麗亞一手拍著桌子，震得咖啡灑了出來，而亞倫兩腳蹬著地板，太過用力以致膝蓋又痛了。

李奇看著太陽升起。天空轉成灰色，接著金色。窗外的院子逐漸成形，模糊的輪廓在黑暗中隱隱浮現。圍籬，遠處是背對背鄰居家隆起的瀝青屋頂。

「那裡住的是誰？」他問：「我們走過的是誰的院子？」

「就是那個告訴我們菲斯尼克的事情的女人，」亞倫說：「她告訴我們說有個鄰居的姪子的妻子的表弟在酒吧裡向一名幫派份子借錢。我有種感覺，過不久她自己也去找了那個人，她的車子突然修好了，也沒看見她有什麼別的奧援。」

瑪麗亞煮了第三壺咖啡，李奇心想，管他的。太陽已升到地平線上，他坐在位子上喝他的咖啡。接著，談話不知不覺回到錢的問題上，突然間，似乎每個人都聽見同樣的時鐘滴答聲，銀行關門時間，越來越逼近。

「但是現金一整晚都用得上，」李奇說：「對吧？銀行關門只是不能電匯，但只要醫院的收銀員還在，直到你們的女兒被送上擔架之前，我們都還有機會。」

「從哪兒來？」亞倫又說：「要找到一萬一千元，不知得翻多少沙發墊。」

「往好處想吧。」李奇說。

他和艾比從來時的路線離開，這次空著手，在黎明的曙光中，因此快一些，但並沒有比較輕鬆。圍欄仍然很難爬，柵門仍然僵硬又嘈雜。

他們的車不見了。

33

那輛黑色克萊斯勒，低車頂，高腰線，淺車窗，密閉的行李廂蓋。不見了。路邊的停車空間是空的。

艾比說：「那人逃走了。」

「我想他沒這能耐。」李奇說。

「那是怎麼回事？」

「我的錯，」李奇說：「關於一般人的反應，我完全猜錯了。那女人看著窗外，發現一輛黑幫車子，不但沒有不安，還打電話到黑幫總部。也許她有義務，也許這是她和菲斯尼克交易的條件之一，當她借錢修車的時候，他們聲稱他們到處布滿了眼線，也許這就是了，所以她打電話通知他們，他們趕了過來，檢查了車子。」

「他們有沒有打開後行李廂？」

「技術上我們必須假設他們打開了。同理，我們也得假設那個人還活著，這麼一來巴頓和霍根的處境就非常危險了，這時候他們或許還在睡覺，妳最好打電話給他們。」

「如果他們正在睡，那他們的手機是關上的。」

「還是試試吧。」

她打了。

他們的手機關了。

「懂外語的那傢伙，」李奇說：「裝甲兵，妳有他的號碼嗎？」

「凡崔斯卡？」

「對。」

「沒有。」

「好吧，」李奇說：「我們得走路離開這裡，沒得選擇，嬌小女人和醜大個子。大白天，眼線無所不在，也許不像在公園散步那麼輕鬆了，也許是妳今天的第二場冒險。」

「回法蘭克・巴頓的住處？」

「我們總得設法通知他們。」

「我會繼續試打電話，可是他們會睡到十點。你也知道他們的情況，他們的表演在十二點。」

「等等，」李奇說：「妳可以用手機搜尋凡崔斯卡的號碼，他說他有私人保全執照，他的電話號碼列在全國通訊目錄上。」

艾比開始搜尋。她輸入，手指滑動、點擊、捲動著。

她說：「有了。」

然後她說：「看起來像辦公室固定電話，他肯定還沒進公司。」

「還是試試吧。」

她照做。她使用手機的擴音功能，把它平放在手掌上。他們聽見一連串喀達聲，就好像電話從一個地方跳接到另一個地方。

她說：「也許在下班時間，電話會自動轉接到他的住處。」

確實就是。凡崔斯卡接聽了。他似乎已準備就緒，聲音聽來清爽、機靈又快活，而且完全是公事公辦的口吻。他說：「凡崔斯卡保全，有什麼需要我效勞的？」

李奇說：「兄弟，我是憲兵李奇，艾比和我從一個通訊目錄查到你的電話號碼，透過大家都在談的那東西。」

「網路？」

「沒錯。但這是非正式的，懂吧？不是行動報告之類的。」

「了解。」

「而且，這是先斬後奏。馬上去做，有問題以後再問。」

「馬上去做什麼？」

「去察看一下你朋友喬・霍根是否沒事。還有法蘭克・巴頓。」

「他們該有事嗎？」

「我說了，以後再問。」

「這個先答。」

「阿爾巴尼亞人可能就快查出我們昨晚在哪裡了，說不定已經知道了，霍根和巴頓沒接電話，我們希望這是因為他們睡著了。」

「好，馬上去。」

「就算他們沒事，也要把他們帶走，情況隨時可能惡化。」

「他們能去哪裡？」

「他們可以到我家睡覺，」艾比說：「那裡已經沒人監看了。」

「他們得離開多久？」

「一天，」李奇說：「看目前情況應該是這樣，不需要打包太多行李。」

凡崔斯卡切斷電話。艾比收起手機。李奇重新分配了口袋裡的東西，來平衡他的負荷，艾比把外套鈕釦扣好，兩人開始步行，他們開始散步，一個矮女人和一個高男人。大白天，眼線無所不在。

葛雷哥利說過，隔天一早他會再次找迪諾談談，而葛雷哥利一向說話算話。他起個大早，和上次相同裝扮。緊身長褲，緊身襯衫，什麼也藏不了，沒槍，沒刀，沒有竊聽器，沒有炸彈。必要，但不舒服。在黎明的空氣中穿著單衣很冷。他想等暖和點，等陽光投下陰影。他想等到大白天，一路上被所有人看到。這是觀瞻的問題。他是個渾身是勁、神清氣爽的男人，勇於負責，行動積極，是聰明的早鳥。不是時間錯亂、黑裡來黑裡去的夜行者。

他再度開車到了中央街的車庫，接著步行，再度一路被跟蹤，再度有人事先打電話報告。等他到達目的地，再度遇上同樣那六個人，他們依然在人行道和木料場大門之間站成半圈，像棋子，同樣的防禦隊形。

六人當中再度有一人走上前來，是杰米爾。依然是一種意在阻擋，同時也準備聆聽的動作。

葛雷哥利對他說：「我需要和迪諾談談。」

杰米爾問：「什麼事？」

「我有個提議。」

「什麼提議？」

「事關重大，只能對他一個人說。」

「關於哪一方面？」

「一個急迫的互惠互利問題。」

「互惠，」杰米爾說：「這觀念最近有點供不應求。」

考慮到他們的層級差距，這話相當失禮。只差一級，卻是最大的一個等級。

但葛雷哥利沒理會。

他說：「我認為我們雙方都被騙了。」

杰米爾頓了一下。

「怎麼說？」他說。

「狐狸被責怪，實際上是狗幹了壞事。你的文化中可能也有類似的寓言，或俗諺。」

「誰是那隻狗？」杰米爾問。

葛雷哥利沒直接回答。

他只說：「只能說給迪諾一個人聽。」

「不，」杰米爾說：「衡量這陣子的狀況，你要了解，迪諾會覺得目前不太適合和你會面，除非對於要討論的議題，能從我這邊得到充分的預告和善意的說法。相信換個立場，你也會有相同的做法。你的手下的作用就在此，迪諾也一樣。」

葛雷哥利說：「告訴他，最早不是我們殺了你們的人，我也不相信你們先殺了我們的人，問他是否可以接受這說法。」

「如果可以呢？」

「問他這代表什麼。」

「這代表什麼？」

「預告說到這裡就夠了。我請求你能安排我們會面。」

「那麼是誰殺了我們的人？還有你的人？你是說有人刻意裝神弄鬼，利用虛假的操作來誤導我們兩方？」

葛雷哥利沒說話。

「是或不是，」杰米爾說：「你是否認為有外力介入？」

「是。」葛雷哥利說。

「那麼我們是該談談，迪諾把這事授權給了我。」

「這事恐怕不是你的薪水等級能處理的，恕我冒昧，老闆的作用就在這裡。」

「迪諾不在。」杰米爾說。

「他什麼時候進來？」

「他很早就來了，只是又離開了。」

「我是說真的，」葛雷哥利說：「這事非常緊急。」

「那就跟我談。反正迪諾也會要你和我談，你這是在浪費時間。」

葛雷哥利說：「他們有沒有拿走你們的手機？」

杰米爾停頓好一陣子。

他說：「你這麼問，顯然是因為他們拿了你們的手機，這表示情報攻擊即將展開，也可以縮小潛在敵手的範圍。」

「我們認為可以把範圍一直縮小到唯一膽敢這麼做的一群人。」

「迪諾會說你們烏克蘭人對俄羅斯人著了魔，這是眾所周知的事，不管什麼事你們總要怪到他們頭上。」

「假設這次是真的?」

「我們兩方都贏不了俄羅斯人。」

「分開就贏不了。」

「這就是你的提議?我會忠實傳達給迪諾。」

「我是說真的,」葛雷哥利又說:「這事非常緊急。」

「我很認真看待,迪諾一有空就會回你消息,說不定他會親自到計程車調度站去見你。」

「到時他將受到我在這裡享有的同等禮遇。」

「也許我們會越來越習慣於彼此信任。」杰米爾說。

「就交給時間去證明吧。」葛雷哥利說。

「說不定我們會變成朋友。」

葛雷哥利對此沒有回應,他走開了。離開對手巢穴,上了人行道,往西走向中央街。杰米爾起身,目送他走。然後他轉身,穿過窺視門,閃進裡面,來到充滿松木味和鋸木嗚嗚聲的低矮波浪板棚屋。

這時他的手機響起,壞消息,一個名叫葛辛・赫加的優秀巡夜人被發現在他自己車子的後行李廂內奄奄一息,車子被遺棄在一個劣質舊開發社區的邊緣。他們的一位貸款老客戶打電話來通報,她希望她下次貸款的利息能降低一些,當時還沒發現嫌疑人,但他們已對那個區域展開仔細搜索。街上多了許多他們的車子,有很多雙眼睛盯著看。

李奇和艾比沿著和來時相反的路線走出許維克夫婦家所在的開發社區，遠遠避開停在那裡的烏克蘭人的車子，盡可能走巷道，直到最後一刻才右轉進入大街，從這裡經過設有熟食區的加油站，朝市中心前進。在那之前，他們還算安心，但是過了這裡，他們的行蹤可就暴露無遺了。陽光亮眼，空氣清朗。

標準的市區街景，根本別想隱藏。左邊是一棟有著髒污窗口和破舊大門的三層樓磚造建築的正面，接著是一條紅磚人行道，一段路邊石，一條柏油路，接著是一段路邊石，一條紅磚人行道，右邊是一棟有著髒污窗口和破舊大門的三層樓磚造建築的正面，沒發現比消防栓高、比紅綠燈杆寬的掩體。

只是遲早的事。

艾比的手機響了，她接聽，是凡崔斯卡，她使用擴音功能。她邊走邊拿著手機，將它平放在她手掌心，那樣子就像古埃及陵墓上的人物雕像。

凡崔斯卡說：「我和巴頓、霍根在一起，他們沒事，他們和我一起在車子裡，他們把昨晚的事告訴我了，在那之後沒有人上門找他們。」

李奇問：「你們在哪？」

「我們打算照艾比的提議，到她的住處去，巴頓知道地點。」

「不，先來接我們。」

「他們說你們有一輛車。」

「很遺憾，它剛被收回了，那人還在後行李廂裡，所以我才擔心巴頓的住處不安全。」

「沒人找上門，」凡崔斯卡又說：「目前還沒有，顯然那傢伙還沒開口說話，大概很難，巴頓把Fender精密貝斯的事告訴我了。」

「一種鈍器，」李奇說：「但問題是我們正在走路，就在眾目睽睽下逛大街，我們需要緊急撤往別的地方。」

「你們在什麼位置？」

這問題很難回答，這裡的路標全都不清不楚的，要麼褪色或生鏽，要麼整個不見了。也許是在鐵達尼號沉船那年被軌道電車撞倒的，或是芬威球場開幕那年。艾比在手機上動了幾下，她和凡崔斯卡保持連線，然後調出地圖，上面有許多指針、箭頭和跳動的藍色圓圈，她找到了這條街和交叉道路。

「五分鐘，」凡崔斯卡說：「或十分，早上的尖峰時間快到了，到底要在什麼地點接你們？」

又一個好問題，他們不能像等計程車那樣站在街角，除非他們不在乎惹人注目，李奇環顧周遭，不太樂觀。許多小商店，都還沒開門，全都髒兮兮的，是那種會有面色枯槁的人在十點左右鬼鬼祟祟瞄一下後面然後閃進去的地方。李奇太了解城市了，他看見在下一個街區，有一塊高達腰部的雙面黑板立在人行道上，也許是一家咖啡館，這時候應該營業了，但可能不太友善。在這種街道上，這種地點，門口沒人站崗，但濃縮咖啡機前可能站著一個希望自己下次的貸款利息能降低的黑幫同路人。

「就那裡吧。」他說。

他指著對街的一棟狹窄建築，就在前方十碼的地方。它的正面用好幾根角度陡峭的樑木支撐著，像是怕倒塌了，支撐木包裹著強韌的黑色網子，也許是本地的規定，也許當局擔心會有承受不住壓力的碎磚突然從缺損的牆上彈落，對行人或者在底下逗留的人造成傷害，不管出於什麼原因，那裡實際上可以當作臨時藏身的地方，因為人可以擠到網子後面，站著不動，多多少少避開眾人目光。

也許有六成的遮蔽效果，那網子相當厚。

也許四成，這天早上十分晴朗。

聊勝於無。

艾比傳達了他的意思。

「五分鐘，」凡崔斯卡又說：「或者十分。」

「什麼車？」李奇說：「我們可不想到時鑽出網子卻上錯了車。」

「外碳灰、內煤灰的〇五年S-Type R。」

「還記得我怎麼說裝甲兵嗎？」

「你說我們是機械控。」

「你說的那一大串，我一個字也聽不懂。」

「是一輛有點舊的捷豹，」凡崔斯卡說：「他們在九〇年代末期設計的懷舊車款第一次革新的硬派運動版，配備升級的凸輪軸承隨動器和加大引擎。當然，還有超級增壓器。」

「還是不懂。」李奇說。

凡崔斯卡說：「是一輛黑色轎車。」

他掛斷電話，艾比收起手機。他們斜斜穿過馬路，朝那棟被撐起的建築物走去。

一輛車子繞過街角駛來。

真快。

黑色轎車。

太快了，只過了五秒，不是五分鐘。

而且不是捷豹。

是一輛新的克萊斯勒。低車頂，高腰線，淺車窗，淺得像狹縫，像裝甲車側面的視窗。

34

黑色克萊斯勒朝他們駛來，突然放慢一步，接著又加速。像是絆了一跤，像是汽車版的恍然大悟，就好像車子不敢相信自己看到了什麼。一個嬌小女人和一個醜大個子，突然出現在街頭，在擋風玻璃正前方，活生生的，全面大搜索。

車子停下，前車門打開。左右兩邊一起，在二十呎遠的地方，兩個人，兩把槍。槍是葛拉克17型。兩人都慣用右手，體格比葛辛・赫加小，但比一般人壯碩，不是亞得里亞海岸的好鬥小矮子，這點可以確定。兩人都穿著黑色長褲、黑色T恤，戴著墨鏡。兩人都沒刮鬍子，無疑是在赫加的車被發現之後，臨時被叫醒並且派出來巡邏的。

他們向前跨出一步，李奇左看右看，沒有高過消防栓、寬過紅綠燈杆的掩體。他一手放進口袋，他確信功能正常的H＆K手槍，他也確信他不想用上。晚上在市區街道開槍，肯定會引起警方注意，要是在陽光燦爛的清晨，情況會糟上十倍。白天會有更多警員在街上巡邏。他們會全員部署，會有幾十輛警車趕來，警燈閃爍，警報器大作，會有新聞採訪直升機和手機錄影。會有一堆紙上作業，會有數百小時耗在一個小房間裡，面對一名警員和一張固定在地板上的大桌子，艾比的電話紀錄會牽連上巴頓、霍根和凡崔斯卡。混亂會不斷擴大蔓延，可能要數星期才能解決。李奇不樂見，許維克夫婦也沒這時間。

拿葛拉克手槍的兩人又走近一步。他們從打開的兩邊車門繞過來，槍枝在前，慢慢移動腳步，僵直地雙手緊握，瞇眼專注盯著準星前方。

又一步。再一步。然後，李奇右邊的那人，也就是負責開車的，繼續走來，但另一人，搭車的，停了下來。就像棒球的輪轉走位（wheel play）像牧羊犬。就是由其中一人繞到他們後方，將李奇和艾比逼向另一人，退向對面人行道，一直退到三層樓房的磚牆，直到再也沒有退路。一種淺顯、直覺的戰術。

這得要李奇和艾比先待著不動，然後在原地乖乖轉身，然後倉皇後退。

不會有這種事。

「艾比，退後一步，」李奇說：「跟我一起。」

他退一步，她也退一步，開車的人的幾何位置扭曲了。他的包抄範圍擴大了，這下他必須走得更遠了。

「再退一步。」李奇說。

他退一步。她也退一步。

「站住，」開車的說：「否則我就開槍了。」

李奇心想，會嗎？這是人生的重大問題之一，這人和李奇有著同樣的結構性壓抑。幾十輛巡邏警車，警燈閃爍，警報器大作。新聞採訪直升機和手機錄影。大堆紙上作業。長時間窩在小房間裡面對警察，這會給那傢伙帶來不確定的結果。截然不同的兩種結果，難說他會選擇哪一種，別驚擾了選民。新的警察局長即將上任，加上這人有職業義務必須遵守，有太多問題需要解答，他們以為李奇是來攪局的外人。我們想知道你是誰，能逮到他而還能活命的人將得到獎勵積分，把他在死亡、昏迷或傷重命危的情況下運回去的人將受到懲罰。

因為死了或昏迷就無法說話，而傷重命危又撐不到可以開口說話，尤其當他們拿出湯匙、電鋸、熨斗、無線電動工具或者中央街以東偏好的其他怪異手段來的時候。所以，這傢伙會不會開槍？應該不會，李奇心想。但總是可能的，他準備賭上性命？也許。以前他幹過，他賭了，也贏了。經過千千萬萬個世代，他的原始本能依然活絡，他安然脫身，活著把故事說給別人聽。但無論如何，基本上他是無所謂的，沒人能永遠活著。

可是，他是否準備連艾比的命也一起賭上？

開車的說：「把你的手亮出來。」

一旦他這麼做比賽就結束，再也沒有轉圜空間，反正也近了。這時的幾何位置很不利，那兩人約成六十度角，他們的位置很適合進行縱向射擊。可能的事發過程很容易推測。李奇會從口袋裡開槍，擊中開車的，解決掉一個，很好。但接著要旋轉六十度面對第二人，將會十分緩慢而笨拙，因為他的手仍將整個卡在口袋裡，這會讓對方有時間開槍，也許兩、三發，可能會擊中艾比，或李奇，或兩人一起，或者都沒擊中。在現實中，他想，幾乎可以肯定是後者。這人現在已有點慌張了，到時他肯定會驚嚇到不知所措，即使在最好的狀況下，多數子彈都會錯過目標。

可是，他是否準備連艾比的命也一起賭上？

開車的又說：「把你的手亮出來。」

艾比說：「李奇？」

千千萬萬個世代告訴他，活下去，看接下來會如何。

李奇將手從口袋伸出來。

「脫掉外套，」開車的說：「我大老遠的都看得出裡頭有重物。」

李奇脫去外套，把它丟向柏油地面，口袋裡的槍撞得鏗鏗作響，烏克蘭人的H&K，阿爾巴尼亞人的葛拉克，他的全部軍火。

差不多。

開車的說：「上車。」

搭車的退回克萊斯勒，李奇以為他會為他們打開後車門，就像豪華飯店門口的泊車人員，可是他沒有，他只打開後行李廂蓋。

「對葛辛‧赫加來說夠舒服了。」開車的說。

艾比說：「李奇？」

「沒事的。」他說。

「怎麼說？」

他沒回答。他首先橫著爬進去，側著身體躺成U形。接著艾比進入他留下的前方空間，用胎兒姿勢側躺著，就好像在床上側身貼著睡覺，只是並非如此，搭車的在空洞的金屬碰撞聲中關上行李廂蓋，眼前一片漆黑，沒有夜光把手，拆除了。

這時迪諾正和杰米爾通電話。召集令，要他馬上到迪諾辦公室來一趟，顯然迪諾心中有些想法，杰米爾在三分鐘內趕到，在辦公桌前坐下。迪諾正在看他的手機，關於葛辛‧赫加的一長串簡訊，裡頭說他被發現在他車子的後行李相中奄奄一息，車子就停在一個老舊開發社區旁。

「赫加和我有很長一段交情，」迪諾說：「他在地拉那當警察的時候我就認識他了。他揍過我一次，他是當時最帶種的阿爾巴尼亞人，我很欣賞他，他這人十分牢靠，所以我安排他在這裡工作。」

「他是好人。」杰米爾說。

「他不能說話了，」迪諾說：「可能再也沒辦法，他的喉嚨傷得很重。」

「我們得往好處想。」

「誰幹的？」

「不清楚。」

「在哪發生的？」

「不清楚。」

「究竟是什麼時候發生的？」

「他是天亮時被發現的，」杰米爾說：「顯然攻擊時間要更早些，也許在那之前一、兩個小時。」

「這就是我不懂的地方，」迪諾說：「葛辛・赫加經驗非常豐富，在地拉那當過警察，因此他在我們組織中算是舉足輕重的，我親自給了他這份差事，他也和我們在一起很多年了，表現得非常好，所以，總的來說，他算是我們這裡地位相當崇高的人物，我說得沒錯吧？」

「沒錯。」

「那他為什麼需要三更半夜在外面跑腿呢？」

杰米爾沒回答。

迪諾說：「我交代過他什麼嗎？莫非我忘了？」

「不，」杰米爾說：「我想不是。」

「你交代過他什麼嗎？」

留意亮著燈的可疑窗口，必要時上門盤問。

「沒有。」杰米爾說。

「我不懂，」迪諾說：「我不會半夜在外面跑腿，這種事有人會去做，赫加應該舒舒服服躺在床上才對，為什麼他要出門呢？」

「我不知道。」

「還有誰半夜在外面跑腿？」

「我不知道。」

「你應該知道的，你是我的軍師。」

「我可以問一下。」

「我問過了。」迪諾說：「結果發現，一堆人半夜在外面跑腿，顯然事態嚴重，嚴重到連赫加這樣的狠角色都被刺破喉嚨。考慮到牽涉的風險和參與的人數，在我看來這似乎是件大事，似乎是我該參與的事，起碼在討論階段該參與，看來這似乎是一件需要經過我個人同意的事，這是我們這裡的做事方式。」

杰米爾沒答腔。

迪諾沉默好一陣子。

最後他說：「另外，我聽說葛雷哥利早上來過，他再度正式來拜訪。當然，我很想知道為何沒人通知我。」

杰米爾沒說話，對話中無可避免被保留的段落在他腦中閃過，迅速、簡短，就像快棋比賽，你來我往。迪諾會毫不留情地展開掃蕩，直到把叛變經過查個水落石出為止。也許他已經知道了。我可以問一下，我問過了。他起碼知道一些。杰米爾心頭一涼。他突然想，也許一切都太遲了，接著他又打起精神，也許還不遲。真的還很難說。既然如此，不如先發制人。一種古老的本能，他自己的千千萬萬個世代要他：一，把手探入外套底下；二，拿出槍來；三，對著迪諾的臉開槍，在一碼外，隔著桌子。

迪諾的頭向後甩離一吋，鮮血、腦漿和碎骨濺上他背後的牆面。九毫米子彈的聲音在木質小房間裡異常響亮，巨大爆裂聲，有如炸彈。之後，房內沉寂了好一陣子。接著，大批人湧了進來，林林總總的人，來自附近辦公室的要角，參加內部議會的人，一身粉塵的木料場工人，門衛，收費專員，打手，全都大聲叫喊著，紛紛掏槍，就像電影裡總統遇刺倒下時的狀況。混亂，狂暴，騷動，恐慌。

這時，黑色克萊斯勒駛入木料場大門，後行李廂內躺著李奇和艾比。

35

開車的腳踩煞車停在那裡，大門是敞開的，但是沒人看守。這很不尋常。可是這人急著進去展示他的戰利品，因此也沒有考慮太多。他把車開了進去，然後迴轉，倒車對著一道鐵捲門。搭車的下了車，用手掌敲下一只綠色蘑菇形按鈕，門在一陣鐵鍊的嘎嘎聲和金屬板的喀啦聲中緩緩升起，開車的倒車進入門內，他關掉引擎，下了車，到車尾和搭車的會合，他們掏出手槍，退後站著。

開車的按了下遙控鑰匙上的按鈕。

後行李廂蓋升起，緩慢，滑順，威風。

他們等著。

空的。

聞到松木香，可是沒有電鋸的嗚嗚聲，低矮的波浪板棚屋靜悄悄的，裡頭沒人。接著，他們聽見從後面遠遠地傳來人聲，被牆壁和門窗阻隔了，但仍然很響亮，一片驚慌、混亂。還有腳步聲，急迫而激動，但只是原地兜圈子，毫無幫助，似乎是後面某個辦公室裡發生了怪事。

他們聽著。

也許就在迪諾的辦公室。

約有八個最早進入房間的人目睹了同樣的光景。迪諾在他的辦公桌後面，癱倒在椅子上，呆滯，一身污穢，腦袋被炸開來，杰米爾坐在桌前的椅子上，手裡拿著葛拉克。不誇張，槍口真的還冒著煙。他們可以看見煙霧，聞到煙硝味。這八人當中有三個是領導班子的成員，對於發生了什麼事，他們心中多少有個譜。另外五個是低階份子，他們不知情，完全摸不著頭緒，想不透。杰米爾是幫內第二號人物，他的話就是法律，他是無可懷疑的，他受到服從、景仰和尊崇，他的故事說不完，他位高權重，他是傳奇，可是他殺了迪諾，而迪諾是主子，是幫內第一號人物，所有人都得向他一個人盡忠效勞。這是鐵律，就像血誓，就像中世紀王國，一種絕對的義務。

五個不知情的人當中有一名打手，他來自奧赫里德湖沿岸一個叫做波格拉德茨的小鎮，他的妹妹曾遭到黨官員的騷擾，而迪諾為親人爭回了名譽。打手這個人很單純，他像狗一樣忠誠。他把迪諾當父親一樣愛戴，愛迪諾對他的愛。他愛組織，愛它的等級制度、規範、法條，以及他們給他的鐵一般的生活保障。他熱愛這一切，並且仰賴這一切過活。他掏出槍枝，朝杰米爾胸口開了三槍，槍聲擁擠的空間裡震耳欲聾，接著他自己幾乎同時被另外兩人擊倒，其中一個是似乎只是單純憑著自動反應而出手的收費專員，為了捍衛新主子，即使這個新主子剛剛射殺了舊主子。另一個開槍的是內部議會成員，對於發生的事略有所知，同時巴望從混亂中撈到一點好處。

但這只是空想。因為他的第二發子彈穿透打手的身體，擊中站在他背後的一個收費專員，而擠到那個收費專員後面的一個門衛出於驚慌、純粹的反射作用而回擊，而且擊中了領導班子成員的腦袋，於是另一名領導班子的成員開槍來報復門衛，接著木料場的一個向來對領導班子不滿的工頭朝他開槍回擊，射偏了，卻意外掃中第三個領導班子成員的臂膀。那人哀號一聲，回敬了好幾槍，他的葛拉克的槍口失控地亂彈亂跳，流彈四射，飛向大堆新湧進來的人，他們又摔又跌，在滿是鮮血的濕黏地板上滑行，紛紛倒下，直到那名領導班子成員的葛拉克的子彈空了。之後一種轟轟隆隆的死寂回來了，在空氣中嗡嗡作響，但是還沒結束，因為就在這時，遠遠地傳來別的聲響，劃破了寧靜。

新的聲音也是槍擊，只有兩發，從容不迫，謹慎地錯開來。一把九毫米手槍，在相當距離外的悶響。也許遠在棚屋門口，也許在鐵捲門附近。

開車的和搭車的在克萊斯勒行李廂後方遠遠站著，槍口仍然對著它，和之前一樣，雙手握槍、兩腳分開的穩固步態，可是頸子滑稽地向後扭曲，幾乎到了極限。他們越過左肩凝視著後方，也就是棚屋後面遠遠的角落，那裡有一條走廊通往辦公區，騷動就從那裡來。

接著從那裡發出一陣槍響。遙遠，低沉，壓抑的砰砰聲。首先是三次單擊，快速的砰砰砰三連發，接著是一連串槍聲齊發，接著又來，又來，最後是一支手槍漫無目標瘋狂掃射的連續轟響，直到子彈耗光。

接著是短暫的沉寂。

開車的和搭車的回頭看克萊斯勒。

仍然是空的。行李廂蓋，已升起。裡頭的人已不見蹤影。

他們回頭望著屋角。

又一陣短暫的沉寂。

再回頭看克萊斯勒，仍然沒人，沒人抬起頭來往外掃視，沒有一點生命跡象。開車的和搭車的互看一眼，突然擔心起來。也許後行李廂中有廢氣，也許有滲漏，管道破裂。也許那一男一女窒息了。

開車的和搭車的向前跨出謹慎的一步。

又一步。

依然沒人。

他們又看了下遠處的屋角。仍然一片安靜。他們再跨出一步，到了可以窺見行李廂內部的地方。他們不安地往裡頭看。他們看見的景象和之前完全不同。那一男一女已經換了位置。原先他是鑽進後面，她則是縮在他騰出來的前面的空間。然而這時他在前面，而她在他後面，被他遮住了，原先他進去時頭在左邊，這時他的頭在右邊，也就是左肩在下側躺著，也就是說他的右臂可以自由活動。而這時它正在動，迅速無比。他手裡拿著一把小型鋼製自動手槍，它對準了開車的人的腦袋。

李奇射穿開車的人的前額，接著往右重新瞄準，射穿搭車的人的左眼，用他靴子裡的烏克蘭人的H＆K，那是他們離開許維克夫婦住的開發社區之前，他重新分配口袋負荷的時候藏的。左邊兩支，右邊兩支，襪子裡一支，用這招準沒錯。

他微微抬頭，謹慎地瞄著外面，他看見一間狹長低矮的波浪板棚屋，裡頭充滿天然松葉木材的氣味，但空蕩蕩的，沒半個人，可能是某種總部，也許是他們之前見過的木料場。開車經過一次，步行經過一次，一種掩護事業，暗沉的金屬板很相似，就像電動工具倉庫和水電材料倉庫。

他坐起來，看個清楚，仍然沒人，仍然空蕩蕩的，他爬出去，兩腳落地。他協助艾比隨後爬出來。她看著倒斃在地板上的兩個人，不太美觀，一個獨眼，一個有三隻眼。

她環顧著空曠的棚子。

「這是哪裡？」她說。

可是他沒來得及把自己的猜測告訴她，因為就在這時又發生了兩件事，幾個人從不知哪裡跑來，湧向棚屋的後面角落，那裡有一道拱門，似乎可以通往後面的其他房間。同時，又有幾個人從別的房間，反向跑過來，穿過拱門，到達棚屋主場地。樣子十分狂暴的一群人，拿著槍，臉色慘白，神情亢奮，由於腎上腺素激增而不停發抖。兩組人馬對撞，開始了狂熱的叫囂，高聲的質問和含糊、七零八落的回答，全部以李奇猜應該是阿爾巴尼亞語的異國語言進行。接著，有人推了別人一把，對方推了回去，有人開了槍，先動手的那人倒下了，另一個人把槍口抵住開槍者的太陽穴，扣下扳機，近距離平射，像是懲罰，像是處決，開槍者的腦袋爆開來。整個情況眼看就要陷入一片混亂，只是有人大叫一聲，急切地往長長對角線的方向一路指過去，所有人閉上嘴，轉頭看。

一個嬌小女人和一個醜大個子。

李奇讀過一本他在巴士上撿到的平裝書，它說人常常花幾小時甚至幾天時間猜測事情會如何，而實際上他們在一瞬間就知道真相了。他喜歡這本書，因為它呼應了他的想法，他早已學會相信自己一閃而過的直覺。因此這時他明白，所有賭注都取消了。對方不會提出任何問題，我們想知道你是誰，不會有了。此時的他們正陷入某種狂亂和嗜血的慾望中，已經沒有值得耐心談判的獎勵積分可拿了，這項獎勵早已過了有效期限。

因此，那人的叫喊還在空中迴盪，李奇就朝遠處的一夥人開了三槍，三人當場倒下，不可能落空，剩下的像蟑螂那樣散開來。李奇壓低身子，一把抓住艾比的手肘，將她拉到車子後方，在後車側的位置。他往側面瞄了眼，看著升起的捲簾門外面，他認出了大門，凹陷的路邊石，還有街道，他知道自己的位置了。

大門是敞開的。

他低聲說：「快過去，上副駕駛座，然後挪到駕駛座，我們開車離開這裡，這是直球，踩下油門，看都別看，在座位上壓低身體。」

艾比說：「今天是幾月幾號？」

「別想太多，大家為了得到這種刺激還花錢哩。」

「可是他們是被漆彈打中，不是真的子彈。」

「所以說這更逼真，大家會付更多錢。」

艾比沿著車子側面蹲伏前進，從底下將手伸向車門把手，手指滑入它底部的縫隙，將車門打開到可以進入的寬度，低伏著扭動、滑行，腹部貼著座椅。

她輕聲說：「鑰匙不在車上。」

遠處有人開了一槍，子彈從後行李廂蓋上一呎的地方飛過，距離李奇的頭頂兩呎，金屬頂蓋像巨大鼓皮那樣起了震動，槍擊的爆裂聲減弱成一聲轟響。

艾比輕聲說：「他們把鑰匙拿走了，想想看，他們一定是遙控打開行李廂的。」

「好極了，」李奇說：「我只好把它拿回來。」

他把臉頰貼在水泥地上，從車底打量著狹長的棚屋。他看見地上躺著五個人，其中兩個是在一開始的衝突中倒下的，三個是被他的三連發擊中，其中兩個靜止了，一個還在動，但是很輕微，不怎麼活絡，大概有一、兩天不能為組織效力了。另外有九個人仍然站著，蹲伏在他們找到的掩體後面，作用不大，有一堆疊成金字塔狀的化學藥劑桶，也許是防腐劑，有幾堆低矮的木材，但不多，庫存很稀少，這只是一種掩護事業，沒有認真經營。

李奇翻身躺著，退出H&K手槍的彈匣，數了數剩下的子彈。剩下兩顆，加上彈膛裡的一顆，總共三顆。不太妙。他把彈匣裝回去，翻滾身子側躺著，沿著車子側面蠕動前進，一直到了行李廂後方，開車的和搭車的兩人躺在大約五呎外，獨眼和三眼，頭浸在血泊中。開車的近一些，很好，因為看樣子他是做主的人，老資格，鑰匙應該在他身上，在他套裝上衣的口袋裡，左邊，因為他是慣用右手的，他應該是用右手拿槍，用左手按遙控鑰匙。

又一發子彈飛來，砸中後牆，離地一呎高。槍擊爆裂聲，車頂轟響，金屬回音，接著又安靜下來。接著是腳步聲。倉卒，拖著腳步，試探著。有人正往前移，逼近中，李奇又往車底察看了一下，那九人正比劃著，揮手，指來指去，手語。他們正協調著展開進攻，他們打算交互躍進，一次一個，一次兩個，從一點移到另一點。帶頭的是個壯碩的傢伙，樣子有點像葛辛・赫加，年齡相近，體格相仿。他正卯足了勁，準備衝出那堆化學藥劑桶，朝大約十五呎外的一落包著塑膠布的木材前進，其他人將隨後跟上。他們前方沒什麼障礙物，前進速度可能相當快。

該讓他們減速了。

辦法只有一個。

李奇將手臂伸進車底，仔細瞄準了，類似典型的單手射擊姿勢，只是旋轉了九十度，因為他是側臥在地板上的，他一直等到那人準備移動後腿，然後開槍，對準目標前方一、兩吋，讓那人剛好迎上子彈，它命中他的左上胸部，很好，那個部位包含了各種重要器官。動脈，神經，靜脈。那人倒下，進攻中斷。後面八人像烏龜那樣蹲下，辦法只有一個，就是拿他們的頭子來殺一儆百。

還剩兩顆子彈，不太妙。

李奇扭轉身體，翻身趴著，然後匍匐前進到了頭部和後保險槓齊平的地方，開車的和他距離最近的部位是右腳。李奇平躺著，伸出手臂，大約還差了一碼，但他已擬好策略，不如先把那人拖到車子後方，再仔細搜索他的口袋，這樣安全些。李奇屏住呼吸，迅速探出身體，抓住那人的腳踝然後用力拖，一秒後他已回到掩體後方，那人的頭在水泥地上留下一長條血跡，李奇的短暫現身引發猛烈急促的四槍，從幾個人蹲伏的方向飛來，但都來得太遲，沒有命中。

李奇壓低身子，將開車的繼續拖了一碼距離，然後把他翻過身來。接著，兩段同步進行的情節平行地上演。李奇開始尋找車鑰匙，而那八個還活著的阿爾巴尼亞人開始思考他在做什麼，以及為何那麼做，顯然他們並不傻，很快就弄清楚了。大約就在李奇將手探入那人的上衣左邊口袋的同時，阿爾巴尼亞人開始朝車子開火。這車目標顯著，十六呎長，五呎高。他們把它打得稀爛，首先，駕駛座那側的車窗全砸碎了，子彈鏗鏗鏘鏘穿透鈑金，接著車身在輪胎被打掉之後整個往左下沉，車底滴下了綠色油性液體，李奇爬回艾比半身掛在副駕駛座上的地方。他將她拉出來，關上車門，一路推著她到了前輪旁邊，引擎體後方，最安全的位置。在這情況下相對安全，槍聲震耳欲聾，子彈穿過另一側的破碎車窗，擊碎了近側的車窗，玻璃碎片如雨下。槍彈劈劈啪啪砸進車體，而且距離越來越近，他們又開始逼近了。

李奇還剩兩顆子彈。

不太妙。

他瞥了眼鐵捲門外，亮眼的清晨陽光。大門敞開著，街道空蕩無人，距離凹陷的路邊石大約三十碼。也許再走個七十碼就可到達第一個街角，運動健將只消十秒，他起碼要二十秒，也許更久。加上八個人緊追在後，不妙。不過艾比或許用不到二十秒，她應該快一些，也許她會是一個逐漸消失在遠方的小目標，前面有個較慢、較大的目標擋著。也許她會沒事，如果她同意跑在前面的話，他知道她不會同意。會有一番爭論，他們會錯過可能僅此一次的良機。難免的，人嘛，關於人性的分析，大部分是胡扯，但有些也不無道理。

大門敞開著。

人性。開車的把車停靠進來時，內部顯然正發生騷動，但他繼續做自己的事，打開後行李廂。因為他太心急，他等不及了，他想得到讚揚和喝采。他想出風頭。換句話說，他為了成全自己，不惜犧牲戰術上應有的戒慎，他一直都很急切而又輕忽，李奇記得脫去自己的外套，記得把它丟在街道上，記得口袋裡的槍鏗鏗撞上柏油地面，兩把烏克蘭人的H&K和兩把阿爾巴尼亞人的葛拉克，全都裝了子彈，加起來也許超過四十發。

一個急切又輕忽的人會如何處理一件丟在街道上的外套？

李奇向後爬向後座的車門，用之前艾比打開前車門的方式打開車門，手悄悄伸向把手，拉它的底部，輕輕把它扳開，一堆玻璃碎片撒下來，座椅的填充棉屑在空氣中飄飛。

他的外套被丟在後座椅上。

他把它拉下來。感覺很重，部分是因為上面撒滿了窗玻璃碎片，拖重了它，但主要還是因為口袋裡的金屬製品，它們都還在，兩把H&K，兩把葛拉克。他背靠著後輪，檢查了一下。他確信還能用的H&K彈膛裡有一顆子彈，彈匣裡有六顆。另一把H&K彈膛裡有一顆，彈匣是滿的。兩把葛拉克也一樣，總共有五十二發子彈，全都是又小又圓的九毫米帕拉貝倫彈（Parabellum），在煙霧彌漫的光線下閃閃發亮。用來對付八名對手，那些人經過一番對克萊斯勒如此輕率激烈的摧殘，屆時恐怕已彈藥不足了。

安心多了。

他用一根手指穿過四把手槍的扳機護弓，爬回艾比身邊。

36

艾比背靠著前輪坐著，雙手抱膝，頭盡可能壓得低低的，她背後就是龐大的八汽缸引擎體，它是數百磅重的鐵，將近三呎長，一呎半高。像凡崔斯卡這樣的坦克兵肯定會嘲笑它像防禦盔甲，但在這情況下，這是他們能找到的最佳掩護，用來抵擋槍彈效果不錯。

李奇在她後面八呎擺好陣仗，那是陸軍稱作改良坐姿（modified sitting）的姿勢，屁股在水泥地上，左腿弓起，像一個倒V狀，右腿也彎曲，但是平放在地板上，就像一個朝外指向不同方向的三角形，靴子的腳跟緊貼著臀部內側。他的左手肘靠在左膝上，左手支撐著向外筆直伸出的右手臂。他整個人就像是一個人體拱頂結構，每個獨立的向量都具有十足的支撐力和剛性。這就是為什麼軍隊喜歡這個姿勢，還給它取了個名字。此外，退後八呎的位置也是教科書教的，也就是說他可以把槍口壓得很低，從車子另一側，引擎蓋以上看得見的部分，將是他的槍口，他的眼睛，和他的頭頂。他可以讓子彈從鈑金上方整整九毫米的地方掠過，同時保持子彈軌跡的平直，很好，只是這表示子彈將會直接從艾比頭頂飛過，她會感覺到頭髮上的氣流。

他先用葛拉克手槍。似乎很恰當，因為它是阿爾巴尼亞人的武器，而且已經填滿子彈，整整十八發，他覺得光靠它應該就能搞定，但他仍然把其他槍枝在右膝旁邊成扇形排開來。做最好的期待，做最壞的打算，為了測試槍枝，也為了替派對熱身，他首先朝那堆化學藥劑桶開了一槍。水平以上第二層，相當於一個站立的人的中心部位。只聽見一聲砰，一聲轟隆，一聲喀啦，黏稠的褐色液體從桶子的洞孔湧了出來，多少符合他的期待。葛拉克還不錯。

右邊有個人探出頭來，從一堆木板後面開了一槍，然後躲回去。子彈擊中車子，也許是駕駛座車門，槍法很糟，倉卒又慌張。左邊有個人試圖彌補，他探出身子來瞄準，靜止不動，身體暴露了約半秒，失策。李奇擊中他的胸口，接著在他倒下之後射中他的頭部，為了保險起見。用了三發子彈，還剩七個人，他們全部撤退了一碼，也許在重新評估他們的整體策略。若干低聲交談，大量的相互竊竊私語，正在制定某種計畫，李奇好奇這計畫會有多高明，或許不怎麼樣。最簡單的做法就是將人馬分成兩組，派其中一組從後門出去，繞過建築物，從鐵捲門進來。這將給李奇帶來雙前線的困擾，換作是他就會這麼做。可是剩下的這七人似乎是群龍無首，他們的指揮系統似乎瓦解了，也許是內部發生了政變，或者失敗的政變，一場宮廷革命。他們剛到達時，他曾經聽到低悶的槍響，起初隔著行李廂蓋，聲音很小，後來車蓋打開，就清晰多了。顯然有一大群人衝進了總部，在遠遠的後面辦公區，要角聚集的地方。

結果這計畫是以火力和行動為主的傳統步兵進攻法，換句話說，幾個人開槍，幾個人往前跑，接著跑步的那些人蹲下來並且開槍，而那些開過槍的人會起身往前跑，類似交互躍進，只是一邊開槍。但是數量不多，他們的彈藥所剩無幾，這就讓危險少掉一大半了，照理說火力掩護應該要強到能夠干擾、壓制、恫嚇或迷惑對手，或起碼引起注意，可是這些李奇或多或少可以忽略。

千千萬萬個世代吶喊著要他尋求掩護，然而他的前腦用新的東西——數學、幾何和概率加以反擊，計算著七個散兵游勇在情緒激動、火力掩護不足的情況下，從遠距離用手槍擊中一個人的眼睛或頭頂這樣小的目標的可能性有多少。結果古老的本能反應辯輸了，被封存然後放到一邊，讓這個現代人不受干擾地執行他的致命工作，就像在嘉年華園遊會玩射鴨子，右邊的兩人負責開火，左邊的兩人站起來往前衝。

李奇擊中第一個。

接著擊中第二個。

兩人砰地倒在水泥地上，這似乎激發了他們對於一部分計畫的過度服從，也就是當隊友倒下，就要馬上起身，因為這時右邊的兩人馬上跳起來往前跑，時機過早而且毫無掩護。

李奇擊中第一個。

接著擊中第二個。

兩人倒下，滑落，趴倒在地，不動了。

剩下三人。

就像嘉年華園遊會。

接著不像了，接著是李奇從未見過的景象，那是他怎麼都不想再見到的景象。事後他很慶幸當時艾比低垂著頭，雙眼緊閉。先是長長的一段不祥的寂靜，然後，剩下的三人同時跳了起來，瘋狂地開火，咆哮尖叫著，頭往後甩，眼睛暴突，狂熱又原始，像古老傳說中的流寇，像古神話中的狂舞僧。他們衝向車子，仍然繼續咆哮尖叫，繼續瘋狂開火，有如壯烈的史詩英雄姿態，有如騎兵攻擊著裝甲車，三個狂人迎向必然的死亡，全心全意一頭栽了進去。

李奇擊中第一個。

接著擊中第二個。

接著擊中第三個。

狹長低矮的棚屋靜了下來。

李奇脫離扭曲的姿勢，站了起來。他看見共十二具趴倒的屍體，零零落落向後延伸五十呎遠。他看見水泥地上的血跡，他看見一大攤褐色防腐劑，桶子裡的還繼續滴下來。滴滴答答。

他說：「沒事了。」

艾比抬頭看他。

她沒說話。

他甩掉外套上的碎玻璃，將它穿上。他把幾支槍放回口袋，心算了一下，還剩四十四發子彈。

他說：「我們該去察看一下後面辦公室。」

她說：「為什麼？」

「他們或許有錢。」

李奇和艾比踩著小碎步繞過屍體、血和漏出的化學藥劑，一直到了最盡頭的屋角。前方，穿過拱門有一條狹窄的長廊，左邊一排門，右邊一排門。左邊第一個房間是個沒有窗戶的空間，四張美耐板桌子頭尾相連排成一列，有點像會議室。右邊第一個房間是普通辦公室，裡面有桌椅和檔案櫃，看不出它的功能，櫃子裡沒有現金，辦公桌也一樣，只有一些普通的辦公雜物、十幾支雪茄和一盒廚用火柴。他們往前走，沒有任何發現，直到左邊最後一道門。

這裡有一間外部辦公室和一間內部辦公室，類似套房，某種高階主管設施，指揮官和總裁辦公室。兩個房間之間的門口堆滿屍體，裡面的房間裡還有更多。總共十二具，包括一張大辦公桌後面的一個，這人臉部中了一槍，還有椅子上的一個胸口挨了三槍的人，一幅怪異的靜態場景，恆久靜止，絕對沉默，不可能重建事發經過了。似乎人人都在對別人開槍，某種難以解釋的狂暴行為。

艾比離內部辦公室遠遠的。李奇走了進去，他雙手抓住門框兩側，從堆積的屍體上爬過去，踩著人的背部、頸子和頭。一進到房內，他立刻繞到辦公桌後面。臉中了一槍的人癱倒在一張活動皮革辦公椅上。李奇把他移到一旁。他檢查辦公桌抽屜，很快在左邊最底部的抽屜發現一只金屬現鈔盒，大約是家庭聖經的大小，塗著冷峻的金屬色，像是舊時國家儲蓄貸款機構的東西。盒子上了鎖。他把辦公椅拉回來，摸索著死者的口袋，發現長褲右側有鑰匙。很大一串。他用手指和大拇指將它們抽出來。有些鑰匙很大，有些很小，他試開的第三支小鑰匙打開了盒子。

最上面是一個活動托盤，裡頭有一小疊油膩的一元和五元紙鈔，和一堆零散的五分、一角硬幣，不妙，但好戲在後頭，托盤底下有一大疊紮著束帶的百元鈔票，全新的，連號，剛從銀行領出來，一百張，共一萬元，接近許維克夫婦需要的，少了一千，但總比什麼都沒有好。

李奇把錢放進口袋，他繞回門口，再次爬過屍體堆。

艾比說：「我想走了。」

「我也是，」李奇說：「還有一件事。」

他帶著她回到他們見過的第一間辦公室，靠右邊，在會議室對面。抽雪茄的人，剛死，李奇猜，但不是因為抽菸。他拿起辦公桌上那盒廚用火柴，還有從各處找到的紙張，他擦亮一根火柴，點燃一張紙，拿在手上直到火焰竄起，然後把它扔進字紙簍。

艾比問他：「為什麼？」

「光贏還不夠，」他說：「必須讓對方知道他徹底輸了，況且，這樣比較保險。我們到過這裡，或許留下了一些痕跡，最好能杜絕後患。」

他們擦亮一根又一根火柴，點燃一張又一張紙，把它們丟進每個房間。他們離開時，走廊裡已經煙霧彌漫，他們點燃木材堆的包裝收縮膜，李奇往地上的木材防腐液丟了一根火柴，但立即熄滅了，不可燃。在木料場，這很合理，但汽油是可燃的，這點毫無疑問，李奇拿掉那輛飽受摧殘的車子的油箱蓋，把最後一張燃燒的紙張放進加油口。

接著他們匆匆趕路，走三十碼到了路邊石凹陷的地方，再走七十碼到了第一個街角，然後消失了蹤影。

艾比的手機被凡崔斯卡的未接來電灌爆，他說他正在那棟被樑木撐著、掛著厚重黑網子的建築物的對街等著。他說他已經在那裡等了很長一段時間，他說他不知道接下來該怎麼做。艾比回了電話，兩人約定一個新的集合點。他會從一邊開車過來，他們會朝反方向走過去，他們將在途中的某個地方碰面，在他們重新出發之前，李奇回頭看著來時的路。半哩外，空中飄著一絲煙霧。下次他再察看，它已成了煙柱，那是在一哩外，然後是遠遠的一團黑色濃霧，底部是熊熊的火焰，他們聽見越來越多的消防車警笛聲，轟隆隆呼嘯著，直到遠方的聲音變成一種綿延不斷的低鳴。

接著凡崔斯卡開著一輛黑色車子出現，它的車身寬闊、低矮而強勁，有著鍍鉻的引擎蓋裝飾，彷彿一隻跳躍的大貓。應該是豹子，一輛捷豹。空間很小，凡崔斯卡開車，霍根坐前座，巴頓在後座，只剩一個位子，艾比必須坐在李奇腿上，他無所謂。

霍根說：「不知什麼地方起火了。」

「是你的錯。」李奇說。

「怎麼說？」

「之前你指出，要是烏克蘭人垮了，阿爾巴尼亞人將會接管整個城市，我不希望這事發生，感覺像是我贏你輸的局面。」

「所以，哪裡起火了？」

「阿爾巴尼亞人的總部。在木料場後面，應該會燒個幾天。」

霍根沒說話。

巴頓說：「別人會來接管的。」

「也許不會，」李奇說：「新任警察局長也許會不計前嫌，重新來過。與其把舊勢力趕出去，阻止新勢力進來或許還容易一些。」

凡崔斯卡說：「接下來呢？」

「我們得找到烏克蘭人的神經中樞。」

「當然，可是怎麼做呢？」

「我想我們必須先確定它的性質，然後我們或許才知道該怎麼找。形式或多或少取決於功能。例如，如果那是毒品實驗室，它會需要排風扇、煤氣和水等等。」

「我不清楚它的性質。」凡崔斯卡說。

「打電話問記者，」李奇說：「你幫過的那個女人，她或許知道，起碼可能知道他們的興趣在哪裡，必要時我們可以倒過來推測出他們需要什麼樣的地方。」

「她不會和我談的，她怕死了。」

「把她的電話號碼給我，」李奇說：「我來打。」

「她為什麼要跟你談？」

「我人緣好，大家喜歡跟我說話，有時候擋都擋不住。」

「必須到我辦公室去才能聯絡她。」

「先到許維克家一趟，」李奇說：「我有東西要給他們，好讓他們安心。」

37

葛雷哥利從來自三個不同來源的初步消息中拼湊出整個事件。一個是收他錢的警員，一個是欠他錢的消防局的人，還有一個是他在東區某酒吧的眼線，他立刻召集了領導班子會議，一群人聚集在計程車調度站後面的辦公室。

「迪諾死了，」葛雷哥利說：「杰米爾死了，他們的領導班子都死光了。就這樣，帶頭的二十人一下子沒了，說不定更多，他們的勢力已經瓦解，而且再也爬不起來了。他們沒有領導人才，他們最資深的存活者是一個名叫赫加的老打手，他能逃過一劫是因為他躺在醫院，因為他不能說話，要是當得上首腦可有得瞧了。」

有人問：「是怎麼發生的？」

「顯然是俄羅斯人，」葛雷哥利說：「先給中央街以東來個下馬威，清理一半戰場，預先瓦解可能的防禦聯盟，然後傾全力對付咱們。」

「好戰略。」

「但執行欠佳，」葛雷哥利說：「他們在木料場的做法很笨拙，城裡所有警察和消防員都跑去那裡了，未來幾個月東區對誰都沒有好處，太多人監視了。收買警方效果有限，有些事就是壓不下來。我敢打賭，這事已經上了電視，真的是成為鎂光燈焦點了，誰都不樂見的狀況，這下西區成了唯一的肥羊，他們肯定會向我們索取更多了。」

「俄羅斯人什麼時候會找上咱們？」

「不知道，」葛雷哥利說：「但我們會做好準備。從現在開始，我們將進入狀況C，加強警衛，展開防禦部署，不准任何人通過。」

「我們不能無限期維持狀況C，我們有必要知道他們什麼時候來。」

葛雷哥利點點頭。

「亞倫・許維克一定知道，」他說：「我們應該問問他。」

「我們找不到他。」

「我們的人還在老太太家盯梢嗎？」

「是的，可是許維克一直沒再出現，可能是老太太暗中警告他，顯然她是他母親或姨母什麼的。」

葛雷哥利又點了點頭。

「好，」他說：「這樣吧，打電話給我們的人，要他們把老太太帶來，我們處置她的時候，她可以打電話給他，他一聽見她尖叫，就會馬上趕過來了。」

凡崔斯卡在木料場一哩外的地方接他們，也就是必須往西南再走一哩，才會到達許維克家，就像三角形的兩個邊。黑色捷豹隆隆駛過街道。這時是上午九點左右，太陽高掛，街區裡充滿強烈刺眼的光影，李奇要凡崔斯卡在附有熟食區的加油站停一下，他們把車停在後面，洗車機台的旁邊，一輛白色轎車正從翻滾的毛刷底下緩緩通過，到處是藍色泡沫和白色噴霧。

李奇說：「現在我們可以把許維克夫婦安置在東區旅館了，再也不必躲藏，已經沒人在乎我們和他們走在一起了。」

「他們住不起旅館。」艾比說。

李奇察看了下葛辛・赫加的馬鈴薯形皮夾。

他說：「他們不必出錢。」

「相信他們會寧可把錢全花在梅格身上。」

「這點錢不算什麼，況且這事由不得他們，他們不能繼續待在家裡。」

「為什麼？」

「我們必須把這事推動下去。我要他們的首腦不安。葛雷哥利，對吧？我要他聽見我們的叩門聲，而且最好就從他們在許維克家站崗的人開始。他們已經盯梢得夠久了，總會採取行動的，因此許維克夫婦必須離開一陣子。」

「車上沒位子了。」巴頓說。

「我們會開走他們的林肯車，」李奇說：「我們會用林肯Town轎車把許維克夫婦送到一家豪華旅館，他們或許會很開心。」

「他們家在死巷裡，」凡崔斯卡說：「我們準會迎頭碰上，沒有驚奇可言。」

「對你來說或許是，」李奇說：「但我會再次從後門進去，然後從房子出來，到他們的背後。那時他們可能還在猜你們到底是誰，這應該會是驚喜。」

捷豹回頭駛入大街，很快右轉，接著左轉，把車停在上次李奇和艾比黎明時停靠克萊斯勒的同一個位置，和許維克家背對背的鄰居家外面。在那位線民家門外，只是這會兒沒人會接聽她的通報電話了，因為線路另一端的電話機早就燒毀了。和上次克萊斯勒一樣，捷豹也和林肯完全平行並排，頭對頭，尾對尾，相距約兩百呎，兩排小型住宅的深度，中間隔著兩棟房子。但只有一下子，李奇下車，它便開走了。

李奇穿過鄰居的前院，用力推開圍籬的折疊門板。他通過鄰居的後院，來到東倒西歪的後園籬。可能是鄰居的，或是許維克家的或者共有的。他沒什麼興趣再爬一次，於是他把它踹倒。如果那是許維克家的，那麼楚蘭柯會替他們建一條新的。如果是鄰居家的，那她活該，誰教她告密，如果是共有的，那就兩種理由各佔一半。

他穿過許維克家的後院，經過他們家庭照片的拍攝地點，來到廚房門外。他輕敲門玻璃。沒有回應。他又敲，更用力了點，依然沒有回應。

他試著轉動把手。從屋內鎖上了。他透過窗戶往裡頭看。空蕩蕩的，沒人。只有紋路像心跳監測儀的流理台、小餐桌和塑膠椅。他沿著外牆往前走，經過拍照地點，到了下一個窗口。他們的臥室。裡頭沒人，只有整齊的床鋪和緊閉的衣櫥門。

但是房門開著，他看見門外走廊上有影子晃動。複雜的兩頭、四腿人影。一半高，一半矮。動作輕微，像是無奈的掙扎加上毫不費力的壓制。

李奇將手伸進口袋，握住一把新的葛拉克。十七發子彈，加上彈膛裡的一發。他匆匆回到廚房門外。他吸了口氣，然後再吸一口，用手肘反向撞破門玻璃，將手探進去，轉動門鎖，一轉就開了，他走了進去。顯然聲音很大，也因此，不一會兒，通往走廊的門口探進一顆腦袋，發現了廚房裡的狀況。淡色皮膚，淡色眼睛，金髮。黑套裝，白襯衫，黑色絲質領帶。李奇瞄準他領結以下一吋的地方，但他是個老實人，因此一直等到看見一隻拿著槍的手從對方大腿側咻一下舉到空中，這才扣下扳機，在那人身上轟出一個大得可以伸進拇指的洞來，子彈穿透那人的身體，擊中後面遠遠的牆面。那人垂直倒下，像一具剪紙人偶。

槍擊的轟響消散。

走廊裡一片寂靜。

接著，一聲微弱低沉的嗚咽，聽來像是一個虛弱老人試圖尖叫，但是一個強壯男人用手捂住他的嘴，或她的嘴。接著是鞋子的嘎吱嘎吱聲，絕望，哪都去不了，象徵性的抵抗。死者的血流下了拼花地板，浸進了縫隙。一塌糊塗。李奇不由得想，會有好幾碼地板需要更換，可以讓楚蘭柯付費，加上修補泥牆，因為牆上的彈孔，還有粉刷。加上給廚房門裝上新玻璃，一切都好。

走廊裡靜悄悄的，李奇退回廚房對外門，最簡單的做法就是將人馬分成兩組，派其中一組從後門出去，繞過建築物。他跨過碎玻璃，走到院子裡，他右轉，右轉，再右轉。他在房子大門口停了一下，他看見林肯轎車停在街上，裡頭沒人，沒有捷豹的影子，還沒到。他在腦子裡模擬著路線，往北開到下一個主要交叉路口，往西到大街，再往南到他們常經過的轉角，然後進入有著狹窄街道和侷促直角彎道的開發區。大約五分鐘，最多六分鐘，他們不可能迷路，艾比對路很熟。

他沿著房子的正面移動，距離外牆一碼，來避開地面植物。他從門廳窗戶斜瞄著屋內，看見第二個淡色皮膚、穿黑套裝的人。他用肥碩的左手掌捂住瑪麗亞・許維克的嘴。他的右手握著槍，槍口緊緊抵住她的頭側。又一把H&K P7，剛硬而精巧。他的手指緊扣著扳機。亞倫・許維克站在一碼外，全身僵硬，睜大眼睛，嚇壞了。他緊閉著嘴，顯然

有人要他安靜，顯然他不敢貿然違抗，畢竟有槍指著他妻子的頭

李奇又瞄了下死巷的盡頭。依然沒看見捷豹。押著瑪麗亞的那人向內緊盯著廚房門，等著裡頭的不知什麼人出來。直接進入典型的僵局，把槍放下，不然我殺了老太太。只是那人沒辦法射殺老太太，因為在他扣下扳機的一瞬間，他的頭就會被轟掉，典型的對峙。恆久三角形，恐嚇威脅的向量將永無休止地循環下去，有如一個反饋迴路，嘶吼吶喊著。

李奇斟酌著角度。那人比瑪麗亞·許維克高出一個頭，一點都不誇張。他緊抱著她，她的背部貼著他的前身，左手緊壓著她的嘴，她的頭頂剛好嵌入他的下巴底下，接著是他的頭部。這時李奇看見的是他的側面，濕黏的白臉頰，粉紅色小耳朵，剃短的金髮在突出的頭骨上閃閃發亮。他有三十好幾了，但也許不到四十，他的位階是否夠高，能知道他們的神經中樞在哪裡？這是李奇的最大疑問。

答案是否定的，他想，和以前一樣。我們只是坐在車上盯梢的，你以為他們會把楚蘭柯的藏身地點告訴我們這些人？這傢伙幫不上忙。

很遺憾。

尤其對他。

李奇趴倒在地，匍匐著爬向狹窄的水泥小徑，越過它，繼續往前。大門是敞開的，那人還盯著廚房門，還在等著。李奇調整姿勢，直到他從敞開大門看進去的角度和之前他在窗口的偏斜視角差了九十度，這時他看見的是那人的後腦，寬闊的白皙頸子，隆起的結實肌肉，圓突頭骨上的閃亮短髮。他從非常低的角度看這一切，他趴伏在屋外的地面上，低於台階，低於門檻，低於門廳地板。他的葛拉克以陡峭的向上角度瞄準，對著那人的脊

椎連接頭骨的那一點，他最高也只敢到那裡了。他希望子彈打進去，而不是擦過。角度偏斜時偶爾會發生這種事，有些人的頭骨硬得跟水泥一樣。

他數到三，然後長而緩慢地吐氣。

他扣下扳機，那人的頭像墜落的西瓜一樣裂開，子彈從他的顱骨頂穿出，鑿入他正上方的天花板。空氣中頓時充滿粉紅和紫色的霧氣，瞬間腦死。髒亂，但有其必要，因為他的手指還扣著扳機，唯一的可靠辦法，經醫學證明。

那人從瑪麗亞・許維克的身上褪下，就像她脫去一件冬季大衣然後讓它滑落地板。她一個人站在那裡，和丈夫相距一碼，兩人無言又僵硬，槍擊聲逐漸消失。粉紅色的霧氣悠悠緩緩地飄落地面。

這時捷豹來了。

李奇原本打算當作一次好玩冒險向他們提出住旅館的建議，然後把共計一萬元的嶄新、芳香的一疊百元紙鈔交給他們來製造高潮。結果卻不是這樣。瑪麗亞・許維克的頭髮沾了血和碎骨，亞倫則是渾身發抖，幾乎就要癱軟了。凡崔斯卡扶他們出來，讓他們坐上捷豹的後座。艾比替他們打包了一袋行李，她到每個房間，抓起她認為他們用得著的東西，李奇和霍根把兩具屍體搬出來，將他們塞進林肯轎車的後行李廂，錢、槍枝和手機留下。這次做得相當順手。李奇把葛辛・赫加的馬鈴薯形皮夾裡的現鈔交給凡崔斯卡，讓他支付許維克夫婦的旅館住宿費用。凡崔斯卡說他會開車送他們到那裡，辦好住房手續，然後和他們一起搭電梯上樓，讓他們安頓下來。李奇說另外四人會留下來處理林肯轎車。

「我們該拿它怎麼辦？」巴頓說。

「開走。」李奇說。

「到哪？」

「你有一場表演，我們得去拿你的小貨車，把你的東西搬上車。」

「後面載著那兩人？」

「你搭過飛機吧？」

「當然。」

「行李艙裡可能有棺材，經常有死者被送回本國。」

「你知道表演地點在中央街以西。」

李奇點頭。

「一家小酒館，」他說：「門口站了人的。」

38

巴頓的小貨車放在一片空地上，空地圍了一道設有鐵鍊門的刺刀鐵絲網圍牆，他和霍根進去拿了車，然後李奇和艾比開著林肯轎車，尾隨他們回巴頓住處。那輛小貨車是一輛破舊的三手主婦車，後座椅拆掉了，車窗貼了黑色隔熱紙。李奇協助他們搬樂器。從退役以來，李奇打過不少零工，但他從沒做過搖滾樂團助理。他將巴頓那把致命的精密貝斯裝進硬殼，加上一把備用樂器，加上一個和有錢人的手提箱差不多大小的擴大機，最後是巨大的八喇叭音箱。他扛著霍根拆解後的鼓組，將它們全部搬上車。

接著，他和艾比再度開著林肯轎車，跟在小貨車後面，往西駛向烏克蘭人的地盤。

時間已接近中午，一天就快過去一半了，李奇開車，艾比數著他們從後行李廂內的兩人那裡拿來的錢。不多，總共兩百一十元。我們只是坐在車上盯梢的。顯然，他們的出差津貼比葛辛・赫加這樣的老鳥低得多，兩人的手機顯示了之前他們看過的大量簡訊，還有一連串新簡訊，全是烏克蘭文，艾比認出某些字的形狀，那是前一晚她跟著凡崔斯卡惡補來的。

「他們改變了狀況等級。」她說。

「改成了什麼？」李奇問。

「我看不懂，我不知道是哪個字母，大概是升到C，或者降到A。」

「在這情況下，」李奇說：「應該不會降低。」

「他們似乎在怪罪俄羅斯人，他們似乎認為亞倫・許維克是俄羅斯人。」

「簡訊是哪裡發出的？」

「都是同樣的號碼，也許是自動發信系統。」

「也許是神經中樞的電腦。」

「說不定。」

「查一下通話紀錄。」

「要找什麼？」

「要他們帶走瑪麗亞・許維克的那通電話。」

艾比輕觸一下，一直捲動到最近的通話清單。

「最後一通來電大約是在一小時前，」她說：「準確點說，五十七分。」

李奇推算著之前一連串事件的發生時間，但是反過來，就像往回走的計時碼錶。跟著小貨車往西走，把樂器搬上車，取車，離開許維克家，大約在他們家待了四分三十秒，走過他們家的院子，走過鄰居家的院子，下了車。走下和林肯轎車平行並列、頭對頭、尾對尾，但相距約兩百呎的捷豹車。五十七分鐘。這兩人很可能就在同一個時候下車。

他說：「電話是從哪裡打的？」

她看了一下。

「一個奇怪的手機號碼，」她說：「也許是藥局賣的拋棄型手機。」

「也許是高層人物，說不定是葛雷哥利本人。這是一項重大戰略決策，他們想知道俄羅斯人什麼時候會找上門，他們認為我能告訴他們，想利用瑪麗亞當槓桿，他們八成以為我們是親人。」

「什麼樣的槓桿？」

「不好的那種，回電給他們。」

「真的要？」

「有些事必須說清楚。」

艾比使用手機的擴音功能，然後從通話紀錄選單中選了一項。撥號聲充滿整個車廂。接著，一個聲音接聽，說了一個外國字，可能是哈囉，喂，什麼事，有話快講，或者其他大家接聽電話慣用的字眼。

李奇說：「說英語。」

聲音說：「你是誰？」

「你先說，」李奇說：「報上名來。」

「你是許維克？」

「不是，」李奇說：「你們搞錯了，你們搞錯了一堆事情。」

「那你是誰？」

「你先說。」李奇又說。

「你有什麼事？」

「我有口信要給葛雷哥利。」

「你是誰？」

「你先說。」李奇第三次說。

「我叫達尼洛。」對方說。

車座上的艾比突然僵住。

「我是葛雷哥利的軍師，」那人說：「你有什麼口信？」

「我要和他說話，」李奇說：「替我轉過去。」

「除非我知道你是誰。你是哪來的？」

「我出生在柏林。」李奇說。

「你是東德人？不是俄羅斯人？」

「我父親是美國海軍陸戰隊隊員，他被派駐在我們的人使館，我在那裡出生，一個月後我到了別的地方，現在我到了這裡，有口信要給葛雷哥利。」

「你叫什麼名字？」

「傑克・李奇。」

「那是老先生的名字。」

「我說過，你們搞錯了，我沒以前年輕，但也不算老，總的來說，我狀況還不錯。快替我轉過去。」

叫達尼洛的人沉默好一陣子，軍師，一個重大決策，就像執行主管。你不會拿一些小事去煩執行長，可是你說什麼都要懂得分辨哪些小事其實是大事。然後，官僚守則第一條：如果有疑問，保守為上。

達尼洛決定保守行事。一聲喀達，接著是長長的死寂，接著又一聲喀達，一個新的聲音傳來，說了一個可能是哈囉，喂，什麼事，有話快講，或者其他意思的外語。

李奇說：「說英語。」

葛雷哥利說：「你有什麼事？」

「你的電話有來電顯示嗎？」

「怎麼？」

「這樣你就知道是誰打給你了。」

「你已經告訴達尼洛，你叫李奇。」

「可是我用的是誰的手機？」

沒有回答。

「他們死了，」李奇說：「他們很沒用，就像你的所有手下一樣沒用，他們就像蒼蠅一樣掉落，你就快沒人可用了。」

「你想怎麼樣？」

「我要去找你，葛雷哥利，你想傷害瑪麗亞・許維克，我不喜歡像你這樣的人。我要找到你，我要讓你像小女孩那樣大哭，然後我要把你的整條腿從臀部扯掉，然後用它把你打死。」

葛雷哥利頓了一下，然後說：「你認為你辦得到？」

「我很有把握。」

「要是我先找到你，可就不一樣了。」

「不會的，」李奇說：「現在不會，以後也絕不可能，你找不到我的。你還不夠厲害，你只是個玩票的，葛雷哥利。我是行家，你不會看到我找上門的，就算你把狀況等級一直提升到Z也一樣。我的良心建議是，準備道別，立好遺囑。」

他說著掛了電話，把手機往車窗外一扔。

艾比說：「達尼洛。」

聲音很小，有些遲疑。

李奇說：「他怎麼了？」

「就是那個人。」她說。

「哪個人？」

「對我做了壞事的人。」

39

艾比趁著等紅綠燈的空檔講起了她的故事，之後又連續講了三個紅綠燈。她用細小輕柔的聲音說話，膽怯又含糊，充滿痛苦和難堪。李奇聽著，幾乎沒有答腔。這似乎是最好的辦法。

她說十三個月前，她在中央街以西的一家酒吧當服務生。那裡新潮又時髦，而且薪水很高。酒吧業的龍頭老大。因此，它的門口總是站了人。主要是為了替葛雷哥利收保護費，但有時也擔任保全角色，類似保鑣。這是葛雷哥利的做法，他喜歡製造一種互惠互利的假象。艾比說，基本上這些她都能接受，因為她打從成年開始就一直在酒吧工作，了解保護費是避免不了的現實，她也了解保鑣偶爾也會起作用，例如當醉漢抓她的屁股，提些不入流的建議的時候。多數時候，她樂得和魔鬼打交道，順勢配合，有時候把頭轉開，有時候也會從一點干預中獲益。

但是有天晚上，來了一個二十多歲的年輕人，他是來參加慶生會的。一個討厭的傢伙，興奮得不得了，靜不下來，動不動就狂笑，但是危害不了任何人。她說，老實說，她覺得他有精神障礙，哪裡螺絲鬆了，以致過度亢奮。不可否認，事實就是如此。即使這樣，也沒人真的表示意見，除了一個穿著千元套裝的男人，也許他期待有不一樣的氛圍，也許高雅些。他和一個穿著千元裙裝的女人在一起，兩人之間出現各種不滿的肢體語言，不斷流露、傳達出來，怒哼哼，氣噗噗，而且越來越誇張，最後連門衛都注意到了。

因此，門衛做了他該做的事，就是盯著相關的各方，仔細評估他們，從未來收入的冷酷現實來看，哪一方可能更有價值。不用說，當然是那對身穿千元行頭的夫婦。他們正喝著時髦的雞尾酒，他們的帳單肯定有好幾百元。那個討人厭的小子正慢吞吞喝著國產啤酒，他的帳單大概是十二元。於是門衛要求那個怪胎走人。

艾比說：「這時我還勉強可以接受。我是說，是啊，很慘，很糟糕，但這就是現實，大家都很努力在做生意。可是，當他們面對面，我看出門衛是真的討厭這孩子。我猜是為了精神上的問題。顯然那孩子有點不正常，而門衛做出了反應。非常原始，就好像那孩子是非我族類，非剷除不可。也可能是因為門衛打從心底害怕，有些人對精神疾病很恐懼。總之，他把那孩子從後門，不是前門，拖了出去，然後把他打個半死。我是說，真的、真的打得很慘。頭骨、手臂、肋骨、骨盆、腿骨都骨折了，這我實在無法接受。」

李奇說：「妳做了什麼？」

「我報了警。我當然知道整個警察局都被葛雷哥利收買了，但是我想，他們縱容他總有個限度吧。」

「不要驚擾選民。」

「這事顯然沒引起驚慌，因為什麼事都沒有，警察根本不理我，顯然葛雷哥利私底下都打點好了，也許打了通電話。而我呢，被晾在風中展示，孤零零，赤裸裸。」

「發生了什麼事？」

「第一天沒事。接著我被叫到一個懲戒審查庭。他們很喜歡搞這些，犯罪組織比郵局還要官僚。一桌四個人，達尼洛主持會議，他沒說話，只是觀看。一開始我也不肯說話，說真的，無聊透頂，我又不是他們的員工，他們沒資格規定我該怎麼做。在我看來，他們大可以在不見光的地方盡量開他們的審查庭。接著，他們向我解釋了現實。要是我不合作，我就永遠別想在中央街以西工作。當然，這麼一來我的工作機會就少了一半，我實在擔不起，我會餓死的。我勢必得離開這裡，到別的地方從頭開始。所以，最後我說好吧，隨你們。」

「結果如何？」

她聳聳肩，搖搖頭，沒有直接回答，也沒有三言兩語帶過。她說：「我必須詳細描述自己的罪行，我必須解釋自己的動機，並且顯示出後來發現自己被誤導的地方。我必須一遍又一遍真誠地道歉，因為我去報警，批評門衛，自以為很懂，我必須向他們保證，我已經改頭換面，我必須向他們保證，讓我繼續工作非常安全。我必須提出正式申請。我必須說，先生，請允許我在你的這半邊城區工作，口氣要委婉，像個乖女孩。」

李奇沒說話。

艾比說：「然後進入懲罰階段。他們解釋說必須要有處罰，才能證明我的誠意。他們拿來一台裝有腳架的錄影機。我必須站得直直的，抬頭挺胸。他們說他們要甩我巴掌。這就是處罰內容，四十下，左臉二十下，右臉二十下。而且他們要把它錄下來，要我裝出勇敢的樣子，不要哭。他們要我別閃躲，而要心甘情願地欣然接受，因為這是我自找的。」

李奇沒說話。

艾比說：「他們開始錄影，打我的人是達尼洛，太可怕了，徒手打，但非常用力。他有五、六次把我打得摔在地上。我必須爬起來，笑著說，對不起，先生。我必須急切、自動地回到原來的姿勢，我必須數，一，先生；二，先生。我不知道什麼比較難受，痛苦還是羞辱。到了一半他停下來，他說，如果我要的話可以辭職，但是交易就失效，我將得離開本市。於是我說不。他要我大聲要求，我必須說，先生，請繼續甩我巴掌。等他打完，我整個臉紅腫了，我的頭昏沉沉的，嘴角流血了。可是現在我想的是那台錄影機，我敢說那是為了網路，一定是的，一些色情網站，凌虐羞辱那一類的，這下我挨巴掌的影片將永遠在網路上流傳了。」

前方，巴頓的小貨車慢了下來。

「好，」李奇說：「達尼洛，幸好妳說了出來。」

40

小酒館位於一棟寬廣磚造建築的地下室，它所在的體面街道距離第一個市區高樓帶只有三個街區。一樓有咖啡館和精品店，樓上有許多公司商家。總共大約十二家，全都共用後面的一個卸貨入口，也是巴頓停車的地方。李奇把林肯轎車停在他旁邊，兩人從兩車之間把東西搬到電梯。接著，凡崔斯卡開著捷豹現身。他把車停在小貨車的另一側，下了車，說：「我跟上樂團了。」

巴頓和霍根帶著裝備搭電梯下樓。李奇和艾比留在街上，艾比向凡崔斯卡問了許維克夫婦的狀況。

「他們在那裡等著，」凡崔斯卡說：「他們的房間在高樓層，感覺很偏遠安穩。他們正在洗澡和午睡。我告訴他們如何使用客房服務，他們會沒事的，他們似乎很有韌性，他們太老了，不容易被嚇到。起碼他們現在可以看電視了，這點他們倒是很開心，樂在心裡。」

艾比給了他第二支烏克蘭人的手機，沒被李奇扔出車窗的那支，凡崔斯卡瀏覽了大串新簡訊。他說：「他們知道阿爾巴尼亞幫被消滅了，他們認為他們雙方都受到俄羅斯犯罪組織的攻擊。他們已經進入狀況C，加強警衛，採取防禦部署。他們說，不准任何人通過，還用了驚嘆號，非常聳動，聽來像是舊社會主義陣營的宣傳口號。」

「有沒有提到楚蘭柯？」李奇問。

「沒有，也許他是加強護衛的一部分。」

「但是他們並沒有要他停工。」

「沒提到這點。」

「所以說，他所做的事不能中斷，即使面對和俄羅斯犯罪組織的戰爭也一樣，這應該能給我們一點啟示。」

「什麼啟示？」

「我也不知道，」李奇說：「你回辦公室了嗎？」

凡崔斯卡點頭。他從後褲袋掏出一張紙條，遞過去。上面有一個名字和一組號碼。芭芭拉・巴克利，《華盛頓郵報》，華盛頓特區的區號。

「浪費時間，」凡崔斯卡說：「她不會和你說話的。」

李奇從他手中拿過那支搶來的手機。他撥了號碼。電話響了，有人接聽。他說：「巴克利小姐？」

「她不在，」一個聲音說：「請等會再打。」

電話掛斷，快中午了。這天已過了一半。他們搭著空的貨運電梯到了地下室，在那裡找到已經準備就緒的巴頓和霍根，舞台上還有兩個他們的朋友，一個彈吉他的男人和一個唱歌的女人。算是他們每週一次的定期午餐約會。

李奇待在暗處。房間很大，但是低矮，沒有窗戶，因為它是地下室。右手邊是佔據整面牆的吧台，一座矩形的拼木地板舞池，和一些桌椅，還有一些只能站著喝酒的空間。這時酒館內已有六十人左右，還有更多人陸續進來，經過一個穿套裝、坐在高腳凳上的男子，這人在房間最左邊的角落，不算是門衛，比較像是底層份子，但他的角色是一樣的，數人頭，看上去很強悍。他長得高頭大馬，闊肩，寬頸，黑套裝，白襯衫，黑色絲質領帶，左邊角落附近有一道雙邊走廊，通往盥洗室，還有消防門和貨運電梯，也就是他們進來的地方。天花板上裝了許多彩色投射燈，全都朝向舞台，此外就沒什麼照明設備了，走廊入口上方有一個昏暗的消防門標誌，坐高腳凳男子的後方也有一個。

很好。

李奇晃回舞台邊。裝備都擺好了，澎澎咚咚響著，巴頓的精密貝斯靠在他的巨型音箱上，等著上場。他的備用樂器在一旁的支架上，等著救援，巴頓本人坐在附近一張桌子前，吃著午餐。漢堡。他說樂團可以免費用餐，菜單上任何東西都行，只要不超過二十元。

李奇問他：「你們打算演奏什麼？」

「主要是專輯主打，」他說：「也許加上幾首我們自己的歌。」

「會很大聲嗎？」

「如果我們要的話。」

「大家會跳舞嗎？」

「如果我們要他們跳的話。」

「讓他們在第三首的時候跳舞，大聲點，讓所有眼睛盯著你們。」

「這部分通常安排在結尾的時候。」

「我們沒時間了。」

「我們有一段搖滾組曲，到時大家都會起來跳舞，我們可以把它提前。」

「可以，」李奇說：「謝謝。」

很好。

計畫敲定。

酒館裡的燈光暗下，舞台燈光亮起，樂團開始演奏第一首曲子，一首有著哀傷歌詞和大量副歌的中等節奏搖滾歌。李奇和艾比往近處的右邊角落晃過去，也就是坐高腳凳男子的對角斜對面。他們沿著右邊的牆壁，經過一排坐吧台的人，走向較遠的右邊角落，當樂團開始演奏第二首歌，他們正好到達那裡。這首比第一首快些，也熱鬧些，他們正在給人們熱身，讓他們準備好進入接下來的搖滾組曲。

他們演奏得很好，味道十足，李奇莫名地想停下來跳舞。節奏的躍動感太棒了。他看出艾比也有同樣的感覺，她走在他前面，看她的臀部就知道了，她很想跳舞。

於是，他們莫名地做了，在黑暗中，在人群的外緣，在牆邊，即興跳了起來，多多少少保持直線前進，前進兩步，後退一步，但基本上只是好玩。某種釋放，李奇心想，或者抒解，或者轉移，或者撫慰，或者只是常態，初認識的兩個人該做的。

他們周圍的其他人也都這樣做，而且越來越多。因此，當第三首曲子開始，整個地方沸騰了，大家擠到拼花地板上，瘋狂舞動，加上周圍地毯上的一大圈人群，敲著桌子，倒著美酒，熱絡極了。讓他們跳舞，大聲點，讓所有眼睛盯著你們，巴頓太成功了。

李奇和艾比停止跳舞。

他們沿著後牆悄悄往前挪動，在狂舞人群的後面，朝著最左邊的角落，一直到了坐高腳凳男子的正後方。他們在六呎外的黑暗中等著，直到一群遲來的客人從樓梯下來。高腳凳上的男人抬頭看他們。李奇走到他身後，一手按住他的肩膀，類似友善的問候，或者像一些愛胡鬧的人那樣，假裝製造驚喜，李奇猜想這是那群遲來的人眼中看到的。他們沒看到的是，他垂在後方的另一隻手正用槍口緊緊抵住那人的脊椎底部，力道大到就算沒扣扳機，都足以造成刺傷。

李奇俯身，在那人耳邊說話。

他說：「咱們去散散步。」

他用左手拉，右手推，硬讓那人向後下了高腳凳，他讓他站直，穩住腳步，將他的領子擰得更緊。艾比走上前，輕拍他的全身口袋，拿走手機和槍枝，又一把鋼製P7。這時樂團奏起了組曲的第二首，更快更大聲，李奇再度彎下身。

他大喊：「聽見反拍節奏沒？我可以跟著節拍給你四槍，這裡不會有半個人發現。所以，乖乖照著我的話做。」

他推著那人沿著牆邊往前走，僵硬，彆扭，四條腿，就像他在許維克家走廊裡看到的影子。艾比在一碼外緊跟著，有如後衛。她不斷來回穿梭，前後走動，樂團進入組曲的第三首，更快、更熱鬧了。李奇加緊催促那人往前走，一直帶他到了走廊入口，到了貨運電梯，上樓到了街上，出了卸貨區，來到天光下，他把他拖到林肯轎車的車尾，要他站直，要他看著。

艾比按下遙控鑰匙上的按鈕。

行李廂蓋升起。

兩個死人，同樣的套裝，同樣的領帶。癱軟，流著血，發出臭味。

那人移開視線。

李奇對他說：「這就是你一分鐘後的下場，除非你回答我的問題。」

那人沒說話。他無法開口，他的領子被擰緊了。

李奇問：「馬西姆．楚蘭柯在哪活動？」

他把領子鬆開半吋，那人喘了幾口。他左看，右看，抬頭望著天空，彷彿在思考該如何選擇，彷彿他還有得選擇，然後他低頭，看著行李廂內的死人。

然後他盯著看。

他說：「那是我堂弟。」

「哪個？」李奇問：「腦袋挨槍，還是喉嚨挨槍的？」

「我們一起來到這裡，從敖德薩，我們到了新澤西。」

「你一定是把我和哪個佛心的搞混了，我問了一個問題，馬西姆‧楚蘭柯在哪活動？」

那人說了一個他們在簡訊中看過的單字，生物學意義不準確，可以是蜂窩、巢穴或地洞。總之是鬧烘烘、忙亂嘈雜的地方。

「這地方在哪？」李奇說。

「不知道，」那人說：「那是秘密行動。」

「那裡有多大？」

「不知道。」

「還有誰在那裡活動？」

「不知道。」

「達尼洛和葛雷哥利也在那裡嗎？」

「沒有。」

「他們都在哪活動？」

「辦公室。」

「是分開的嗎？」

「跟哪裡分開？」

「你說的那個字，巢穴。」

「當然。」

「辦公室在哪？」

那人說了一個街名，和一條叉路的街名，他說：「計程車調度站後面，當舖對面，保釋辦公室旁邊。」

「審查庭就是在那裡開的。」艾比說。

李奇點頭，他的手滑過那人襯衫領子底下，從頸背滑向側面。他的手指往下探，直到感覺領帶繞頸部分的內側貼著掌心肉，那人透過領子的棉布感覺到了。一條絲質領帶，在那個部位大約是一吋半的寬度，拉力比鋼鐵高，絲綢之所以閃閃發亮，是因為它的纖維呈三角形，像拉長的稜鏡，很容易折射光線，但也因為纖維之間緊密結合，幾乎不可能把它們從頭到尾整個拉開。鋼纜還比較容易斷裂。

李奇收緊拳頭，填滿那裡的空隙。起初，他的手是平的，他的所有指關節和被壓縐的領子邊緣對齊，就好像他正單手抓著扶梯的一根橫木掛在那裡，接著他把大拇指轉向自己，小指關節遠離，就好像他正試圖像轉動螺旋槳那樣旋轉梯子，或者像拉扯韁繩讓馬掉頭。所有這些動作把他的小指關節推進了那人頸子的側面，這也使得這條比鋼鐵堅韌的帶子把他頸子的另一側勒得更緊。李奇維持這姿勢一陣子，接著又將手轉了幾度，接著再轉一次。門衛很平靜。壓力是從一邊到另一邊，而不是從前到後，他沒有因為缺氧而嗆咳，沒有因為極度驚恐而拚命掙扎。而是，他頸子上的動脈被封鎖了，血液不會流向他的大腦。鬆弛，平靜。像打了麻醉劑，溫暖而舒適。

昏昏欲睡。

快了。

快完成了。

為了保險起見，李奇又等了一分鐘，接著他把那人推進行李廂，和他堂弟一起，然後關上車廂蓋。艾比看著他，彷彿想問，我們是不是要殺光他們？但並不反對。不是指責，只是想打聽情報，他暗自想著，但願如此。

他說：「我應該再一次打給《華盛頓郵報》。」

她把死者的手機交給他。螢幕上有一則全新的簡訊，未讀。一個綠色大泡泡中有李奇的照片。放貸酒吧的驚奇肖像。那個蒼白的傢伙，舉起手機。照片底下是一段西里爾文字，關於某些事情的冗長句子。

「現在是什麼狀況？」他說。

「凡崔斯卡會告訴我們。」

他憑著不久前的記憶撥打了《華盛頓郵報》，電話再次接通，有人再次接聽。

他再次說：「巴克利小姐？」

「什麼事？」一個聲音說。

「芭芭拉．巴克利？」

「你有什麼事？」

「我有兩件事要告訴妳，」李奇說：「一個好消息，還有一則報導。」

41

李奇聽見，電話那頭有各種喧囂吵鬧的背景聲音，一個空曠的大空間，也許有低矮硬實的天花板。鍵盤的喀啦聲，十幾場對話。他說：「我猜妳正在新聞編輯室。」

芭芭拉・巴克利說：「少廢話，福爾摩斯。」

「我猜妳周圍的螢幕上都是股市指數和有線新聞。」

「好幾百個。」

「也許其中一個目前正在播出妳到過的某個城市的一座木料場火災的地方新聞報導。」

沒有回應。

李奇說：「好消息是，木料場是阿爾巴尼亞幫的總部，它燒毀了，裡面的人幾乎死光，剩下的都逃跑了。那批人已成為過去，他們對妳說的話也失效了，我指的是幾個月前的那場會面，在餐廳的後面包廂，那些威脅已經煙消雲散，就從今天起。我們認為應該盡快讓妳知道，這是我們的受害人權利公約。」

「你是警方？」

「嚴格來說，不是。」

「但你是執法人員？」

「執法人員有很多級別。」

「你是什麼級別？」

「女士，恕我直言，妳是個記者，有些事不需要說得太露骨。」

「你是說，一旦你告訴了我，就必須把我滅口？」

「女士，話不能這麼說。」

「你是在該城市打的電話？」

「我寧可不討論具體地點，不過我會說，這裡非常暖和。」

「等等，」她說：「你是怎麼找到我的？我並沒有把被威脅的事告訴任何人。」

李奇吸了口氣，準備進入劇本的第二部分，不過是她敦促他說的，果然是他料想中的那類調查記者，火速建立起各種連結、假設和大膽推測，而最後這些幾乎都導向他原本要的方向。她說：「等等，唯一會知道這件事的是後來開車送我到機場的那個人，他是我雇用的當地助手，一個退役軍人，職級相當高，這點我敢肯定，因為我當然查過他的背景。所以，一定是他向某個有興趣的朋友或同事透露的，在五角大樓工作的，也許你就是那裡的人，某個沒人聽過的三個字母縮寫的秘密單位。」

李奇說：「我真的寧可不要承認或否認。」

「隨你便，」她說。接著她吸了口氣，語調有了些微變化。她說：「感謝你來電，謝謝你，你們的公約很有效率。」

「心情好點了嗎？」

「你說你有一則報導要告訴我，就這個？阿爾巴尼亞幫沒了？」

「不是，」李奇說：「是另一件事，和妳有關。」

「我不會報導的，我已經放棄這則報導，當然這不是一個大無畏記者該做的事。」

「這是一念之間，」李奇說：「大無畏的記者就是這樣破案的，因為妳所做的調查。當初妳來這裡是有原因的，不是為了阿爾巴尼亞幫。妳給人的印象是妳對烏克蘭幫更感興趣。如果能了解這份興趣的基礎，對我們將很有幫助。」

「我不懂。」

「妳認為烏克蘭人在做什麼？」

「我了解這問題，我不懂的是你為什麼會問。你是神秘代號單位的密探，當然知道自己為什麼會去那裡。還是說這是你們現在的做法？把調查工作的實際調查部分外包給報紙？」

李奇吸了口氣，進入腳本的第三部分。他說：「顯然妳曾經從某處獲得情報。當然，我們也一樣。但是妳的消息來源和我們不同，這點我敢保證。所以，如果我們讓妳成為故事主角，我們就能隱在幕後，我們懷疑錯了方向，我們得保護我們的消息來源，以後還用得著他們，這可能很重要。可是交戰規則要求我們在繼續行動前，必須聽取可靠人士的可靠指控，我們不能編造事實，這是要接受審查的。」

「你在錄音嗎？」

「這麼做需要妳的許可。」

「你們會承認是我破的案？」

「我想我們勢必得這麼操作，對各方都好，沒人會注意我們的線民，況且我們也不在乎，我不想上電視。」

「我是記者，」巴克利說：「沒人會聽信我的話。」

「這個容易解決，我們會請一個塔羅占卜師。」

「事情起於我從朋友的朋友那裡聽來的一個流言，意思是說，不管政治上如何宣稱，情治人員追網路假新聞，實際上可以一路追蹤到莫斯科的俄羅斯政府，而且他們非常擅長封鎖它，可是突然間他們遭遇了挫折，流言說俄羅斯人已經進入國內，他們在美國境內運作，封鎖已起不了作用。」

「了解。」李奇說。

「可是我開始探索。顯然，不在他們的大使館，因為我們一定會知道，我們在那裡布滿了電子監控。他們並沒有把整個計畫遷移到這裡，因為他們不只惡搞我們，他們駭進了全世界的網路。因此，他們顯然把這計畫的美國部分外包給了已經在這裡的人，就像一樁簡單交易，類似經銷商。可是，是誰？俄羅斯在美國的幫派沒這能耐，而且，俄羅斯政府說什麼都不會和他們打交道。我努力尋找答案，也有一些情報，報社有幾個技客（geek）在追查這件事。據說他們有賽程表，就像全美足聯（NFL）。那些舊蘇聯國家都非常擅長科技。例如愛沙尼亞，他們推測還有烏克蘭。可是莫斯科和基輔之間沒有互動，這兩國是永遠的死對頭。但是莫斯科可以跟美國的烏克蘭幫派打交道。同樣的人，同樣的人才，只是換個地方，將是絕佳的掩護。這是一種難以想像的結盟。那些技客說，從技術角度來看，烏克蘭人的表現還算不錯。所以我想事情就是這樣，俄羅斯政府和烏克蘭在美國的犯罪組織之間的年度合約，可能價值數千萬美元以上。我沒有證據，但我敢說我是對的，就說是記者的預感吧。」

「了解。」李奇又說。

「可是，幾個月前他們的功力突然大增，不只是表現不錯，而且幾乎是一夕之間的事。他們突然有一些非常精明的做法。技客們說，他們一定是引進了新人才，除此沒有別的辦法。也許是莫斯科來的顧問。所以我到那裡去調查，天真地以為我會看見一個俄羅斯人在城裡到處走動，一副迷路的樣子。」

「所以，當時妳確實打算率先披露這件事。」
「可是我沒有。」
「妳會去哪裡找？」
「我也不知道，那原本是我的下一步，但我沒有繼續下去。」
「了解，」李奇說：「謝謝妳。」
「可以了嗎？」
「可靠的人，可靠的理由，任務達成。」
「再次謝謝你，關於好消息的部分，我的心情確實好多了。」
「感覺很棒，」李奇說：「對吧？妳還活著，但他們已不在了。」
表演結束後，巴頓和霍根走到街上，汗流浹背，忙著把裝備搬上車，凡崔斯卡在一旁幫忙。他看了新簡訊。綠色大泡泡中的照片。他說：「太可笑了。」
李奇說：「我是被突襲的。」
「我說的不是照片。簡訊是葛雷哥利本人發的，他說你是某種攻擊行動的前鋒，至於這種行動是來自哪裡，他已經無法清楚辨別了。你甚至有可能是基輔政府派來的探員，因此，他要手下不計一切代價逮到你，而且要活捉到他面前。」
「比提我的腦袋回去好一點。」
「門衛對你說了什麼嗎？」
「很多，」李奇說：「但是那位記者說得更多。」
「她和你說話了？」

「是關於網路假新聞，本來是從俄羅斯發出的，現在到了美國境內，我們擋不住了。她認為莫斯科雇用了烏克蘭人當代理人。然後，大約兩個月前，他們的水準大幅提升，她說報社的技客認為烏克蘭人一定是引進了新人才，不可能有別的解釋。」

「楚蘭柯就是在約兩個月前開始躲藏的。」

「正是，」李奇說：「他精通電腦，是他經手的合約，俄羅斯政府付錢給葛雷哥利，葛雷哥利付錢給楚蘭柯，當然，自己先抽取了相當的百分比，感覺一定很像聖誕節清晨。那位記者說，這份合約可能價值數千萬美元。」

「門衛對你說了什麼？」

「它是和總部不同地點的秘密衛星行動，他不知道它在哪裡，或者規模多大，或者在那裡活動的有誰，或者有多少人。」

「這叫說了很多？」

「把這兩件事放在一起，我們可以開始推測他們需要些什麼。保全，各種設施，足夠的電力，足夠的網路速度，隱密，但又距離夠近，方便物資供應和補給。」

「城裡任何一間地下室都有可能，他們可以更新電線，放幾張行軍床。」

「不光是行軍床，」李奇說：「這是一份年度合約，而且無疑是可以續約的，可能是一項長期專案。」

「好吧，除了電線，他們還添購了牆板和油漆，在地板上鋪地毯，也許擺了幾張特大雙人床。」

「我們最好馬上開始找。」艾比說。

「有件事得先做，」李奇說：「那張難看的照片提醒了我，我想去拜訪一下那傢伙，現在已經過了十二點，我敢說他手上有一大筆人家償還的款項，許維克夫婦今天就需要錢，我們還短缺一千元。」

這次由艾比開車。李奇感覺得到車子後部的重量，車尾下沉又笨重。後行李廂內起碼有六百磅的載重，大概是林肯轎車的設計過程中從未考慮過的情況。

他們把車停在酒吧附近的一條小街裡。情況C有沒有要求各處都加強警衛？李奇猜並不是所有地方，人力不足，他們只會在他們認為最重要的地方整合資源，他們的高價值目標。放貸業務是否符合條件？他不確定，他下了車，在轉角探頭，單眼從磚牆瞄著。

街上空蕩蕩的，酒吧外沒停任何車子，沒看見穿套裝的人倚在牆邊。

他回到車上，他們繼續開車，越過酒吧所在的街道，轉入後面的巷子。這裡是老城區，建於貝爾發明電話的時代，因此所有較新的東西都是後來嫁接上去的，有掛著一叢叢纏繞不清的下垂電線和纜線的歪斜電線杆，有任意拴在牆上的水錶、瓦斯錶和電錶，有一人高的垃圾箱。

酒吧後面停著一輛黑色林肯。空的，無疑是那個蒼白傢伙的座車。準備在一天結束後啟程回家。艾比在它後面停下。

「我能幫忙嗎？」她問。

「妳想嗎？」他回問。

「想。」她說。

「走到店門口，像普通人那樣進去，稍微停一下。那人坐在後面的右角落，妳就往後面走過去。」

「為什麼？」

「我希望那傢伙分心。他會一直盯著妳，因為妳可能是新客戶，但主要還是因為妳是他這一整天，也許一輩子見到的一號尤物，不管酒保說什麼，別理他。他是個混球。」

「了解。」她說。

「要不要帶把槍？」

「需要嗎？」

「有備無患。」

「好吧。」她說。

他把小酒館門衛的H&K交給她。在他手中看來小巧，在她手中顯得巨大，她掂了掂重量，然後塞進口袋，她沿著巷子走去，李奇找到酒吧後門。那是一塊簡單的鋼板，又舊又暗淡，刮痕累累而且嚴重凹陷，手推車搬運桶子和板條箱進進出出造成的，他試著轉動門把，沒上鎖。無疑是城市法規，它同時也是消防門。

李奇溜了進去。他在一條短走廊的盡頭，左右兩側是盥洗室，接著是一道員工專用門。辦公室或儲藏室，或兩者兼用。接著是走廊的盡頭，和酒吧空間，只是反過來。這時方形吧台是在較近的右角落，磨損的中央走道從兩長排四人桌之間延伸過去，一切如常，燈光依然昏暗，空氣中仍然散發著殘餘啤酒和消毒劑的氣味。這時有五名酒客，還是每個人都單獨坐在不同桌位，雙手護著酒杯，神情落寞，吧台後面是同一個胖子，留著六天沒刮的鬍子，但肩上披著一條乾淨毛巾。

那個蒼白傢伙坐在李奇左邊的後面桌位。和之前一樣，在昏暗中熒熒發光。閃亮的頭髮，厚實白皙的手腕，白皙的大手，厚厚的黑色帳簿，同樣的黑套裝，同樣的白襯衫，同樣的黑色絲質領帶，同樣的刺青。

艾比走進臨街的店門。當門在她背後關上，她靜靜站了會兒。表演藝術，所有目光集中在她身上。櫥窗的暗淡霓虹燈光從後方柔柔烘托著她。嬌小俏皮，清爽窈窕，一身黑衣。深色短髮，靈活的深色眼睛，靦腆但魅力十足的微笑，一個路過的陌生人，期待受到歡迎。

沒人歡迎。五名酒客全移開了視線，但酒保沒有，蒼白的傢伙也沒有。她走過去，兩人一路盯著。

李奇向前一步。他距離蒼白傢伙的背後六呎，距離他的側面六呎，無疑在他的眼角範圍，只能靠艾比來彌補了。她不斷走過來，而他又跨出一步。

酒保喊：「喂。」

他也在酒保的眼角範圍。背後六呎，側面六呎。接下來發生一連串動作，像一齣錯綜的芭蕾舞劇，像棒球賽的三殺。蒼白傢伙回頭瞄了眼，站了起來，李奇退開，走向吧台，兩手抓住胖酒保的頭，猛地一躍，把它砸向紅木台面，就像空中灌籃，同時利用落地的彈力，一個迴旋回到蒼白傢伙的身邊，一步，兩步，然後用一記帶著巨大動能的右直拳，在那人從椅子起身時命中他的正臉，那人像是被大砲射出那樣往後飛得不見人影。他滑倒在地上，背朝下癱在那裡，鼻子和嘴流出血來。

五名酒客全部起身，匆匆出了店門，也許是當地人面臨類似情況的傳統反應，李奇很欣賞的一種習慣，這麼一來沒了目擊證人。吧台上留著鮮血和牙齒，酒保本人卻往後倒下，不見了。

「看來他沒有一直盯著我。」艾比說。

「我就說嘛，」李奇說：「他是個混球。」

他們蹲在那個蒼白傢伙旁邊，拿了他的槍、手機和車鑰匙，還有口袋裡共計大約八千元的現金，他的鼻樑嚴重碎裂，這時正用嘴巴呼吸，斑斑鮮血從嘴角冒出，李奇想起他用慘白的手指輕敲閃閃發亮的腦袋。某種威脅性暗示。他想，強者終將殞落。

他說：「要或不要？」

艾比沉默了一下。

然後她說：「要。」

李奇將手掌貼在那人嘴上。很難維持不動，因為嘴上的血很滑溜。但他做到了。那人拚命想伸手到口袋裡拿槍，卻只是徒勞，因為槍已不在那裡，接著他又浪費剩餘的幾口氣，亂踢腳後跟，無奈扒抓著李奇的手腕，最後終於癱軟、靜止下來。

他們開走蒼白傢伙的林肯轎車，因為它的後行李廂是空的，開起來平穩多了，他們進了市區，把車停在許維克夫婦所投宿旅館附近街角的一處消防栓前。艾比察看了新手機，沒有新簡訊。從葛雷哥利發出陰謀論簡訊之後就沒了消息。

「是從他自己的手機號碼發出的？」李奇問。

艾比拿它和以前的簡訊比對。

「大概是，」她說：「不是常見的那個號碼。」

「我們應該再給他打一次，向他報告最新消息。」

艾比在簡訊螢幕上點一下捷徑工具，開啟擴音功能，他們聽見電話鈴聲，聽見有人接聽。葛雷哥利說了一個字，簡短、急促，大概不是你好，大概是有話快講，或者喂，或者什麼事。

「說英語。」李奇說。

「又是你。」

「你又折損了兩員大將，我要去找你了，葛雷哥利。」

「你是誰？」

「不是基輔派來的。」

「那是哪來的？」

「憲兵特種部隊第一一〇支隊。」

「那是什麼？」

「你很快就會知道的。」

「你到底想怎樣？」

「你犯了一個錯。」

「什麼錯？」

「你玩過界了，所以，皮繃緊點，報應來了。」

「你是美國人。」

「蘋果派也是。」

葛雷哥利停了好一陣子，無疑陷入了思考，無疑想著他廣大的賄賂網路，收買、籠絡過的人，欠他人情的人，還有一些小心安置的預警性的超靈敏引爆線。所有這些應該早就或多或少對他發出了警示，可是他什麼都沒收到，沒有半點風聲。

「你不是警察，」他說：「你不是政府人員，你是一人作業，對吧？」

「相信這只會讓你更難以承受，一旦你的組織變成一片廢墟，所有人都死光，除了你，因為你是最後一個活口，這時我便會現身。」
「你休想靠近我。」
「目前為止我做得如何？」
沒有回應。
「等著，」李奇說：「我來了。」
然後他結束通話，把手機往車窗外一扔。他們繼續往前，繞過街角，將車停在許維克夫婦所投宿旅館外面的十分鐘限時停車位。

42

李奇和艾比搭電梯到了許維克夫婦所在的樓層。以紐約或芝加哥的標準，它的高度屬於中低等，但是以當地標準，它或許是可以俯瞰一百哩範圍的最高點。他們找到正確的房門。瑪麗亞・許維克透過窺視孔看了看，讓他們進去。那是一間套房，有一間獨立起居室。相當明亮清爽，又新又乾淨。兩道大型落地窗，在角落呈直角排列，這時剛過中午，太陽高懸，空氣清朗，窗景十分壯觀，整個城市在底下綿延開來。就像李奇研究過的旅館地圖，這時栩栩如生。

艾比拿出錢來。從木料場後面那間起火的藏屍室拿來的嶄新一萬元，還有放貸酒吧的近八千元，現鈔多到在桌上彈來跳去，有些還飄到了地板上。許維克夫婦幾乎要開懷大笑起來。今天的問題解決了，亞倫決定先把錢存進銀行，然後照一般規矩電匯給醫院，最後一絲尊嚴。艾比提出要和他一起到市區的分行，只是陪陪他，沒別的原因。其實沒這必要，因為這時亞倫已經走得很穩了，而中央街以東又安全得不得了，因此只是好玩。他們一起離開，李奇回到窗前，繼續看窗景，瑪麗亞坐在他背後的小沙發上。

她說：「你有孩子嗎？」

「我想沒有，」李奇說：「據我了解，應該是沒有。」

他望著底下的城市。梨形的圓胖部分。角落的兩扇窗戶讓他可以一覽整個西北象限，大約是時鐘上九點到十二點的範圍。他或多或少看得到中央街就在底下。再過去一點，在他的左半邊，有兩棟辦公大樓和一棟高聳的旅館。它們看來非常新，在一大片形式統一、分布極廣的三、四層樓建築物中傲然挺立，那些建築物多半很舊，多半是磚造的，多半很寒酸。它們有著修修補補而且漆成銀色的平坦屋頂，多數都有安裝在角鋼架上的空調設備，有許多從餐廳廚房拉出來的金屬排氣煙囪，還有蹦跳床大小的衛星天線，以及屋頂設有露台的車庫。街道十分狹窄，有些地方車流擁擠，有些則空曠而安靜，許多小小的人物行走著，左轉，右轉，從門口進進出出。景觀一直延伸到朦朧的遠方。

城裡任何一間地下室都有可能，凡崔斯卡這麼說過。

瑪麗亞問：「你結婚了嗎？」

「沒有。」李奇說。

「你不想嗎？」

「這種事我只有一半決定權，」他說：「我想這解釋得夠清楚了。」

他回頭看著窗景，就像之前看著地圖一樣。一個高明的指揮官會把秘密衛星行動藏在哪裡？會是什麼樣的地方？保全，設施，電力，網路，隱密，方便物資供應和補給。他尋找著可能的地點，大片褐色小建築物，亮眼的屋頂，車流。

「艾比喜歡你。」瑪麗亞說。

「也許吧。」李奇說。

「你不想承認？」

「我同意她在這上頭花了不少心力，我想應該是有原因的。」

「你不認為你就是原因？」

李奇笑了。

他說：「難不成妳是我老媽？」

沒有回應。李奇繼續尋找。和往常一樣，很難有結論，如果西南象限和西北象限一樣，那麼可能的地點少則不到十個，多則一百個以上。得要看是什麼標準，得要看關於保全、設施、電力、網路、隱密性和方便物資供應，是哪個部分藏著玄機。

他說：「梅格有什麼消息？」

她說：「心情依然不錯。明天的掃描應該可以確認狀況，每個人都這麼認為。至於我，我覺得我們像在賭博，現在當然就是這樣，要麼是大勝利，要麼損失慘重。」

「我會冒這個險。贏或輸，簡單明瞭。」

「很殘酷。」

「萬一輸了才是。」

「你一直都是贏家？」

「截至目前為止。」

「怎麼可能？」

「不可能，」李奇說：「我不可能一直都贏，總有一天我會輸，這我很清楚，但不是今天，這我也很清楚。」

「真希望你是醫生。」

「我連碩士學位都沒有。」

她頓了一下，接著說：「你說過你可以找到他。」

「會的，」李奇說：「今天。在銀行關門之前。」

所有人聚集在法蘭克・巴頓住處，曾經屬於阿爾巴尼亞幫地盤的地方。空中仍然飄著木料場火災煙霧。巴頓和霍根結束表演回到家，凡崔斯卡過來玩，李奇和艾比剛去探望了許維克夫婦。大夥擠在前廳。這裡再度塞滿了樂器，不能放在小貨車上，會被偷走。

霍根說：「這事的關鍵是，先要弄清楚你是在揣摩一個聰明人，或是一個絕頂聰明的人，或是一個天才？因為這是三種全然不同的定位。」

「葛雷哥利似乎相當聰明，」李奇說：「我相信他有一定程度的精明狡猾，但我懷疑這事是由他決定的，尤其如果這是和外國政府簽訂的價值數千萬美元的正式合約，我會認為這幾乎是賣方市場，我敢說這裡頭有各式各樣的條款、條件、審核和批准程序。莫斯科一定會找頂尖的，而且他們可不傻，他們知道什麼是壞點子。所以，就定位來說，我建議我們從天才的標準來進行預測。」

凡崔斯卡說：「保全，設施，電力，網路，隱密性，方便物資供給。」

「從最後一項開始，」李奇說：「方便物資供給，距離他們總部幾個街區算方便？」

「不如說是哪一類街區，」霍根說：「我會說，整個市中心都算，商業區，任何有商業活動的地方，各種怪事天天上演，大家習以為常。住宅區就不一樣了，我會說市中心邊界以內是合理的範圍，中央街以西。」

「就在忙亂的鬧區裡，」巴頓說：「並不隱密。」

「這就像躲在眾人眼皮底下，也許實質上並不隱密，但同時又極不起眼，形形色色的人來來去去，誰也不會注意，沒人知道別人的名字。」

李奇問：「網路方面，他們會需要什麼？」

凡崔斯卡說：「可以連上寬頻業者或衛星的堅固牢靠的連線設備，可能是衛星，因為很難追蹤。」

「城裡有很多衛星天線。」

「很多人使用。」

「他們需要什麼電力設備？」

「最近安裝的，符合法規，有最大負載限制作為安全範圍，還有電力中斷時的自動備份發電機。他們承受不起斷電，可能所有設備都會完蛋。」

「他們需要哪些設施？」

「臥房，浴室，大餐廳，也許加上電視室，或休閒室，乒乓球之類的。」

「聽來像聯邦監獄。」

「要有窗戶，」艾比說：「所以不是地下室。這可能是長期合約，而楚蘭柯是個大人物，也許正在走霉運，但即便如此，他還是很講究的，他會想要過正常生活，他會這麼要求。」

「好，要有窗戶，」李奇說：「這就不能不提到保全了。」

「鐵窗。」巴頓說。

「或者隱姓埋名，」霍根說：「市區有上百萬個窗戶，有時亮燈，有時關燈，沒人會注意。」

凡崔斯卡說：「他們需要可控管的單一入口，也許在入口端的某處裝一個監視螢幕，在出口端的附近也裝一個備用的，以策安全，說不定得要穿過地下室，然後從後面樓梯上去之類的，一路嚴密審查，就像穿過一條長長的隧道。也許不是真的隧道，但感覺很像。」

「所以，是哪裡？」

「你看過了，市區有上千棟這樣的房子。」

「我不喜歡那些房子，」李奇說：「因為它們全擠在一起，也因為海軍海豹突擊隊隊員霍根從一開始就說得很清楚，他們會尋找緊急出口、卸貨區、通風井、水管和下水道等，但最重要的，他們會尋找可以破壞相鄰建物之間的牆壁，尋找可以攻進去的地方，你也知道那是怎麼回事。他們會把城市規劃部門的一個老手叫醒，然後他會找到一張沾滿灰塵的舊藍圖，上面會顯示這個人的地窖和那個人的地窖是相通的，只是有人在一九二〇年建了磚牆把它堵起來了，但只砌了一層，而且用了劣質灰泥。你喘口氣它就塌了。或者，他們會從側面攻進去，從一樓牆壁，或窗口，或樓頂，或者也可以從屋頂攀繩子降下來。別忘了，是莫斯科政府作的決策，是大買賣，合約說不定會持續數年。因此，他們一定會找個完美無缺的地點，而且他們絕對有資格評定。他們知道我們的所有戲法，他們知道我們有許多特別單位一直在都會環境中進行像這樣的訓練。」

「可是郊區不容易補給，不可能兩者兼得。」

「沒有不可能的事，只有計畫失敗的問題，我認為他們要什麼有什麼，非常容易取得，因此就算要帶一杯砂糖去串門子也沒問題，但同時又非常隱密，距離最近一戶人家或許有數百呎遠，在電線電纜、自動發電機和堅固牢靠的連線裝置方面的基礎設施非常充足，充滿陽光和自然天光的奢華居住環境，絕不可能從側面攻入，甚至靠近，或者從底下，或者上面，從水管或通風井入侵的機率是零。可控管的單一入口，有大量機會可以在入口端裝設預警偵測裝置，出口端要裝多少個防禦性備用裝置也都沒問題，我認為莫斯科指定了他們的理想地點，而且我認為他們找到了。」

「在哪？」艾比說。

「不久前我才從旅館窗戶看著它。當時瑪麗亞・許維克也在，她問我要不要結婚。」

「跟她？」

「我想她只是籠統地問。」

「你怎麼說？」

「我說一個巴掌拍不響。」

「楚蘭柯在哪？」

「那是一處巢穴，不是蜂窩或地洞，而是在空中。他們在某一棟新商業大樓租了三層高樓層辦公室。這種大樓在中央街以西有兩棟，他們將頂層和底層作為緩衝區，在中層生活和工作。無論從上下、兩側都接近不了他們。」

43

他們逐一討論了它的缺點。保全，設施，電力，網路，隱密性，物資供應，一棟位在市中心的嶄新大樓的三層高樓層辦公室滿足了每一項需求。電梯程式可以重新設計，這個難不倒楚蘭柯。只允許一個電梯車廂停下，其他門全部焊接封鎖，從外面。樓梯間的門也一樣。唯一可以使用的那座電梯可以通往一只籠子，也許是鐵網圍籬，安裝在走廊內，門是帶鎖的。荷槍的人。電梯門會在訪客背後關上，然後把他困在鐵網裡頭，有足夠時間進行偵測。

就算訪客一路到了這裡，大廳裡也會有人。也許靠在電梯按鈕附近。為了因應狀況C，也許有不少人，他們會留意陌生面孔。

「哪一棟？」艾比問。

「一定有些文件，」李奇說：「某個市政部門，三層樓，由一家不知名的公司租賃，用一個平淡無奇的承租人名字，或者我們可以向大賣場打聽一下，問他們有沒有奇怪的發貨狀況，列如鷹架組件，或是商用狗欄之類的東西，籠子用的。」

「這問題很大，」霍根說：「我不知道我們有什麼辦法可以進去。」

「我們？」

「你的好運遲早會用光，到時你會需要我這個海軍陸戰隊戰友去營救你，你們陸軍弟兄向來如此。如果我能從一開始就對這次任務進行監督，預防這種情況發生，效率應該會大大提高。」

「算我一份，」凡崔斯卡說：「理由基本上相同。」

「我也是。」巴頓說。

一陣沉默。

「那我就直說了，」李奇說：「這可不是在公園散步。」

沒有異議。

「第一步是什麼？」凡崔斯卡問。

「你和巴頓找出是哪一棟大樓，以及哪三個樓層，我們其餘的人將去拜訪一下他們的總部，在當鋪對面、保釋辦公室旁邊的計程車調度站的後面。」

「為什麼？」

「因為史上一些最大的錯誤都是因為秘密衛星行動和母艦的聯繫中斷造成的。沒了指揮和掌控，沒了情報，沒了指令，沒了領導，沒了補給，完全孤立。這就是我希望見到的結果，而最快的方法就是長驅直入，直接摧毀他們的母艦，不需要瞻前顧後，講究含蓄的時代早過去了。」

「你果然很討厭這些人。」

「你自己也沒說過他們多少好話。」

「他們會到處布滿警衛。」

「現在加倍了，」李奇說：「我一直打電話給葛雷哥利，不斷嚇唬他，他無疑是條勇敢的漢子，但即使如此，我敢說為了安心，他還是加強了警衛。」

「那麼嚇唬他顯然是不智的做法。」

「不，我希望他們全部集結在一處。應該說，集結在兩個地方，母艦和衛星基地。一個不少，沒有漏網之魚，沒有走丟或失散的。我們不妨把它稱為狀況D。這樣會比較圓滿，密集攻擊目標總是比分頭去追捕個別逃犯來得有效率。在這種地方，恐怕得花上好幾天，我們勢必得在城裡四處追人，最好盡量避免，我們時間不多了，應該讓他們替我們做一些工作。」

「你瘋了，你知道嗎？」

「這傢伙還說他準備以二十五哩時速，直直衝向裝有核彈的反坦克大砲。」

「那不同。」

「到底有什麼不同？」

凡崔斯卡說：「好像沒有。」

「找到那棟大樓，」李奇說：「查出樓層號碼。」

他們開的還是放貸人的林肯轎車。在中央街以西常見的車，而且挑戰不得。艾比開車。霍根坐在她旁邊的前座，李奇輕鬆攤在後座。街道很安靜，沒什麼車流，沒有半個警察。所有警察都在中央街以東，毫無疑問。這時候，消防局大概正把焦黑的遺骸從火災現場抬出來，一個接一個，駭人聽聞。每個人都想親眼瞧瞧，人事件，可以說給孫子聽的。

艾比把車停在一處消防栓前，這裡位在當舖正後方四個街區的地方，而當舖就在計程車調度站對面，從地圖上看是直線，一條簡單的筆直路線。

「警衛會在離總部多遠的地方站崗？」李奇問。

「不遠，」霍根說：「他們必須全面涵蓋三百六十度。他們不能浪費人力，他們會守得密不透風，總部所在街區的四個街角都會派人，這是我的評估，他們說不定還會阻斷車流，但最多就這樣了。」

「這樣他們才能看清楚當鋪正面，還有計程車調度站的正面。」
「而且是從街道兩端，也許每個街角兩個人。」
「可是他們看不到當鋪後面。」
「沒錯，」霍根說：「在各個方位增加一條街將耗掉他們三倍人力，簡單的數學，他們擔不起。」
「好，」李奇說：「太好了，我們就到當鋪後面去。反正都得去一趟，我們應該去把瑪麗亞的傳家珠寶贖回來，他們給了她八十元的低價，我不喜歡這樣，我們應該把不滿表達出來。也許他們會因為良心不安，慷慨捐款給醫療慈善機構。」
他們下了車，把車停在消防栓旁的路邊，李奇心想違停罰單在葛雷哥利的大堆麻煩中大概算不上什麼。他們走過第一個街區，接著第二個，接著他們變得謹慎，也許一個街區外沒人站崗，但是他們可以盯著下一個街區，太容易了。他們可以不時抬高視線，盯著遠方，他們可以分辨一個街區外的臉孔，還有速度、意圖和肢體語言，因此李奇緊靠著店面櫥窗，走在犀利的午後光影中，後面二十呎的地方遠遠跟著艾比，再後面是霍根，三人漫步著，隨興停下來，無論是步調速度、方向或目的，彼此間看似沒有一點關聯。
李奇左轉，進入叉路口，不見了人影，他等著，不久艾比跟上，接著霍根。三人整隊，一起往前，在遠遠的人行道上走了十來步，接著他們又停下，從地理位置來看，當鋪的後門就在右前方，可是右前方有好幾道後門，而且長得一個樣，也都沒掛標誌。總共十二個，每家商店都有一個。
李奇在腦中回想上次的造訪，當時他們開著艾比的舊豐田來進行搜救任務。一家髒舊的當鋪，隔著一條窄小街道和計程車調度站、保釋辦公室對望。瑪麗亞走了出來，艾比把車開過去，亞倫按下車窗，呼喚她的名字。

「我記得它在街區的中間。」他說。

「可是十二沒有中間，」艾比說：「十二家是左邊六家，右邊六家，中間什麼都沒有。」

「既然是偶數，中間就是二選一，前六家的最後一家，或者後六家的第一家。」艾比說：「我記得不是街區的正中間。」

「在中間之前，或者之後？」

「也許是之後，也可能在三分之二的地方。我記得看見她，然後把車開過去，我想應該是在街區中間之後。」

「好吧，」李奇說：「我們就第七、八、九家開始。」

那些建築物全部連在一起，它們的後牆面也一模一樣，又高又窄又陰鬱，由上百年的灰暗磚頭砌成，東鑿一個西鑿一個鐵窗，到處掛著一團團電線和電纜，從一個接頭垂懸纏繞著連到另一個，連線可能不夠牢靠，後門本身也都一樣，全都是一個款式、用了上百年的堅固門板，向內開，木頭製，但是大約五十年前有人用金屬板補強下半部，來提高耐用度。也許是新房東，進行改造。那些金屬板上有著半世紀的磨損痕跡，裝卸、運貨和進貨造成的，開也踢，關也踢，手推車、載物車和平板車來回衝撞。

李奇察看著。

第八道門的磨痕比第七、九道門少。

事實上少很多。事實上，就五十年來說，狀況非常好。

第八道門，正好在十二個商家的街區的三分之二處。

他說：「我想就是這一家，當鋪不太會有手推車或平板車進進出出，偶爾會有一件吧，例如巴頓把他的音箱搬來，可是這裡進出的物品多半都是拿在手上或放口袋裡的。」門從裡面鎖上了。不是消防門，因為不是酒吧或餐廳，不同法規。木頭門板很堅固，門框，或許差一點。木材較軟，不常上漆，或許有點鏽蝕、鬆脆。

他問：「海軍陸戰隊會怎麼做？」

「火箭筒，」霍根說：「攻進建築物的最棒方式，扣扳機然後穿過冒煙的破洞。」

「假設沒有火箭筒。」

「那當然必須把門踢開，不過我們最好是一次成功，他們大喊一聲就會有十二個人趕來援助，我們不能杵在這裡。」

「部隊有沒有教你怎麼踢門？」

「沒有，他們只給我們火箭筒。」

「力等於質量乘以加速度，先起跑，然後一腳往門直直踹過去。」

「我負責踢？」

「對準門把底下。」

「我以為是門把上面。」

「那裡最靠近鑰匙孔，鎖舌就在那裡，那裡也最靠近門框被挖出最多木材的地方，因此也最脆弱，這就是踹門，被撞壞的永遠是門框，不是門板。」

霍根退後，在十到十二呎之外直立著，然後和門對齊，身體前後晃動，接著向前衝刺，帶著李奇在電視上看過的，跳高選手準備締造紀錄的那種冷酷、自信滿滿的專注。他是一個擁有身體律動感、優雅而充滿活力的樂手、年輕人，所以李奇要他做這工作。這決定大獲成功。霍根衝了過去，高高躍起，在半空一個扭轉，腳後跟劈向門把底下，就像快餐廚師一腳踩中蟑螂，又快又狠，精準無比，門應聲倒下，霍根踩著小碎步通過，踉蹌進了屋內，一邊旋轉雙臂維持動能。李奇隨後擠了進去，接著艾比，三人進入一條昏暗的短走廊，走向一道寫著左右相反的私人專用金色字體的半玻璃門。

沒有理由停下來，事實上也不可能。霍根衝進半玻璃門，接著是李奇，隨後是艾比，進到了當舖內，就在櫃台後方，一旁是收銀機。收銀機前有個長得像鼬鼠的小個子，他轉身面對他們，一臉震驚。霍根放低肩膀，往他胸口一頂，將他彈離櫃台，撞向了李奇，李奇一把抓住他，讓他轉過身子，然後用H＆K手槍抵住他的頭側。他不確定是哪一把，他決定碰碰運氣，但是無所謂，到了這時，他已知道它們全都管用。

艾比拿走那人的槍，霍根找到他的每日帳簿。一本大冊子，手寫的。也許是市政法規，也許只是典當業的傳統，霍根的手指往上滑過一堆線條。

「有了，」他說：「瑪麗亞・許維克，婚戒數枚，小顆單鑽戒指數枚，錶盤破損的手錶一只。八十元。」

李奇問那個人：「這些東西在哪裡？」

那人說：「我可以拿來給你。」

「你認為八十元公道嗎？」

「公不公道要看市場，要看人有多危急。」

「你現在有多危急？」李奇問。

「我真的可以把東西拿來給你。」

「還有呢？」

「我也許可以加幾樣東西，好東西，也許是大一點的鑽戒。」

「你有錢嗎？」

「有，當然我有。」

「有多少？」

「大概五千，你們可以全部拿去。」

「那當然，」李奇說：「我們可以要什麼拿什麼，這個不用你說。可是你真正該擔心的不是這個，因為這事不只關係到一次苛刻的交易，你跑到馬路對面，去打老太太的小報告，引起一大堆麻煩，這是為什麼？」

「你是基輔來的？」

「不是，」李奇說：「但我吃過一次他們的雞，相當不錯。」

「你到底要我怎麼樣？」

「葛雷哥利快垮了，我們得決定要不要讓你跟著他一起垮。」

「當時我收到一通簡訊，我非回應不可，沒得選擇，條件就是這樣，老哥。」

「什麼條件？」

「這當舖本來是我的，被他拿走了，他要我把它租回來，但是有一些口頭的條件。」

「你必須過馬路去打小報告。」

「沒得選擇。」

「那裡是什麼樣子？」

「哪方面？」那人說。

「格局。」李奇說。

「一進去是門廳，在左邊，右邊有一道門通往別的房間。他們真的有計程車業務，但是你一直走到後面，會看見一間會議室，過了之後，有另一條走廊，在反向的後面角落，從那裡可以通往辦公室。最後一間是達尼洛的，穿過達尼洛的辦公室，就到了葛雷哥利的辦公室。」

「你多常去那裡？」

「只有必要時才去。」

「你替他們工作，但心裡並不情願。」

「這是事實。」

「大家都這麼說。」

「說得也是，但我是說真的。」

李奇沒說話。

艾比說：「不要。」

霍根說：「不要。」

李奇說：「去拿我們說的東西。」

那人把東西拿來了。婚戒，小單鑽戒指，有裂痕的手錶。他把它們放進一只信封。

李奇將信封塞進口袋，加上收銀機裡的所有現金，大約五千元。想必也只是杯水車薪，但李奇喜歡現金，一向如此，他喜歡它的重量感，和死寂。霍根瀏覽著當舖的貨架，扯掉那些沾滿灰塵的老舊立體聲典當物的繩子，然後用繩子把那傢伙綁起來，穩當，不太舒服，但可以存活。最後總會有人找到他，替他鬆綁。之後要怎麼做，就隨他了。

他們把那人留在櫃台後面的地板上。他們走到商店的通風井，透過積滿塵埃的前窗，望著對街的計程車調度站。

44

他們待在當鋪內的陰影中，斜斜窺視著窗外，一邊左右挪動，把街區的全貌看清楚了。計程車調度站門外的人行道上站著兩個人，在一段距離外的左邊街角也有兩個人，右邊同樣距離外也一樣。看得見的有六人，加上屋內可能也有同樣人數。最起碼。也許當舖老闆描述過的門廳有兩個，會議室兩個，加上通往辦公室的走廊入口處的兩個，這些地方無疑都站了一個口袋有槍、抽屜裡還藏了一把備用的老手。

不妙，軍事學校會把這稱作戰術挑戰，在一個極度受限的戰鬥空間中，對佔有人數優勢的敵方進行正面攻擊。不只這樣，街角那些人將會從後方加入戰局，前線有壞蛋，後方有壞蛋，可是沒有防彈衣，沒有手榴彈，沒有自動槍械，沒有霰彈槍，沒有噴火器。

李奇說：「我想真正的問題出在葛雷哥利是否信任達尼洛。」

「有關係嗎？」霍根說。

「有什麼理由不信任？」艾比問。

「兩個理由，」李奇說：「一，他誰也不信任，爬到葛雷哥利這位置，靠的不是信任別人，他冷酷陰險，自然認為其他人也都一樣。二，目前達尼洛是他的最大威脅，第二號人物，等著當首腦的人，晚間新聞常見的，將軍被免職，上校接任。」

「這對我們有幫助嗎？」

「你得先通過達尼洛的辦公室，才能到達葛雷哥利的。」

「這很正常，」霍根說：「一般都是這樣，軍師就是這麼運作的。」

「反過來想，如果要離開自己的辦公室，葛雷哥利得先通過達尼洛的。而他又很偏執，這是有充分理由的，而且成效很好。他還活著。在他腦中，這可不一定像電影裡執行長向秘書道晚安，叫她甜心，而比較像是踏入死亡陷阱，面對桌子後面的暗殺小組，甚至更糟，被禁錮起來，直到他答應他們的要求。也許他們會要他主動下台，保住他的面子。」

艾比點點頭。

「關於人性分析，」她說：「多半是胡扯，但有些也不無道理。」

「什麼？」霍根說。

「他建了一個緊急出口。」

他們回到櫃台後面，靠著櫃子坐在地板上，離那個被捆綁的傢伙不遠，高階會議常在後方舉行的。霍根扮演陰暗消極的海軍陸戰隊員角色，一方面因為他擔任過，一方面也是職業義務。每個計畫都必須從方方面面進行壓力測試。

他說：「最糟情況是，我們會面對一模一樣的局面，只是翻轉一百八十度。在下個街區人行道上的人看守後門，然後在屋內的狹窄走廊裡發現更多人，這情況有個字可以形容。」

「對稱。」李奇說。

「一定是的。」

「關於人性分析，」她說：「多半是胡扯，但有些也不無道理。」

「然後呢？」

「逃生口不好看，」她說：「那會讓他顯得很膽小，再怎麼說都會讓人覺得他不信任自己買來的保護裝備，或者站在他面前的一群忠誠官兵，他不能承認這種種的感覺，他是葛雷哥利，他沒有弱點，他的組織沒有弱點。」

「所以？」

「緊急出口是秘密的，沒人看守，因為根本沒人知道有這東西。」

「連達尼洛也不曉得？」

「尤其不能讓達尼洛知道，」李奇說：「他是最大威脅，這事是在達尼洛背後進行的，我敢打賭，如果翻找紀錄，會發現他有兩週被派到外地去，而就在他回來前，我敢說一定有幾個建築工人詭異地死於某種可怕的意外。」

「所以，除了葛雷哥利，沒人知道秘密通道的位置。」

「沒錯。」

「包括我們，我們也不知道它在哪裡。」

「某人的地窖會通往另一個人的地窖。」

「這就是你的計畫？」

「從葛雷哥利的角度想，這個人能有今天，靠的可不是冒險躁進。他考慮的是阻絕暗殺攻擊，立刻逃離現場。極度緊張的狀況，不容許有絲毫混亂，必須要簡單明瞭。也許是牆上的箭頭標誌，也許是像飛機上的緊急照明。我們要做的是找到遠端的臨街入口，我們可以進入，跟著箭頭反向移動，最後也許會從他辦公室牆上的一幅油畫後面出來。」

「但我們還是得面對同樣那批人，只是順序倒過來，他們會從辦公室門口湧進來。」

「只能往好處想了。」

「看不出我們有勝算。」

「兩件事，」李奇說：「我們後面不會有人，而且我們將從高層殺到底層，而不是從底層殺向高層，這會有效率得多。」

「等等，」霍根說：「幾個街角都有人，對稱分布，後面街角變成前面街角，想進入恐怕沒那麼輕鬆。」

「如果我想輕鬆，當年就加入海軍陸戰隊了。」

他們循著來時的路線離開當舖，穿過後門廳，出了後門，到了十字路口。他們匆匆回到車上，先是謹慎，接著加緊腳步，車子還在那裡，沒有罰單，連交通警察都到中央街以東去了。艾比開車，她知道該怎麼走，她繞了一大圈，遠離計程車調度站的視線範圍，然後把車停在它後面兩個街區的一條寧靜的道路，一家賣洗衣機排水管的家庭商店的門口，她讓引擎空轉。霍根下了車，她挪到副駕駛座，霍根繞過引擎蓋走回來，上了駕駛座，李奇待在後座。

「準備好了？」他說。

霍根嚴肅地點頭。

艾比篤定地點頭。

「好，開始行動。」他說。

霍根開車駛過街區的剩餘部分，並且在街角左轉。在新道路前方的轉角有兩個人，在遠遠的人行道上。黑裝，白色襯衫，之前是較遠的左街角，這時是較近的右街角，對稱。他們背對他們看守的街區站著，向外看，就像稱職哨兵的做法。

他們看到的是一輛自家人的車子向他們緩緩駛近，黑色林肯，擋風玻璃後面的臉孔模糊不清。背面是黑色玻璃，它在他們面前左轉，進入十字路口，葛雷哥利的地產在右邊，市民的地產在左邊，前方的下一個街角又有兩個人，之前是遠處的右街角，這時是近處的左街角。

車子減速，在路邊停下。後車窗打開，伸出一隻手來，打著手勢。街角的兩人不假思索朝著它跨出一步，反射動作。接著他們停下來，想了想，但是他們沒有改變想法，怎麼會改變？那是他們的車，而在狀況C期間，任何能夠出來巡邏的要角都是怠慢不得的，於是他們又起步，匆匆趕過去。

錯了。

當他們來到十呎遠，前車門打開，艾比下了車。當他們趕到，後車門打開，李奇走了出來。他用頭頂撞第一個到達的，由於時機和動能的配合，幾乎不需要力氣或動能，就像一個足球前鋒輕鬆接住一個外線橫傳的飛球，那人倒在路邊洩水槽裡，他的頭被路邊石撞破了，今天不是他的吉日。

李奇繼續往前，走向第二人，他突然發現自己看過的一張臉。供應小披薩、艾比工作的那家酒吧，那裡的門衛。從帶有小比薩餅和艾比等候桌的酒吧。走吧，孩子，當時他對她說，咱們後會有期，當時李奇對他說，但願。

等待的人有福了。

李奇用左直拳打他的臉，只是輕輕一擊，讓他能挺直腰桿來挨第二拳，這次對著腹部，打得他彎下腰來，頭低到一個合適的位置，相當於李奇的胸部，也許再低一點，讓他能一把抓住它然後扭轉，同時用盡上半身的扭力猛地一拉。脖子折斷，那人倒下，相當靠近他的同伴。李奇在他們之間蹲下，將他們手槍的彈匣取出。

林肯轎車離去。

李奇觀察著。較遠街角的兩人走了過來。意料中，對稱。基於同樣的理由。他們繼續靠近，這時跑了起來，霍根猛地加速，把車開上人行道，直朝他們衝過去，不好看。他們被彈到空中，證明電影裡那些老套劇情都是真的，好像布偶，好像在飛翔。也許他們已經死了，衝擊太大。可以確定他們在墜落的當中沒有掙扎，只是直接砸下，一陣打滑、翻滾、掃刮，胳膊和腿掉得一地。霍根停了車，走下來。李奇起身，往前走。

他們在街區中間會合，艾比已經在那裡，她回頭朝霍根過來的方向指了指。

她說：「就是那裡。」

「妳怎麼知道？」李奇問。

這不是他料想中的那類街道，不像當舖後面，沒有陰鬱的磚牆，沒有裝了鐵柵的窗戶，沒有垂掛的電線或電纜。相反地，這裡有一整排整修不久的建築物，很像那條坐落著公眾法律事務所的街道。清爽明亮，這裡多數是零售商店。比計程車調度站和保釋經紀公司所在的路段更好更漂亮。這個街區有兩個店面，一家營業中，一家關門了。

艾比說：「我認為他會從外而往裡面挖通道。如果從裡面往外挖，他很難保守秘密。他不能讓一群建築工人在計程車辦公室進進出出，一定會有人問起。因此，他在街區更新的期間在這裡動工，這是絕佳的掩護，他可以取得詳細藍圖和調查，他會知道哪裡和哪裡相通，他就這樣完成了，這些商店有一家的背面可以通向他辦公室的背面。」

「對稱。」霍根說。

「只是大致上，」艾比說：「相信實際上是左彎右拐、曲曲折折的，這街區已有一百多年歷史了。」

「哪個店家？」李奇問。

「人性，」艾比說：「最後我想，他終究沒辦法把它出租，他需要有絕對把握，他不想擔心會有人用展示櫃堵住他的秘密出口，他需要掌控，於是我尋找空店面，只有一間，窗戶用木板封住，就在那裡。」

她又指了指霍根過來的路。

閒置的商店相當傳統，老式建築風格，一道從地板直達天花板的櫥窗向內彎曲，銜接上和人行道相距約十二呎的店門，而店門位在一條地板鋪了馬賽克、像是景觀拱廊的走廊的盡頭。店門本身是裝在門框裡的大片玻璃門，上頭貼了紙。李奇猜它的門鎖大概很簡單，就像老式的居家用品。只要轉動粗短的把手，拉一下，就打開了。不需要鑰匙。要是在緊急時刻，鑰匙卻在別人手中，那可不妙。況且鑰匙很慢，葛雷哥利不想拖泥帶水。他可能得為了保命狂奔，他要一轉、一拉然後逃走。

「有警報器嗎？」霍根問：「他這人很偏執，他會想要知道有沒有人在這裡亂搞。」

李奇點頭。

「我想也是，」他說：「不過，我想最後他還是採取務實的做法。警報會出錯，他可不希望他不在辦公室時突然警報聲嗚嗚大作，因為達尼洛可能會聽到，到時肯定會發出疑問，這樁秘密恐怕維持不了多久。所以我認為沒有警報，但我相信這是艱難的決定。」

「好吧。」

「準備好了？」

霍根嚴肅地點頭。

艾比篤定地點頭。

李奇拿出他的ＡＴＭ卡，通過這類家庭用品的最好方法，他將它插入門縫，把它彎曲再彎曲，直到它卡在鎖舌上。他把門朝鉸鏈方向猛拉，然後，突來壓力的結果，讓簡略的門鎖機制以為鑰匙轉動了，於是鎖順從地彈開來。

李奇推開門，走了進去。

45

店內經過整修，但沒人住過，裡頭仍然瀰漫著淡淡的施工氣味。牆板，填補劑，油漆。窗戶上的紙透著柔和朦朧的光。一片空蕩蕩的白色空間，一個巨大光禿的立方體，沒有任何裝潢。李奇對零售業一無所知，但就他看到的，他猜櫃台、收銀機、貨架和置物架這些必要的設備大概都是商家自己購置的。

內側牆面只有一道門，木材施工相當工整，漆成白色，附有大型黃銅門把，不是暗門。裡頭是一條黑暗的短廊，盥洗室在左邊，辦公室在右邊，走廊盡頭是另一道門，施工同樣工整，漆成白色，附有大型黃銅門把。不是暗門。門後是另一個沒有裝潢的空間，全屋的寬度，深大約二十呎，左側可能是用來儲藏庫存的。

右側擺滿機械，有一只熱風爐、一台熱水器和一組空調，空氣和熱氣共用同樣的管道系統，管線仍然又新又明亮，連接處黏著強力膠帶。它原來的功能。許多水管和瓦斯管從水泥地面冒出來，後牆有一組暖通空調系統。李奇在旅館房間看過類似的東西，又高又窄，一機多功能，昏暗中有許多外露的配電板，所有斷路器都沒有標記。

沒有其他房門了。

艾比沒說話。

李奇轉身，看著後面。其他一切都沒問題，穿過走廊往前直走，通過商店空間，然後一轉、一拉然後走到街上。快速，暢通無阻，很完美，可是沒有其他房門了。

「他這人很偏執，」霍根說：「雖然他不曾把這店面出租，他也知道，這裡仍然不時會有人進來。城市視察員，病蟲害防治，也許是緊急來修漏的水管工人。他不希望這些人看見一道門，好奇門後面是什麼。他們可能會打開來看，職業好奇心。因此，門一定是掩飾起來了。也可能根本沒有門，也許只是牆板上的一塊外翻木板，背後沒有管線支架。」

他沿著牆面拍打，聲音沒有改變，介於空心和實心之間。

「等等，」李奇說：「這裡有共用同樣管線系統的熱風爐和空調機，它們可能是由裝在某道牆上的一個複雜的恆溫器控制的，一個仍然亮閃閃的全新裝置。」

「所以？」霍根說。

「為什麼他們還要在牆上裝一組獨立的ＨＶＡＣ？如果他們想加強這裡的熱氣或通風，可以在天花板上加幾個通風口，只要花一塊錢。」

他們聚集在HVAC的前面，像在畫廊欣賞雕塑那樣看著它。它的高度大約到艾比的頭部，底部三分之二是用鬆緊螺絲固定的普通金屬面板，接著是兩個旋鈕，一個用來控制加熱模式，一個用來控制溫度，從冷到熱，以從藍色到紅色漸層的圓弧來表示。旋鈕上方有一個出氣格柵，或冷或熱依設定而異。

李奇用指尖勾住格柵，往後拉。

整片柵板鬆開來，它從幾個磁釦剝離，掉落在地上。在它後面有一條又長又直的通道，一直往前消失在黑暗中。

牆上沒有箭頭，沒有飛機上的應急照明。艾比打開她的手機照明，微弱的光照亮他們前方十呎、後方十呎左右的範圍。通道約有三呎寬，是新近建造的，散發著和閒置商店同樣的氣味。牆板，填補劑，油漆。它筆直延伸了一段，接著右轉九十度，接著左轉九十度九，感覺像是在許多別人的房間之間繞來繞去。他們的盥洗室、辦公室和庫房，在許多一碼長無端短了許多的地方，李奇想像葛雷哥利的詳細藍圖，這裡偷一呎，那裡偷一呎，畫出許多假牆，最後把它們全部拼在一起。迷宮般的路線，但同時又簡潔、清晰而連貫。不能絆倒，不能跌跌撞撞，不能迷路。李奇想像入口的牆上夾著一只手電筒，葛雷哥利把它抓下，在通道裡東碰西撞，最後衝破出氣格柵，從空蕩蕩的商店跑出去。

他們慢慢往前走，彎彎曲曲的路線讓他們很難估計總長度。李奇記得這個街區整體上是正方形，以舊城區的標準來說相當大，一邊大約四百呎，計程車辦公室、會議室加上後面辦公室大約一百呎長，也許一百五十呎，要看它有多寬敞，也就是說他們起碼要走兩百五十呎的直線距離，加上左彎右拐的部分，實際上或許是五百呎的路程，以他們緩慢謹慎的步調，李奇心想，大約要花六分鐘。

結果花了五分半鐘，他們最後一次轉彎，然後在艾比的手機照明中，他們看見通道盡頭就在前方。終點的牆面是一塊厚重的鋼板，橫跨兩側，從地板直達天花板，上面切割出一個艙門，大小和通道另一頭的HVAC柵板差不多。必須彎腰，跨過去，就像潛水艇。右側有粗重的鉸鏈焊接在鐵門上，金屬因為加熱而變了色。左邊有一道沉重的門栓。目前沒拉上。葛雷哥利會把艙門推開，跨過來，在背後關上艙門，然後拉上門栓。沒人追趕，不需要鑰匙，快一些。門栓旁邊的牆上夾著一只手電筒。

他們後退兩個轉彎，低聲交談著，聲音低得幾乎聽不到。李奇輕聲說：「我想真正的問題出在，鉸鏈會不會發出尖銳的聲音。要是會，我們就加快動作，要是不會，就慢慢來，準備好了嗎？」

霍根嚴肅地點頭。

艾比篤定地點頭。

他們循著原路，繞兩個彎，回到鋼鐵艙門前，艾比將手機靠近鉸鏈，看來質地不錯，鍛鋼，表面光滑。但沒有潤滑油或油脂的痕跡。艙門沒有把手，不需要，只要兩個厚厚的箍環，就能把門栓牢牢鎖定，李奇用一根手指勾住其中一個。他在腦子裡排練接下來該怎麼做，不管快或慢。在另一頭，艙門應該會隱藏在某種偽裝後面。不會是時髦漂亮的東西，不會是需要引人注目地找工人來處理的，不會改變房間外觀的，達尼洛回來後不會注意到的，也許是原有的家具，和艾比一樣高，也許是書架。李奇必須打開艙門，然後把它移到一邊。不管快或慢。

結果很快，李奇輕輕推開艙門，推開不到一吋，兩個鉸鏈發出刺耳的吱嘎聲。於是他把它整個推開。藉著艾比手機發出的光，他看見一件沉甸木製家具背後的粗糙木材，他用力把它撞開，它向前傾斜，搖搖欲墜然後砰地倒下，很不穩固，顯然是書櫃，他從它上面爬過去，到了房間。

葛雷哥利原本坐在辦公桌前的綠色皮革椅上，腦海裡閃過許多重要的事。突然間他聽見背後傳來鉸鏈的尖銳聲響。他將椅子轉了一半，書櫃正好落在他身上。那是波羅的海橡木做成的，全實木，沒有鑲飾，上面擺滿了書籍、獎杯和裝框照片。首先，一片層板的前沿撞斷了他的肩膀，緊接著一片上方的層板砸破他的頭骨，然後整個書櫃壓在他身上，椅子也倒了，他的頭側撞上桌面的邊緣，身體卻往前倒在地板上，以致他的頸子怪異地扭曲，像樹枝一樣斷裂，當下要了他的命，李奇從倒塌的家具上爬過的額外重量完全沒有對他造成進一步傷害。

李奇看見前方是書櫃的背面，像斜坡那樣歪向一邊。它倒在一張辦公桌上。他從它上面爬過去，看見一道雙扇門，敞開著，裡頭是一間外部辦公室，一個人從桌後的椅子上站起，臉上滿是震驚和錯愕，是達尼洛，李奇心想。外部辦公室有一道門通往外面走廊，那道門也敞開著，椅子移動的吱嘎聲和人腳踩踏亞麻地板的聲音不斷傳來，顯然尖銳的鉸鏈聲和巨大的撞擊聲引起了大夥的注意。

李奇右手一把葛拉克，左手一把葛拉克。右手的槍對著達尼洛，左手的槍對著門口。霍根來到他身後，接著是艾比。

她說：「葛雷哥利已經死在書櫃底下了。」

李奇說：「怎麼會？」

「書櫃倒在他身上，他坐在辦公桌前，櫃子就在他背後，我想他的頸子斷了。」

「我把它推到他身上。」

「基本上是這樣沒錯。」

李奇頓了一下。

他說：「算他好運。」

接著他朝達尼洛的方向點了下頭，對霍根說：「把這人抓起來，確保他安全無傷，他和我需要長談一番。」

「談什麼？」

「這是我們軍中的說法，意思是我們要把某人揍死。」

「了解。」

接著，時間以一種怪異的方式推展開來，事後李奇認為，一方面這是不可避免，甚至命定的，一方面是被文化驅使著，同時也是被同儕壓力，被盲目的服從，被走投無路的無奈驅使著。很難理解，但這讓他多少了解了木料場後面辦公室門口的那堆屍體是怎麼回事。他們不斷進來。先是一個壯碩的傢伙進入現場，並且伸手拿槍，李奇讓他把槍掏出來，讓他將自己的意圖表現得一清二楚。然後他擊中他的要害，一發子彈。接著，第二人衝進來，擺出一副可笑的一切交給我的虛張聲勢姿態，但是他也不行。李奇把他擊落，他倒在第一人的身上。屍體就這麼往上堆。它沒嚇倒任何人，他們繼續倒在上面，一個接一個，我們還是得面對同樣那批人，只是順序倒過來。霍根說得一點也沒錯，先是從辦公室過來的要角，接著是屋子內部的壯漢。最後是外面街角的莽漢，全都被驅使著，全都奮不顧身，全都注定要失敗。起初，李奇想起他們在中世紀的犧牲，但接著他將評估的時間往後推，一直到了混沌之初，千千萬萬個世代以前，一路回溯到了對部落的瘋狂控制，以及失去它的極度恐懼。

當時，它讓他們存活下來，此時卻不同。最後，腳步聲停止。李奇又等了一分鐘，只是為了保險起見，沒完沒了的射擊聲逐漸消散，化為狂暴、嘶嘶作響的沉寂。

然後，他轉身面對達尼洛。

46

照李奇的標準，達尼洛算是小個子，約五呎十吋，精瘦而非壯碩，霍根已經脫去他的套裝上衣，拿走他的肩槍袋，結果他看來毫無遮掩而又脆弱，已經挫敗了。霍根讓他站在內部辦公室的桌邊，那張辦公桌是用太妃糖色實木做成的龐然大物，倒下的書櫃就靠在上面，櫃子很大，恐怕有一噸重，書和 飾品撒了一地，從新的角度，李奇可以看見地板上的葛雷哥利。他被折成Z形，有點壓縮。原本是那麼健康的一個人，高大、結實而強健，但是死了，遺憾。

李奇用左手食指從底下勾住達尼洛的領帶結，將他拖到寬敞的地方，讓他轉身，站直了，抬起下巴，肩膀後縮。

他退開。

他說：「說說你們的色情網站。」

「我們的什麼？」達尼洛說。

李奇甩他一巴掌。手掌張開，但仍然是重重一擊，打得達尼洛兩腳離地，側身翻了半個筋斗，摔倒在牆角。

「站起來。」李奇說。

達尼洛站了起來，搖晃顫抖著，先撐著雙手雙膝，手掌扶著牆面站直了。

「再試試。」李奇說。

「那只是副業。」達尼洛說。

「它們在哪？」

達尼洛猶豫起來。

李奇又給他一巴掌。另一邊，手掌張開，比之前更猛，達尼洛再次倒下，朝側面翻滾，頭撞上另一道牆。

「站起來。」李奇又說。

達尼洛再度起身，搖晃顫抖，雙手雙膝撐住，沿著牆面直立起來。

「它們在哪？」李奇又問。

「哪都不在，」達尼洛說：「無所不在，那是網路，零零碎碎分散在全球的伺服器上。」

「從哪裡控制？」

達尼洛盯著李奇的右手。他猜得到順序，不難。右，左，右。他不想回答，但他打算回答。

他說出那個字，不是蜂窩或洞穴，而是高高的鳥巢，然後緊閉嘴巴。此時，他進退兩難。他不能洩漏這地點，那是他們最重大、防守最嚴密的秘密，因此他繼續盯著李奇的右手。

李奇說：「我們早知道那在哪裡了，你手上已沒有籌碼可交換。」

達尼洛沒說話，這時手機響了。遙遠，含糊，從遠處的門口傳來，在口袋裡，一堆屍體當中。響了六聲，停止，接著又響起。同樣遙遠，同樣含糊，接著又響了兩聲。母艦無人回應的聲音。

達尼洛說：「對不起。」

「為了什麼？」李奇說。

「我做的那些。」

「做都做了，改變不了。」

達尼洛沒回話。

艾比說：「要。」

霍根說：「要。」

李奇用霍根剛才從達尼洛身上搜出的H&K P7朝他的額頭開槍。和他們的所有配槍相同，德國警用品，說不定還有序號。大量訂購，來自某些貪瀆的警察，達尼洛倒下，殘存的頭部在他自己的辦公室，他的其餘部分在葛雷哥利的辦公室。李奇左看右看。我們將從高層殺到底層，而不是從底層殺向高層，這會有效率得多。他們就像公司組織圖表那樣排列開來，葛雷哥利，達尼洛，高級代表，手機鈴聲此起彼落。

他們沿著緊急逃生通道，循原路離開，他們通往閒置的商店，一轉，一拉，回到街上，街角那些人還躺在那裡，沒人會想要報警，通報本市西區一條後街的一輛黑色Town

輛車附近有幾具屍體，那顯然是別人家的私事。

「接下來要去哪裡？」艾比問。

「妳還好嗎？」李奇問。

「還好，接下來要去哪裡？」

李奇望著市區的天際線。六座高塔，三棟辦公大樓，三棟旅館。

他說：「我應該去和許維克夫婦道別，也許再也沒有機會了。」

「為什麼？」

「木料場不會一直燒下去，警方遲早會回到中央街以西，再也沒有每週一千可拿了，他們勢必得找個人怪罪，問一大堆問題，這種時候最好閃遠一點。」

「你要走了嗎？」

「跟我一起走。」

她沒回答。

他說：「給凡崔斯卡打電話，要他來跟我們會合。」

他們把林肯輛車留在原處，算是一種保險措施，像路標。不是禁止通行，而是禁止問。太陽亮眼，天空無雲，下午三點左右，他們沿著開車來的路線往回走。他們搭電梯來到許維克夫婦的房間，瑪麗亞透過窺視孔看著他們，讓他們進去。巴頓和凡崔斯卡已經到了。

凡崔斯卡指著窗外，中央街以西的兩棟辦公大樓的左邊，一棟大約二十層樓高、表面是反映藍天的玻璃帷幕的簡單矩形建築，頂層窗戶上方是一個不痛不癢的平淡名稱，可能是保險公司，也可能是瀉藥。

「你確定？」李奇問。

「在時間上唯一符合條件的新租約，頂樓三層，沒人聽說過的公司，有各式各樣的怪東西從電梯送上去。」

「幹得好。」

「要謝謝巴頓，他認識一個白天在建物部門上班的薩克斯風手。」

顯然凡崔斯卡到達時打了電話叫客房服務，因為這時一名服務員用手推車送來大堆飲料食物。手指三明治，紙杯蛋糕，一盤剛用微波爐加熱的溫熱餅乾，加上水、汽水、冰茶和熱茶，還有最棒的熱咖啡，裝在一只在陽光下閃閃發亮的直立鍍鉻保溫壺裡，他們一起吃喝。凡崔斯卡說，他已經派了一組消毒清潔人員到許維克夫婦家，還有一名石膏板工人和一名油漆工，他說如果老夫婦想的話，明天一早就能回家了。他們說他們很想回家，說謝謝你們把牆洞修補好。

然後他們看著李奇，眼裡帶著疑問。

「今天銀行關門前，」他說：「留意有一筆匯款。」

亞倫禮貌地猶豫一下，然後問：「多大筆？」

「應該是相當大一筆整數。如果太多，就把多的送給別人，那些相同處境的人，也許可以給那幾位律師一些，朱利安・哈維・伍德、吉諾・維托雷托和艾薩克・馬海・拜福。名字很煩人，但表現一級棒。」

接著他拿出當舖的信封，幾枚婚戒，小單顆鑽戒，錶盤有裂縫的手錶。他把它交給瑪麗亞。他說：「他們倒閉了。」

然後他們離開，李奇，艾比，巴頓，霍根，凡崔斯卡，一起搭電梯下樓，到了街上。

距離辦公大樓一樓大廳半條街不到的地方有一家桌位設在後面的獨棟咖啡館。他們走進去，五個人擠一張四人桌，膝蓋碰膝蓋。凡崔斯卡和巴頓報告他們查到的東西，那棟大樓在三年前完工，有二十層樓，總共有四十個獨立單位，截至目前乏人問津。本地經濟不太穩定，一家不知名的公司用相當實惠的租金租下第十八、十九和二十層樓。其他租戶只有位在三樓的一名牙醫，和二樓的一個商業房地產經紀人，其他都是空的。

李奇問霍根：「海軍陸戰隊會怎麼做？」

「應該會先撤離經紀人和牙醫，然後放火把整棟大樓燒了。樓頂的目標人物要麼從緊急樓梯下來，要麼被燒死在上面。無論哪一種，都是不費太多力氣的穩贏局面。」

李奇問凡崔斯卡：「裝甲部隊會怎麼做？」

「標準城市作戰準則是，轟掉一樓牆面，讓整棟大樓直接倒塌，你必須盡量清除街道上的瓦礫，若一分鐘後還有任何動靜，可以用機關槍掃射。」

「好吧。」李奇說。

凡崔斯卡問：「憲兵會怎麼做？」

「無疑會比較巧妙靈活，因為我們相對欠缺資源。」

「例如？」

李奇努力想了一下，然後告訴了他們。

47

五分鐘後，巴頓離開咖啡館，去赴一個假想的牙科預約。李奇和其他人留在原處。

這裡靠近目標，是相當方便的基地。毫無疑問，櫃台人員是西區的線民，但已經沒人可以通報了，李奇看那人打了幾通電話，顯然都沒人接聽，他困惑地盯著電話。

接著，霍根和凡崔斯卡離開，去赴一場假想的關於商業房地產的晤談，李奇和艾比留在桌位上。他們的照片在烏克蘭幫的手機上出現過，他們覺得最好別太早露面。

櫃台人員打了第三通電話。

沒人接聽。

艾比說：「我想這表示今晚我們可以回我的住處。」

「應該沒問題。」李奇說。

「除非你在那之前離開。」

「要看情況。說不定到時我們五個人都得跑路。」

「假設不必？」

「那今晚我們就回妳的住處。」

「會待多久？」

他說：「這問題要由妳來回答。」

她說：「我想不會是永遠。」

「老實說，這也是我的答案，除非我的永遠眼界比多數人近一些。」

「多近？」

他望著窗外，街道，磚牆，午後的光影。他說：「我感覺我已經在這裡待了一輩子。」

「所以你還是要走？」

「跟我一起走。」

「守著一個地方有什麼不好？」

「四處為家有什麼不好？」

「沒事，」她說：「我不是抱怨，我只是想弄清楚。」

「弄清楚什麼？」

「我們還能在一起多久，這樣我才能好好把握。」

「妳不想跟我走？」

「在我看來，我有兩種選擇，一段有始有終的美好回憶，或者一段遲早會厭倦汽車旅館、搭便車和走路的漫長又緩慢的失敗關係。我選擇回憶，一次成功實驗的回憶，比你想像的要珍貴得多，我們做得很棒，李奇。」

「還沒到終點，別太早下定論。」

「你會擔心？」

「職業性的關注。」

「瑪麗亞告訴我你對她說的話。總有一天你會輸，只不過不是今天。」

「我想讓她高興點，就這樣，她真的很擔心，那麼說只是為了安撫她。」

「我認為你是說真的。」

「軍隊裡都是這麼教的，你唯一能直接掌控的就是你要付出多少努力。換句話說，如果你今天真的卯足全力拚命，並且在情報、計畫和執行方面都百分百正確，那麼你一定會獲勝。」

「很勵志。」

「這是軍隊。他們真正的意思是，如果你今天失敗，完全要怪你自己。」

「截至目前，我們表現得還不錯。」

「可是賽局已經改變。現在我們對抗的是莫斯科，而不再是一堆皮條客和小偷。」

「一樣是活生生的人。」

「但是更有組織，這點可以保證，也更有計畫。萬中選一的人才，弱點更少，錯誤更少。」

「聽起來不太妙。」

「我估計大約是一半機率，贏或輸。很好，我喜歡單純。」

「我們該怎麼做？」

「情報，計畫，執行。首先，我們要像他們那樣思考。這不難，我們一直在研究他們。凡崔斯卡最清楚了。他們是聰明人，有條不紊，官僚，謹慎，細心，講求科學，理性到了極點。」

「那我們要如何才能贏？」

「我們可以利用他們天性中的理性部分，」李奇說：「我們可以做一件理性的人絕對想不到的事，一件徹底錯亂的事。」

這時，第一份情報報告來了。巴頓走進來，點頭招呼，然後朝櫃台走去。他拿了咖啡，走向桌位，坐了下來。可是他還沒開口說話，第二份報告抵達。霍根和凡崔斯卡一起走進來。他們直接朝桌位走去。他們擠來擠去，彼此緊挨著坐下。五個人坐一張四人桌位。

巴頓說：「大廳的正面牆壁是整片玻璃，從旋轉門進去，大廳的後牆是大樓基礎設施機房的正面。當中有五個出入口，一道消防門，三座電梯，和另一道消防門。你和他們之間是通關閘門和保全服務台。在保全服務台後面的人，我看和一般民間的警衛沒兩樣。」

「就這樣？」李奇說。

「我想大樓本身所提供的就是這些，」巴頓說：「可是另外還有四名穿套裝打領帶的人，我猜是別人提供的，其中兩個站在旋轉門內，他們問我有什麼事，我說找牙醫，他們便退到一邊，揮手示意我往櫃台走。到了那裡，警衛又問我同樣的問題。」

李奇看著霍根和凡崔斯卡。

「你們也是？」他問。

「完全一樣，」凡崔斯卡說：「那裡有相當不錯的入口監控螢幕，接下來更精采了。過了通關閘門會看見兩個人，在電梯旁邊。電梯是改造過的，帶有新的控制面板，就像那種可容納數千人的大廈常有的裝置。按一下要去的樓層，螢幕會告訴你該搭哪一座電梯，然後電梯會帶你直達你要去的地方。電梯裡沒有按鈕，非常有效率的系統。可是對那種小規模的建物來說，實在沒必要。顯然另有原因。也就是，那兩個人不會讓你自己按下要去的樓層按鈕，他們必須為你代勞。他們會問你要去哪裡，你告訴他們，他們按下按鈕，告訴你在哪裡等候。然後你進電梯，然後在電梯門打開時走出去。沒別的選擇。」

「大廳有沒有監視錄影？」

「電梯控制面板上有一個玻璃小圓點，幾乎可以確定是魚眼鏡頭，直接傳到樓上。」

李奇點頭。

他看著巴頓。

他問：「牙醫如何？」

「三樓都是小套房，全部位於一條圍繞著建物基礎設施機房的矩形內部走廊的一側。機房的三個牆面是空的，我從消防樓梯間上了四樓，是一樣的。五樓的後面有兩間較大的套房，我無法完全走完機房的周邊，我猜空白牆面的另一側大概是套房的內牆。」

霍根說：「我們上了六樓，從那樓開始，套房變得越來越大，越來越高，可以確定十九樓是一整層繁複壯觀的結構。電梯從中央上來，那是建築師的唯一貢獻，我相信其他部分都是他們按照自己的意思設計的。」

「從鐵籠開始。」李奇說。

「保證是，」凡崔斯卡說：「那比我們想像中簡單得多，因為建築物很高，但不大，只有一個設施管道，每個樓層只有五個結構性開口，而且排成一列。一個籠子就能控制它們，不需要把任何地方焊接封閉起來。你可以建造一個大約六呎深、八呎高的籠子，就從第一道消防門外側開始，一路延伸到最後一道門，每道門都通往籠子內。電梯和消防樓梯也一樣。它大概就像一個長長的矩形接待區，有點淺。你必須在裡頭等一下，旁邊有一群荷槍的人透過鐵籠盯著你，鐵門外有更多荷槍人員可以把你放出去，門的開關可能是由電子控制，也可能有兩道門，就像氣密艙。

「地板和天花板？」

「水泥樓板，沒有明顯的穿透性，所有大口徑上升裝置都在設施管道內部上下移動。」

「好吧。」李奇說。

「好什麼？」

「謹慎，細心，講求科學，理性，我是這麼告訴艾比的。」

「加上偏執。不用說，他們在十八和二十樓也是完全一樣的做法，這麼一來他們的緩衝區幾乎是密不透風。」

李奇點頭。

「這是好事，」他說：「沒有入口。」

「那麼我們該怎麼做？」

「當情況變得棘手，好手會去購物。」

「哪裡？」

「五金商店。」

最近的五金商店是一家全國聯營店，到處都是鼓勵大家一起動手、馬上去做的真誠標語。莫斯科會批准的。它夠大，可以滿足他們的需求，但又沒有大到可以提供不同選擇。這讓採購快速許多。割氈刀是割氈刀，橫切鋸是橫切鋸，如此等等。他們每人都買了一只工具袋，上面印有商店標誌，但看來很專業。所有費用由住院的葛辛・赫加的馬鈴薯形皮夾支付。

他們把工具小心裝進袋子，將它們揹在肩上，然後沿著來時的路往回走，但是這次不是停在咖啡館。這次繼續往前通過剩餘的半個街區，到達辦公大樓的一樓入口。

48

一如巴頓的描述，大廳的正面是整片玻璃。這代表門口的人早就看見了他們，在大約三十呎外，以他們目前的速度，還要幾秒鐘才能到達。李奇希望這段空檔能被他們腦中迸出的許多小困惑給填滿，剛好夠他們推測一陣子。匆匆行進的五個人自然會讓人起疑，但是帶著工具袋的五個人，或許不會。也許是緊急出勤的水管工人，來修漏的，或者電工。只是其中有個女人，不過這不成問題，不是嗎？這裡是美國。只是其中有個人長得很像那個基輔來的傢伙。葛雷哥利在沒有消息之前發布了照片，基輔那傢伙是水管工人？停停走走、往東走往西走的小矛盾在腦中閃現，足以讓他們慢下來，足以讓他們的最後反應成為致命打擊。

因為到了那時，旋轉門已經呼嚕嚕快速轉動，首先吐出了李奇，接著霍根，接著凡崔斯卡，接著巴頓，最後艾比，所有人都從工具袋掏出槍枝，成扇形分散開來，霍根和凡崔斯卡向前衝刺，艾比跑在他們後頭，李奇和巴頓堵住門口的人，用槍抵住他們的下顎，將他們往後推，霍根、凡崔斯卡和艾比跳過通關閘門，三人衝向幾個穿套裝的男人，將他們拿下，艾比一個滑步停在電梯控制面板前面。

準備擺出特寫姿勢。她停了一下。街上的燈光在她背後，身材嬌小、男孩子氣，俐落窈窕，斜著臀站立，一身黑衣，舉著葛拉克17手槍。宛如表演藝術，一個噩夢中的人物。

接著她俯身向前，用噴漆罐朝玻璃小圓點噴了幾下。霧黑色，五金商店買的。這時，巴頓也開始給玻璃大門噴漆，只是噴的是白色，和閘置商店同樣的效果，四名穿套裝的人擠成一堆，李奇和凡崔斯卡拿槍對著他們，而霍根準備用五金商店買來的長電纜束帶將他們捆綁起來。

保全櫃台的警衛緊張注視著這一切。

李奇朝他大喊：「你替這些人工作？」

那人回喊：「不，先生，當然不是。」

「儘管如此，你仍然身負任務，你有責任，起碼要對這大樓的所有者負責，也許你還發過誓。如果我們讓你走，你就有義務打電話給警察，你看來像個有原則的人。所以說，最好連你也一起捆綁，甚至蒙住眼睛，我們會把你留在櫃台後面的地板上，之後你可以否認一切，這樣可以嗎？」

「再好不過了。」那人說。

「首先，來替我們把大門鎖上。」

那人站了起來。

就在這時，計畫出了差錯，原本順利的執行步驟脫離了正軌。儘管事後，在坦承的反省中，李奇發現他把這看成計畫正確施行的一刻。這是他要的，他暗中這麼希望，因此用上了橫切鋸。

一件徹底錯亂的事。

霍根彎下腰，開始捆綁第一個套裝男子的腳踝。這個人要麼單純出於恐慌，要麼被某種最後一搏的絕望激起，或者兩者都有，也可能他想發動某種起義。無論什麼原因，他突然猛地向前，朝凡崔斯卡衝撞過去，眼中帶著狂野的情感，行動透著狂野的能量，就這樣，他或多或少讓自己投向了凡崔斯卡的槍口。

凡崔斯卡做了正確的事。他從眼角瞥見霍根迅速滾開，就像優秀海軍陸戰隊隊員該做的，避開衝撞的人的雙腳，避免被隊友的火力波及。他看見後方沒人，不會有人被穿透身體的子彈命中。他知道他們在水泥建築內，不會發生有人被穿牆子彈掃中的意外災難。甚至不會有太大噪音，因為是近距射擊，這人的胸腔會產生巨大滅音器的效果。

凡崔斯卡扣下扳機。

沒有起義。

另外三人待在原地。

警衛說：「噢，該死。」

「我們一會兒回來找你，」李奇說：「先把大門鎖上。」

在第十九樓，有人發現大廳的監控螢幕一片漆黑。沒人知道這情形有多久了。起初，它被當成機械故障。但後來有人覺得它黑得很不平均，而且控制面板並不是零電壓。是別的原因。於是他們調出監控影片，看見一名年輕女子拿著噴漆罐往上噴，還先舉槍擺了個姿勢。在那之前她和另外四人衝過通關閘門，分別穿著不同的街頭服裝，但都配備了同樣的任務包。由女人帶領的秘密任務小組。這裡是美國。

當然，他們做的第一件事就是打電話到大廳，以防萬一。四個獨立的手機號碼，四個都沒人接聽。正如他們擔心的，因為正如他們所料。到處都一樣，下班前兩小時。他們甚至打給大廳的警衛，他們有號碼，固定電話，放在可笑的櫃台上。

沒人接聽。

完全孤立，沒有任何訊息，這下連大廳都聯絡不上，不知發生了什麼事，與世界隔絕。新聞沒有報導，八卦網站提都沒提。沒有奇怪的部署，沒有新聞秘書在一旁待命。

他們又試打了所有號碼。

沒人接聽。

接著電梯隆隆作響。中央升降井。

電梯車廂在嘶嘶聲中抵達。

門唰一聲滑順地打開。

在電梯車廂的後壁，有人用噴漆寫了魯蛇（loser）的烏克蘭語。滴著油漆的西里爾字的底下是一個他們的人，駐守大廳的，黑套裝，是他們自己的一個傢伙，他們從大廳裡出來，黑色套裝領帶，四肢攤開坐著，手臂和腿斜斜伸出。他的胸口挨了一槍。

他的頭被切下。

他的頭顱夾在兩腿之間。

門唰一聲滑順地關上。

電梯隆隆作響。

電梯車廂往下降。

完全孤立，沒有聯繫。沒有特定任務的人全部聚集在電梯大廳，在籠子外面，靠近鐵網，注視著裡面，像在下注那樣不斷挪動自己的位置。有些人對著中央電梯，彷彿期待著帶有可怕畫面的電梯再升上來。其他人選擇了第一部或第三部電梯。另外一些局外人觀察著消防樓梯。有各式各樣的看法。

他們等著。

沒有任何動靜。

大家變換了在鐵網外的位置，就好像電梯遲遲不來微妙改變了投注賠率，就好像它使得一種情節發生的可能性變得比另一種高了點。或者低了點。

他們等著。

他們試打了三個抽樣號碼。再一次，首先是葛雷哥利，接著是達尼洛，接著是樓下大廳的值班組長，沒抱任何希望。

沒人接聽。

他們等著。他們變換了在鐵網外的位置。

他們聆聽著。

電梯隆隆作響。這次是左手邊的升降井。

電梯車廂在嘶嘶聲中到達。

門唰一聲滑順地打開。

在電梯車廂地板上的是另一個他們的人，駐守大廳的，黑色套裝領帶，側身躺著，兩腿被捆綁，手腕和腳踝被緊扣在背後，嘴巴被一塊纏在他頭上的黑布塞住。他拚命扭動掙扎，絕望地用目光哀求，拚命在口箝下做著嘴型，像在呼喊著，拜託來救我，拜託來救我，然後急切地點頭，像在召喚著，像是在說，對，對，很安全，拜託來救我，接著拚命翻轉身體，像是試圖移向門檻。

門唰一聲滑順地闔上，把他關在裡面。

電梯車廂再度往下降。

起初沒人開口。

接著有人說：「我們應該救他的。」

有人說：「怎麼救？」

「我們應該快一些。他成功逃到那裡，我們應該幫助他。」

「沒時間。」

首先說話的那人環顧四周，首先從他所在的地方到鐵門，然後到它的電子密碼鎖，然後從鐵門到籠子內部的左側電梯。他在腦子裡計時，電梯門打開，電梯門關上。不，時間不夠。尤其一開始還因為嚇人的場景而驚呆了一下子。

絕不可能。

「可惜，」他說：「他逃掉了，我們卻把他送回樓下。」

「怎麼逃掉的？」

「也許他們把他綁起來，準備砍下他的頭，但是他設法滾進了電梯，上到了這裡，要我們救他，他就在六呎外。」

沒人說話。

那人說：「注意聽。」

電梯隆隆作聲。

還是左邊的升降井。

又上來了。

那說：「把鐵籠門打開。」

「不可以。」

「這次我們必須及時趕到那裡。把門打開。」

沒人說話。

電梯隆隆作響。

有人說：「對，把鐵門打開吧，我們不能把那可憐的傢伙再送回樓下。」

完全孤立，沒有指令，沒有領導。

又有一個人說：「把鐵門打開吧。」

鐵籠門口的人按下密碼。經過解鎖的時間延遲，門鎖咔嗒開啟。門板甩開來，四個人走了進去，舉著槍枝，謹慎地嚴陣以待。其他人待在外面，透過鐵網盯著看。

電梯隆隆作響。

電梯車廂在嘶嘶聲中抵達。

門唰一聲滑順地打開。

地板上躺著同一個人。黑色套裝領帶，手腳仍然被捆綁，嘴巴仍然被塞住，不斷扭動掙扎，用眼神哀求著，急切地點頭召喚，拚命翻動身體。

籠子內的四人衝了過去，準備伸出援手。

可是那不是同一個人。是凡崔斯卡。中等身材，套裝剛好合身。他沒有被捆綁。他的雙手藏在背後，握著兩把葛拉克17手槍。這時他亮出它們，開了四槍，迅速，精準，沉著。

這時，右側的電梯打開，李奇走了出來，連同霍根、巴頓和艾比。四把手槍。霍根率先開火。必勝目標是在鐵籠門的指揮控制距離之內的所有對手是李奇的提示，三發子彈就解決了。在這同時，李奇忙著清除障礙，朝著所有被凡崔斯卡從電梯地板上射擊他們同伴的一幕鎮住的人的後背或半後背開火，巴頓監看著電梯大廳的一側，艾比監看另一側。

太快了，不快也難。作為一種任務操演，這太容易了。攻擊者先是佔有意外突襲的優勢，之後從一片矩形戰鬥空間的狹窄角落運用密集火力，在戰場內唯一的助力是被他獨佔的一座防彈混凝土升降井的內部，從那裡可以發出有效的縱向射擊。這種種因素形成了勝利公式，而獎賞就是鐵籠門。它仍然敞開著，某種複雜的鎖，目前在解鎖狀態，也許是電子式的，門柱上有一個小鍵盤。

李奇穿過鐵籠門，進入外面的秘密空間，後面跟著霍根、艾比和巴頓，凡崔斯卡殿後，穿著借來的套裝，結束在電梯地板上的演出，彈掉身上的塵屑。

49

李奇的後腦袋進行著某種複雜的運算，包括將第十九層樓的總面積除以電梯大廳內的總陣亡人數，而這顯然意謂著，在實際考慮了長官級的重要電腦怪咖的住宿，以及為徵募人員提供的擁擠營房式住宿之後，可以容納那群人的空間必然大幅縮減。一定是的，不可能有更多人手，除非他們一張床睡三個人，或者疊在地板上睡。簡單的數學。

李奇的前腦說無所謂。如果今天我失敗，也只能怪自己。他把臉緊貼著走廊牆面移動，然後用單眼繞過轉角窺探。他看見另一條走廊。同樣寬度，左右兩排房門。也許是辦公室，或臥房。走廊對面是浴室，或儲藏室，或實驗室，或神經中樞，蜂窩、鳥巢或洞穴。

他繼續往前，霍根緊跟在後，接著是艾比，接著是巴頓和凡崔斯卡。左邊第一個房間是某種保全室。空的，閒置著。一組桌椅，沒人。桌上放著兩台平面螢幕，一台標示著大廳，被噴漆塗黑了，另一台標示著十九樓，螢幕上顯示的是一台顯然安裝在電梯間對面高牆上的監視器的畫面。角度向下。地板上躺著許多屍體的畫面。十來個。

我就說吧，他的後腦袋說。

他往前走。右邊第一個房間也是空的，裡頭有一面朝北的落地窗，整個城市在底下拓展開來。房裡有四把扶手椅、一台嗡嗡響的冰箱和放在桌上的咖啡機。一間待命室。或組員休息室，方便、靠近電梯。

他們往前走。什麼都沒有，沒有人，沒有任何機械設備。李奇也不確定這會是什麼樣的地方。他對艾比最初的描述印象深刻。就像你在電影裡看到的，一個瘋狂科學家待在擺滿亮閃閃的機器、電流劈啪響的實驗室。對他來說，伺服器（server）是指網球發球員，或者送酒的侍者。凡崔斯卡認為它的全部設備頂多就是五、六台筆電。雲端基礎架構，他說。霍根預期它是一個冷颼颼、到處都是白色美耐板的低矮房間。

他們緩緩前進。

什麼都沒看見。

「等等，」李奇輕聲說：「我們在浪費時間。這是非常時期，我認為他們已直接進入殊死戰，我認為無頭怪客把後備人員全部吸引到電梯鐵籠去了，只有那一刻正在工作的人留在後方，存活了下來。所以現在他們躲起來了，這是他們的卡斯特的背水一戰（Custer's Last Stand）。」

「有多少人？」霍根問。

「我無所謂，」李奇說：「只要楚蘭柯在裡頭。」

艾比說：「如果是六台筆電，或許只有幾個人。」

「加上警衛，」李奇說：「依莫斯科規定的房內隨時要有的警衛人數，或者起碼要有幾個負責維持秩序，數字不見得相同。」

凡崔斯卡說：「如果可能的話，莫斯科會規定要有一整支警衛軍團。」

「我想這要看房間的大小。」

霍根說：「如果是六台筆電，可以是掃帚壁櫥，任何地方都有可能，也許是掃帚壁櫥後面的一道暗門。」

「不，楚蘭柯要有窗戶，」艾比說：「尤其是那些窗戶。我敢打賭他喜歡這裡的景色，我敢打賭他喜歡站在那裡，透過玻璃望出去，威風凜凜對著底下的眾生，就算他其實已經挫敗，實際上是個囚犯，我敢打賭，這會讓他好過些。」

「等等，」李奇看著巴頓，說：「你說你在四樓可以繞著建築物的基礎設施機房走一圈，它的三個牆面都是空白的。可是在五樓，你無法走完，因為它的後面有大套房，機房長長的空白牆面的內側就是套房的內牆。」

「沒錯。」巴頓說。

「有這麼一道牆真不錯，」李奇說：「不是嗎？所有的上升裝置，還有電梯上上下下運送的各種服務都近在咫尺。」他看著凡崔斯卡。「在過去，如果你想安裝有線通訊設備，你會希望你有多長的電線？」

「在人力範圍內盡可能的短。」凡崔斯卡說。

「因為？」

「電線很脆弱。」

李奇點頭。

「不夠堅固耐用，」他說：「加上萬一水電出了問題，那道牆會頭一個反應，發電機開始運作也是它首先受惠。我敢打賭，這就是莫斯科想要的牆。」他說出那個字，蜂窩、鳥巢或洞穴，擁擠忙亂又嘈雜的地方。他說：「他們從電梯間的後面開始擴建，一直到對面的窗戶。因為莫斯科想要那道牆，而像楚蘭柯這樣的人想要窗景，還有比這更好的做法嗎？」

凡崔斯卡說：「那房間相當大。」

李奇點頭。

「形狀和大小和樓下大廳相同，」他說：「完全一樣的空間，只是倒轉一八〇度。」

「足夠容納一支警衛軍團。」

「頂多幾個步兵連。」

「說不定沒人，」艾比說：「因為人性。這些人是從烏克蘭來的，莫斯科就像瞧不起人的老大哥，因此他們會制定自己的規則。就算他們人在那房間裡又怎麼樣？他們有籠子，到哪都安全得很，也許楚蘭柯根本不希望其他人在房裡盯著他，這也是人性。」

「狀況C，」霍根說：「總得有人看守。」

「也許已經沒人了，」艾比說：「他們已經被切斷聯繫兩小時，我認為本能反應是出來，守著堡壘抗戰，在鐵籠那裡。我認為這是抗拒不了的衝動，因為人性，你不會想要躲在走廊裡等死。」

李奇說：「這就是那些書呆子說的，大範圍的基線假設（baseline assumption），從房間裡沒人，一直到整支警衛軍團，都有可能。」

「你猜是什麼？」

「我無所謂，」他又說：「只要楚蘭柯也在裡頭。」

「說正經的。」

「這是比例問題，要看他們到底有多少電腦怪咖，說不定好幾十個，成排成排的。」

「不，」凡崔斯卡說：「這是客製化商店，這是見不得人的詐騙勾當。無人機在別的地方，在雲端。」

「或者在他們老媽的地下室。」霍根說。

「隨便，」凡崔斯卡說：「反正楚蘭柯是個藝術家，主要是他，加上少數幾個，頂多一、兩個。」

「好吧，」李奇說：「然後在房裡安排四個或一個警衛。狀況C的近身保護部分可能會要求隨時有一組四人隨侍在側。最壞狀況，他們嚴格遵守規定。最佳情況，艾比說對了，楚蘭柯不喜歡被人盯著。在這種情況下，他們或許會私下做一些安排，這種事我見過好幾次，通常值班組長會像件家具似地坐在角落裡，也許他們成了朋友，類似的故事多到可以拍成電影。而小組的另外三人跑到別的地方，和狀況C的其他工作人員廝混。」

「所以是一個，或四個？」

他的後腦袋說，一個。

他開口說；「四個。」

他們在下一個轉角左右張望。巴頓指著一道門，在五樓，它對應的正是通往後面大套房的那道門。

50

電梯井的空白牆面在李奇的左肩附近。門就在正前方，因此是在電梯井寬度以外，因此不屬於房間本身。一條外部走廊，或者前廳。李奇推著那道門，手指張開，小心翼翼，慢慢的。

前廳。空的，三把椅子，臨時被拉進來，任意擺放。李奇的後腦袋說，這就是他們閒晃的地方了，警衛小組的另外三人。他們突然聽見電梯一帶起了騷動，於是跑了過去，他們已經死了。他的前腦看見另一道門，在前方左邊。在側壁，和電梯井的外牆成一直線，因此是通往房間的。

令人嘆為觀止的硬體，八成是隔音的，就像李奇在電影裡看過的，關於錄音室或廣播電台的情節。這道門向外開啟，又大又重，移動緩慢，本身就是一個保安系統。要打開它，人必須一手按在牆上，另一隻手使出大約兩百磅的力量，一邊把自己的軀幹塞進他靠自己的力氣推開的一條越來越寬的縫隙當中，作戰手冊找不到的技巧。因為，不管一個或四個，那些警衛肯定就守在入口附近，舉著槍待命，準備遵照規定，展開最後一搏。

李奇用手語演練著過程。他拍拍胸口，意思是我會！……然後模擬著他卯足全力，猛地把門推開的動作，他輕拍艾比的肩膀，摩擬著跪下，瞄準未來的門縫。他輕拍凡崔斯卡的肩膀，模擬著蹲下，越過艾比頭頂瞄準。接著是霍根，越過凡崔斯卡的頭頂，他把巴頓放在九十度角的位置，以防萬一門打開時出現其他射擊軌道。

三人就位。跪著，蹲下，站著。李奇雙手抓著門，他穩住雙腳，屏住呼吸，然後點頭，一、二、三。

他猛地把門推開。

艾比開槍，凡崔斯卡開槍，霍根開槍。一鼓作氣，各開一槍。接著沒了動靜，只有一把槍喀啦落地，一副軀體砰的墜落，和一片嘶嘶嗚嗚的死寂。

李奇環顧房門四周。一個人，值班組長。不再像件家具似地坐在角落，不再稱兄道弟。不久前才站在那裡戒備，盯著門口，也許雙手握槍，可是等待太漫長，時間又過得很慢，注意力逐漸渙散，焦點轉移，手臂累了，槍口下垂。

死者身後是一個看上去和霍根想像中差不多的房間。白色美耐板，冷颼颼的。非常大，和一樓大廳同樣大小。佔據一整面牆的落地窗。一堆長凳和層架。某人對技術設備的點子。也許是去年，或上週，之後增添了大量凌亂的電線和神秘的盒子進行更新。它的營運重心似乎比凡崔斯卡預期的還要精簡，五台筆電，不是六台。在一張長凳上並排開來。長凳後面有兩個人。李奇一眼認出了楚蘭柯，透過艾比的描述，透過報上的照片。一個相當矮小的傢伙，年輕，但頭髮稀疏，戴著眼鏡，他絕不會是在採石場挖礦。他穿著斜紋棉布長褲和T恤。在他旁邊是一個比他年輕大約五歲的人。高一些，但身材細瘦，由於常敲鍵盤，已開始駝背了。

楚蘭柯說了一句烏克蘭語。

凡崔斯卡說：「他要他的同伴什麼都別告訴我們。」

「不是好兆頭。」李奇說。

巴頓和霍根架著兩人遠離他們的鍵盤。李奇望著窗外，看著底下的眾生。

他說：「倘若你正在編寫程式，這是你必須了解的關於我們在方程式這一邊的內容。我們不隸屬任何政府或機構，這純粹是私人冒險活動。我們有兩項非常具體、非常私密的要求，其他的我們一概不管。我們沒有別的夥伴，照我們說的去做，然後我們就走人，從此你再也不會看見我們。」

沒有回應。

李奇問：「你的無敵程式邏輯說接下來會發生什麼事？」

沒有回應。

「正是，」李奇說：「我們不隸屬任何政府或機構，也就是說我們不服膺任何規則，我們剛擊潰一群你親眼見過的一流高手，我們剛攻破你的秘密巢穴，這意味著我們比你更強悍，因此，或許也更凶狠。你的無敵程式邏輯說，要是你不照我們的話去做，就等著遭殃吧。我們來之前特別走了一趟五金商店，你可以像下棋一樣慢慢玩。當然，我們會從這小夥子開始。你想贏這盤棋，想都別想。到頭來你還是得一五一十照著我們的意思去做，程式邏輯指示你直接跳到那裡，替大家省麻煩。」

楚蘭柯說：「我不是他們組織的人。」

「可是你替他們工作。」

「我沒得選擇。不過，我沒有效忠的義務，也許我們可以找出解決辦法，我完成兩件事，你們就放我走，你是這意思？」

「但是別想耍詐，」李奇說：「我們完全看得懂你在做什麼，我們在五金商店買了一支玻璃切割刀，我們可以在窗玻璃上割出一個圓孔，把你丟出去，就像投遞郵件。」

「哪兩件事？」

「首先是色情，你們的所有色情網站。」

「你們來就為了這個？」

「兩件非常具體又非常私密的要求，」李奇再次說：「首先是色情。」

「那是副業，老兄。」

「把它消除，把它刪除，不管正確說法是什麼。」

「全部？」

「永遠。」

「好，」楚蘭柯說：「唏，我想應該做得到，容我問一下，這是不是道德重整之類的活動？」

「到目前為止，我們行動的哪個部分讓你覺得很守道德？」

楚蘭柯沒回答。李奇走過去，站在他旁邊。巴頓和霍根退開，楚蘭柯走到長凳前。李奇說：「告訴我們，這都是些什麼？」

楚蘭柯指著螢幕說：「前兩個是社群媒體，源源不斷的假故事，它們也會出現在一些爛網站上，那些人蠢到相信那些故事都是真的。它們也進入電視網，那些網站只有一部分人傻傻的相信。第三個是身分竊盜，第四個是雜項類。」

「第五個是什麼？」

「錢。」

「色情片在哪裡？」

「第四個，」楚蘭柯說：「雜項類。那只是副業。」

「刪吧，」李奇說：「一號任務。」

其他人擠到旁邊。其實他們的知識非常粗淺，只是使用者的水準。但是楚蘭柯不知道這點。他們的仔細打量似乎逼得他不得不照規矩來。只見他輸入一長串密碼，一次次對各式各樣的「你確定」開頭的問題回答是、是、是。大段的文字通過螢幕，最後終於停止。

楚蘭柯後退。

「沒了，」他說：「所有內容已被百分百徹底刪除，網域名稱準備出售。」

沒人表示異議。

「好，」李奇說：「現在打開第五個，讓我們看錢。」

「什麼錢？」

「所有流動資產。」

「所以這是你們來的目的？」

「有錢好辦事。」

楚蘭柯向右跨出一步。

「等等，」李奇說：「繼續看第四個，讓我們看看你個人的銀行帳戶。」

「這不相干，兄弟。我和這些人沒有任何牽扯，他們跟我完全分開作業，我是從舊金山來的。」

「還是讓我們看一下。運用你那無敵的程式邏輯。」

楚蘭柯沉默了一下。

接著他說：「我的事業是一家有限責任合資公司。」

「你是說，其他人都投資失敗，就你除外。」

「我的個人資產受到保護，這就是公司結構的重點，這可以鼓勵創業，鼓勵風險投資，它的榮耀就在這裡。」

「讓我們看看你的個人資產。」李奇說。

楚蘭柯又頓了一下，接著他得出必然的結論。他似乎是一個思路非常敏捷果斷的人，也許跟他長期和電腦為伍有關。他再度走上前，輸入，點擊，螢幕迅速刷新，舒緩的顏色，一份數字清單，馬西姆・楚蘭柯，支票帳戶，餘額四百萬美元。

瑪麗亞・許維克典當她母親的戒指，得到八十元。

「保留那個畫面，」李奇說：「移到第五個，讓我們看看葛雷哥利的帳戶。」

楚蘭柯迅速移動。他輸入，點擊。螢幕再度更新。他說：「這是唯一的流動帳戶，小筆金額，進進出出。」

「目前有多少？」

楚蘭柯看著。

他說：「目前是兩千九百萬美元。」

「把你的錢加進去，」李奇說：「把錢匯給葛雷哥利。」

「什麼？」

「你聽到了，清空你的銀行帳戶，然後把錢轉進葛雷哥利的帳戶。」

楚蘭柯沒回答，動也不動，他在思考，而且照例很快。才過幾秒，他已進入接受階段。李奇從他臉上便可看得出來，破產走出去強過根本走不出去，說不定更糟。他很快意識到這點。就像斷一條腿勝過兩條都斷。

他回到第四個畫面，輸入，點擊，對一連串「你確定」開頭的問題回答是、是、是。然後他退開來，第四個的餘額一口氣降到零，第五個一下子暴增到三千三百萬。

「現在輸入這些數字。」李奇說。他憑著記憶唸出亞倫・許維克的詳細銀行帳號。

那是幾天前他前往借貸酒吧之前知道的，那個身上有刺青的人以為你是亞倫・許維克。你必須出面替我們借錢，當時要借一萬八千九百元。

我這人喜歡湊整數。

楚蘭柯報上數字。

很好。

李奇說：「現在把錢匯過去。」

「匯多少？」

「全部。」

「什麼？」

「你聽到了。清空葛雷哥利的銀行帳戶，然後把錢轉進我剛給你的帳戶。」

楚蘭柯又頓了一下，沒有退路了，他的個人資產即將從他的手中消失，可是斷一條腿勝過兩條都斷。他輸入，點擊。是、是、是。他後退。螢幕上的餘額降到了零，三千三百萬美元出發旅行去了。

李奇看著其他人。他說：「你們先走，我會在電梯和你們會合。」

他們紛紛點頭。他認為只有艾比知道原因，他們陸續走出去，經過死去的警衛，凡崔斯卡殿後。他回頭看，然後離去。

李奇走到楚蘭柯身邊。

他說：「有件事我必須告訴你。」

楚蘭柯說：「什麼事？」

「關於你活著離開的部分。」

「怎麼？」

「那是假新聞。」

李奇朝他的額頭開槍，把他留在他跌落的地方。

51

他們在艾比的住處過夜，在客廳，這裡有柔和的色調，老舊舒適的家具，溫馨的質感。在廚房裡，這裡有咖啡機，白色馬克杯，窗口的小餐桌。但主要還是在臥房，他們首先洗了長長的熱水澡，顯而易見是象徵性的，但同時也很溫熱舒服，必要而且實際。他們帶著一身潔淨、清爽和芳香走出來。清清白白，有如花朵。到目前為止，李奇並沒有把話說死，還不確定，可是艾比似乎把這當作他們在一起的最後一晚，她似乎沒有遺憾，我想不會是永遠。她很大膽，她很風趣，她很輕盈柔軟，充滿實驗性和技巧。在幾次歇息當中，她依偎著，但並非尋求安全感。相反地，她不時像貓那樣伸展身體。她笑著，開朗，滿不在乎。感覺很棒，妳還活著，但他們已不在了。

早上，許維克夫婦的電話把他們叫醒。艾比開啟手機的擴音功能。首先是瑪麗亞，說掃描結果非常成功，病情有顯著改善，他們的寶貝女兒越來越健康了，醫生開心得不得了。接著是亞倫，說他被那筆匯款嚇一大跳，差點心臟病發作。李奇告訴他之前說過的話，把多餘的錢送給別人，和他同樣處境的人，也給律師們一些，當然先把房子從銀行那裡買回來，梅格康復後或許可以搬去一起住，也許他們可以買一台新電視，也許也可以買輛新車，或者舊車，有趣的，好玩的，例如捷豹，很不錯的機械。李奇說他敢打包票。

然後他離開了。他沿著市中心的街區走，穿過中央街，和高租金地帶禮貌的保持距離。走了半哩，他到達了巴士站。他走進去，察看時刻表，買了車票，他口袋裡還有五千元，從當舖拿來的，這讓他很開心，他喜歡它的沉重和死寂，它可以支付他的旅費，起碼兩、三週，或許更久，如果他小心點。

十天後，他和夏天一起北漂。他偶然在巴士上發現一份《華盛頓郵報》，上面有一篇很長的專題報導，它說，組織犯罪已經在某個惡名昭彰的城市被根除，長年存在的問題終於解決了。兩個敵對幫派都消失了。不再有勒索，毒品沒了，罪惡沒了。不再有隨機暴力，不再有恐怖統治。新的警察局長獨攬所有功勞，他自稱是擁有新點子、新活力的新掃帚。傳言說他有朝一日可能會競選公職，也許市長或甚至州長。沒有理由不這麼做，截至目前，他的成績實在太亮眼了。

國家圖書館出版品預行編目資料

致命替身 / 李查德 Lee Child 著；王瑞徽譯. --
初版. -- 臺北市：皇冠, 2021 .06[民110].　面；
公分. --(皇冠叢書；第4947種) (李查德作品；
24)
譯自：Blue Moon
ISBN 978-957-33-3736-2(平裝)

873.57　　　　110007304

皇冠叢書第4947種
李查德作品24

致命替身

Blue Moon

Copyright © 2019by Lee Child
Complex Chinese Translation copyright © 2021
by Crown Publishing Company, Ltd.
Published in agreement with Darley Anderson
Literary, TV and Film Agency, through The
Grayhawk Agency
All rights reserved.

作　　者—李查德
譯　　者—王瑞徽
發 行 人—平　雲
出版發行—皇冠文化出版有限公司
台北市敦化北路120巷50號
電話◎02-27168888
郵撥帳號◎15261516號
皇冠出版社(香港)有限公司
香港銅鑼灣道180號百樂商業中心
19字樓1903室
電話◎2529-1778　傳真◎2527-0904
總 編 輯—許婷婷
責任編輯—平　靜
美術設計—江孟達
著作完成日期—2019年
初版一刷日期—2021年6月

法律顧問—王惠光律師
有著作權・翻印必究
如有破損或裝訂錯誤，請寄回本社更換
讀者服務傳真專線◎02-27150507
電腦編號◎509024
ISBN◎ 978-957-33-3736-2
Printed in Taiwan
本書定價◎新台幣380元/港幣127元

● 李查德中文官方網站：www.crown.com.tw/no22/leechild
● 皇冠讀樂網：www.crown.com.tw
● 皇冠Facebook：www.facebook.com/crownbook
● 皇冠Instagram：www.instagram.com/crownbook1954
● 小王子的編輯夢：crownbook.pixnet.net/blog